选堂诗词评注

饶宗颐 著
陈韩曦 翁艾 注译

南方出版传媒
花城出版社
中国·广州

佛国集

图书在版编目（CIP）数据

佛国集 / 饶宗颐著；陈韩曦，翁艾注译. -- 广州：花城出版社，2014.1（2018.3重印）
（选堂诗词评注）
ISBN 978-7-5360-6705-9

Ⅰ. ①佛… Ⅱ. ①饶… ②陈… ③翁… Ⅲ. ①古体诗－诗集－中国－当代 Ⅳ. ①I227

中国版本图书馆CIP数据核字(2013)第215037号

出 版 人：詹秀敏
策划编辑：詹秀敏
责任编辑：李 谓　杜小烨
技术编辑：薛伟民　凌春梅
装帧设计：王 越
图片来源：饶宗颐　饶清芬
　　　　　香港大学饶宗颐学术馆
图片编辑：许 栩　蔡文超　曾雅丽

书　　名	佛国集 FOGUO JI
出版发行	花城出版社 （广州市环市东路水荫路11号）
经　　销	全国新华书店
印　　刷	佛山市浩文彩色印刷有限公司 （广东省佛山市南海区狮山科技工业园A区）
开　　本	787毫米×1092毫米　16开
印　　张	13.25　6插页
字　　数	180,000字
版　　次	2014年1月第1版　2018年3月第2次印刷
定　　价	38.00元

如发现印装质量问题，请直接与印刷厂联系调换。
购书热线：020-37604658　37602954
花城出版社网站：http://www.fcph.com.cn

1993年11月,饶宗颐在法国"皇门静室"与汪德迈合影。

2000年12月,饶宗颐于法国大文豪雨果(Victor Hugo)旧居门前。

2000年12月，饶宗颐和法国著名学者汪德迈教授（左一）、法兰西远东学院院长傅飞岚（左二）、谢和耐教授（右一）出席法国法兰西远东学院成立100周年庆典。

2006年12月，饶宗颐与汪德迈在香港大学。

2009年11月，在香港中文大学饶宗颐教授雕塑揭幕典礼上，铜像对面是但丁塑像。

2010年8月8日，饶宗颐在莫高窟。

2011年12月16日，西泠印社聘任饶宗颐为第七任社长授职典礼。

20世纪60年代，饶宗颐在印度留影。

2011年10月19日，"饶宗颐星"命名仪式暨庆贺酒会。

2013年6月19日，饶宗颐学艺研究中心奠基仪式。

2013年9月19日，饶宗颐教授荣任法兰西学院铭文与美文学院外籍院士授职典礼。

2013年11月20日，饶宗颐美术馆展览厅揭牌暨"艺汇长安"饶宗颐美术馆馆藏展开幕仪式。

饶宗颐教授因为研究佛学,延伸至梵学及印度古文明的研究,1963年在印度各地考察,停留了数月时间。他曾经说,他游历所经,到达了印度中部、南部、东部,他的印度诗作都见于《佛国集》。此册为印度风光绘画。

梵土雪鸿

1. 王舍城南畔。
2. 有洞无僧伤眇漠,空村回首白云封。
3. 尼连禅河前正觉山。选堂。
4. 只园精舍残迹。
5. 阿旃陀石窟。
6. 舍卫城旧址。
7. 灵鹫峰巅。选堂。
8. 婆罗谜碣久摩娑,佛国沧桑感独多。我亦持篮球一卖,秋风晓日渡恒河。选堂写意。

写生地区:印度

目　　录

佛国集
印度洋机中作/3
孟买苦热/4
望海/5
康海里（Kanherī）古窟二首/6
达傺车中/8
Bhandarkar研究所客馆夜读梵经　次东坡独觉韵/9
冒雨游伽利（Karlī）佛洞，汪德迈背余涉水数重，笑谓同登彼岸，诗以记之。　用东坡白水韵/11
阿旃陀（Ajantā）石窟歌　次东坡芙蓉城韵/15
印度大榕树歌　用东坡竹枝歌韵/20
南印度七塔（Mahābalipuram）歌　用东坡海市韵/24
建志补罗（Kanchipuram）怀玄奘法师　用东坡玉局观韵/27
那伽跋陀那（Nagapattinam）访汉塔废址　用东坡罗浮山韵/30
别徐梵澄　次东坡送沈达赴岭南韵/34
初发捧地舍里（Pondicherry）　次东坡将往终南韵/37
中印度班底蒲（Bandipur）向为美素儿（Mysore）名王畋猎之所。沿途古木参天，来游者夤夜宿峰顶，凌晨坐坦克入森林中，日出骑象而归。　次东坡法华寺韵，以记游踪。/40
海德拉堡（Hyderabad）古孔多（Golconda）废垒，印度之长城也，蜿蜒山际，穷秋草腓，陡造其巅，山川萧条，不胜天地悠悠之感。　用东坡武昌西山韵赋此。/43

1

恒河口乞食如昔，书以志慨/46

晨过鹿野苑/47

阿育王窣堵波下作/49

泰姬陵/51

余初来南印，由孟买飞临麦德利斯（Madras），旋自新德里复经此赴锡兰。迤适缅甸，又由哥伦坡历此往加尔各答，凡三临此都。昔无为子以王事而从方外之乐。余何人斯，游于方内，而寄情无始，其为神趣，岂山水而已哉。因次东坡送杨杰原韵，以志余衷。/53

初抵锡兰/57

锡兰官舍临湖晚兴/58

又作/60

题锡兰狮山（Sigiriya）壁画。次东坡龙兴寺韵/62

缅甸蒲甘（Pagan）石洞，壁绘蒙古骑士，惊喜题此。次东坡开元寺韵/65

缅北村女，艳溢香融，梳髻插花，宛同汉俗，为赋续丽人行。次东坡韵/69

孟德勒陟古刹远眺八莫二首/71

初到真腊/73

夜访吴哥窟/74

宵游 Bayon 宫/76

Phnom Bakheng 道中/78

Angkor 城杂题/79

哥里益（Bernard P. Groslier）教授掌安哥窟重建之责，余笑谓君真神庙之毘湿奴（Vishnu）矣。媵之以诗。/83

金边湖/85

金塔（Phnom-penh）二首/86

暹罗猜耶山访佛使比丘，游室利佛逝遗址，于荒榛中踯躅终日，归来有诗。偕行者谢大晋嘉，即用谢客登永嘉绿嶂山

诗韵，邀其同作。/89

西势竹叶肥大，晋嘉于甘露寺泼墨写之，图成因题。/93

白山集

戴密微教授赴日，临行贻书，谓唯汉土之人最知山水，以余将有Alpes之游也。深感其意，赋诗却寄，兼简京都故人。 用大谢送孔令韵/97

Mont-Blanc 用入华子冈韵/100

宿Col de Voza 用登石门最高顶韵/102

初入山 用过白岸亭韵/104

望雾中Chamonix 用白石岩韵/106

山中滑雪 用池上楼韵/108

踏雪归来 用还湖韵/110

雪意 用岭门山韵/112

山中见月 用出西射堂韵/114

向喜诵"空山多积雪，独立君始悟"句。面此穷谷，共赏初晴，慨然援笔。 用石鼓山韵/116

咏白桦bouleau 用种桑韵/118

旅窗晓望 用东山望溟海韵/120

雪消后作 用游南亭韵/122

和岩上宿/124

和咏冬/126

和净土咏/127

和石壁立招提/128

和望石门 此诗康乐集不载，见陈舜俞庐山记。吴其昱辑出。/130

和江中孤屿/132

山中读谢客诗 用南楼韵并简戴老扶桑/134

发Frejus 用入南城韵/136

地中海晚眺，Nice 作。 用始宁别墅韵/137
罗马剧场废址，一世纪物。 用瞿溪山韵/140
红岩 Cote d'Azur 地中海沿岸每见之，画家喜摹状焉。 用富春渚韵/142
Jardin des Feuillantines 访 Victor Hugo 故居 用初发石首城韵/145
自白山造 Assy 山巅 用南山往北山韵/148
忆 Léman 湖一九五六年往日内瓦过此，忽忽十年矣。 用入彭蠡湖韵/150
Le Fayet 道中作 用庐山绝顶韵/152
读 Rimbaud 诗 用庐陵王墓下韵/153
晋嘉寄示游青迈素贴山寺，用康乐从斤竹涧韵，追忆曩游，再和一首。/156
侯思孟约郊游，以失眠未赴，报之以诗。 用邻里相送韵/158
题宋乔仲常后赤壁赋图 用从游京口韵/160
巴黎圣母祠 Notre-Dame 夜步 用七里濑韵/162
Fontainebleau 森林拿破仑行宫。 用发归濑韵/164
寄答吉川教授及京都诸君子。 用初发都韵/166
题敦煌写卷云谣集杂曲子 用道路忆山中韵/169

附录：谢灵运年谱 杨勇/173

日趁禪

趺藉迴向

坐覽秋雲

起兮嵐

印度洋機中作

癸巳選堂林萬作

色相空中許我參試水金匙與甌南

佛国集

　　一九六三年秋，读书天竺，归途漫游锡兰、缅甸、高棉、暹罗两阅月，山川风土，多法显、玄奘、义净所未经历者，皆足荡胸襟而抒志气。鸿爪所至，间发吟咏，以和东坡七古为多，盖纵笔所之，行乎所不得不行，止乎所不得不止，迈往之情，不期而与玉局翁为近。间附注语，用资考证；非敢谓密于学，但期拓于境，冀为诗界指出向上一路，以新天下耳目，工拙非所计耳。游践所及，别有行记，绝壤殊风，妙穷津会，非此所详云。

　　五代马裔孙佞佛，抄撮内典，相形于歌咏，谓之法喜集。又纂诸经要言为佛国记，见旧五代史一百二十七，窃显师书名。兹则僭易之，改称佛国集。

　　一九六五年圣诞前一日　饶宗颐识，时客巴黎。

印度洋机中作

色相①空中许我参，试将金翅②与图南③。
日灯禅炬④堪回向⑤，坐觉秋云起夕岚⑥。

注释：

①色相：亦作"色象"。佛教语。指万物的形貌。《涅槃经·德王品四》："〔菩萨〕示现一色，一切众生各各皆见种种色相。"
②金翅：梵语。鸟名。佛教传说中的大鸟。《法苑珠林》卷十："金翅鸟有四种，一卵生，二胎生，三湿生，四化生……若卵生金翅鸟飞下海中以翅搏水，水即两披，深二百由旬，取卵生龙随意而食之。"亦省称"金翅"。
③图南：《庄子·逍遥游》载："北冥有鱼，其名为鲲。化而为鸟，其名为鹏。鹏之徙于南冥也，水击三千里，抟扶摇而上者九万里，背负青天而莫之夭阏者，而后乃今将图南。"后以"图南"比喻人的志向远大。
④日灯禅炬：长明灯，点燃在神佛像前的长年不灭的油灯，旧多用于供佛或敬神。
⑤回向：佛教语。谓回转自己的功德，趣向众生和佛果。南朝·陈·徐陵《东阳双林寺傅大士碑》："俱识还源，竝知回向。"
⑥夕岚：暮霭，傍晚山林中的雾气。唐·王维《崔濮阳兄季重前山兴》诗："残雨斜日照，夕岚飞鸟还。"

浅解：

此诗记述了1963年饶公前往印度途中在飞机上的所感所悟。即将抵达佛国印度，飞机翱翔天际让先生联想到大鹏展翅飞往南方的情景，从诗中我们可以看出先生对旅途的期待和感悟，对自身理想与精神境界的追求和向往。

简译：飞机驰行于空中容许我参悟这万物的色相，试着让自己仿佛乘着金翅大鹏背负青天飞往南方。机窗外的太阳好像日灯禅炬，让我回向顿悟，顿时察觉秋云从夕岚中自在飞起。

孟买苦热

仿佛①当前截众流②，宝车③香象④许同游。
夏云犹覆三摩⑤地，火里新荷欲出头。

注释：

①仿佛：好像。《汉书·眭两夏侯京翼李传赞》："察其所言，仿佛一端。"
②截众流：即截断众流。喻识见玄远，超情越识。《五灯会元·云门偃禅师法嗣·德山缘密禅师》："我有三句语示汝诸人：一句涵盖乾坤，一句截断众流，一句随波逐流。"
③宝车：佛教语。用七宝装饰的车，喻一乘之法，谓可以载众生到达彼岸。《观佛三昧海经·观四威仪品之馀》："尔时世尊，化五百宝车，佛处车中，分身五百。"
④香象：佛经中指诸象之一。其身青色，有香气。《杂宝藏经·迦尸国王白香象养盲父母并和二国缘》："比提醯王有大香象，以香象力，摧伏迦尸王军。"
⑤三摩：三昧。佛教用语，意思是止息杂念，使心神平静，是佛教的重要修行方法。此指修行地孟买。

浅解：

　　饶诗利用夸张的手法，借用佛家的用语，将佛教重地孟买夏日里的苦热形象生动的描写出来，亦反映了孟买地区一片欣欣向荣的繁华之景。

　　简译： 仿佛当前便能截断众流，而繁华的街道上宝车与香象依然在欢喜同游。夏天的密云似乎要将这个修行之地全部裹覆其中，火辣天气里新生的荷花争先恐后地露出尖尖小角。

望　　海

搅乱波心有绿蘋①，飞鸢跕跕②正愁人。路遥且泼清明眼，（楞严经："云何晴空号清明眼。"）不用拈花③已觉春。

注释：

① 波心：水中央。唐·白居易《春题湖上》诗："松排山面千重翠，月点波心一颗珠。"绿蘋：也称"满江红"，"红蘋"，叶小型，肉质，排列成两竹，春季绿色，夏季转红褐色，可供药用。
② 飞鸢跕跕：飞鸢，飞翔的鸢。跕跕，坠落貌。《后汉书·马援传》："仰视飞鸢跕跕堕水中。"
③ 拈花：《五灯会元·七佛·释迦牟尼佛》："世尊在灵山会上，拈花示众，是时众皆默然，唯迦叶尊者破颜微笑。世尊云：'吾有正法眼藏，涅槃妙心，实相无相，微妙法门，不立文字，教外别传，付嘱摩诃迦叶。'"

浅解：

借助眼前的景色，抒发自身的感悟是饶诗一贯的风格。此诗以"绿蘋"、"飞鸢"比喻外来之力扰乱心扉，反映诗人希望自身能够看破虚空中的浮华，真正获得澄澈清明心境的强烈愿望。

简译：绿蘋浮荡搅乱波心，鸢鸟坠飞令我忧愁。路途遥远姑且泼亮我清明之眼，无需拈花已觉春天将至。

康海里（Kanherī）古窟二首

其一

望中^①寻尺^②尽松枞^③，似刃群山不露锋。
有洞无僧伤眇漠^④，空村^⑤回首白云封。

注释：

① 望中：视野之中。唐·权德舆《酬冯监拜昭陵途中遇雨》诗："望中犹可辨，耘鸟下山椒。"
② 寻尺：喻微小或微细之物。《国语·晋语八》："夫绛之富商……能行诸侯之赂，而无寻尺之禄，无大绩于民故也。"
③ 松枞：《尔雅》曰："松叶柏身曰枞。"
④ 眇漠：渺茫。南朝·梁·萧统《宴阑思旧》诗："如何离宴尽，眇漠同埃尘。"
⑤ 空村：人烟稀疏的村落。金·宇文虚中《安定道中》诗："牛羊争隘道，乌鹊聚空村。"

浅解：

诗歌形象地描绘了康海里（Kanherī）的山川美景，亦表达了饶公对古窟荒废的惋惜之情。

简译：苍翠松柏尽入眼帘，群山似刃却不露锋芒。如此胜地有洞无僧令人惋惜，荒村回首眺望已被白云封裹。

其二

日午^①点灯可得看，荆林古碣^②草漫漫。
扶篱摸壁真无谓^③，踏断江声到晚寒^④。

注释：

①日午：中午。唐·柳宗元《夏昼偶作》诗："日午独觉无余声，山童隔竹敲茶臼。"
②荆林古碣：荆林，山野间的带棘小灌木林。古碣，古碑。
③无谓：指没有目的。清·阮元《小沧浪笔谈》卷三："此画像中……斩馘献俘、覆车堕河二段，亦非无谓而作。"
④晚寒：傍晚的寒气。唐·刘长卿《使还七里滩上逢薛承规赴江西贬官》诗："迁客归人醉晚寒，孤舟暂泊子陵滩。"

浅解：

　　这首诗亦是饶公借景抒情之作，描绘了自己在古窟游赏时的心理变化以及对自然意趣的向往。

　　简译：中午点燃法灯在古窟中凝望，丛林古碑中荒草遍布。扶篱摸壁在山林中毫无目的地前行，直到江流声断、傍晚的寒气悄然升起。

达傸车中

去去①荒丘路艰险，征车②朝发晚知还。
精蓝③如鸽今谁问，独向青林④觅黑山。

法显佛国记："达傸国大石山有五重，其第五层为鸽形，此土丘荒，无人民居。"又云："达傸国幽险，道路艰难。"大唐西域记书此于憍萨罗国（Kosala）之跋逻末罗耆厘山（Bhramara Giri）夹注唐云黑峰，高丽本则作黑蜂。此精蓝今不知所在。印度中南部今概称为达傸，梵语 Daksina 义指南方，今作 Deccan，较法显所指更为广泛矣（参看 R. C. Bhandarkar：History of Deccan）。

注释：

①去去：谓远去。汉·苏武《古诗》之三："参辰皆已没，去去从此辞。"
②征车：远行人乘的车。唐·韩愈《送侯参谋赴河中幕》诗："别袖拂洛水，征车转崤陵。"
③精蓝：佛寺；僧舍。精，精舍；蓝，阿兰若。宋·高翥《常熟县破山寺》诗："古县沧浪外，精蓝缥缈间。"
④青林：清静的山林。青，通"清"。《文选·潘岳〈射雉赋〉》："涉青林以游览兮，乐羽族之群飞。"李善注引薛君《韩诗章句》："青，静也。"刘良注："清林，清静之林。"

浅解：

此诗记述了饶公前往印度中南部达傸途中的感想，表达了诗人对达傸这个古老的佛教圣地的崇敬，以及对昔日此地繁华不复存在的感叹。

简译：跨越荒山野岭路途艰险，乘车早发晚归还。鸽形古寺今问谁知，只能独自面对山林寻找云间的黑山。

Bhandarkar研究所客馆夜读梵经　次东坡独觉韵[①]

梵经[②]满纸多祯怪[③]，梵音[④]棘口譬癣疥[⑤]，
摊书[⑥]十目始一行[⑦]，古贤糟魄[⑧]神良快。
积雨[⑨]连朝卷云起，书声时杂风声里。
思到多歧[⑩]屡亡羊[⑪]，树在道旁知苦李[⑫]。
须眉[⑬]照水月共明，扰人最是秋虫声，
将迎[⑭]难证心如镜，输与晖日[⑮]识阴晴。

注释：

① 东坡独觉韵：宋·苏轼《独觉》诗韵。
② 梵经：贝叶经；佛经。唐·司空曙《赠衡岳隐禅师》诗："讲席旧逢山鸟至，梵经初向竺僧求。"
③ 祯怪：吉祥而不寻常。
④ 梵音：犹梵语。唐·黄滔《灵山塑北方毗沙门天王碑》："夫毗沙门，梵音，唐言多闻也。"
⑤ 癣疥：皮肤病。癣与疥。隋·巢元方《诸病源候论·诸癞候》："令人多疮，犹如癣疥。"此比喻梵音难读如口生癣疥。
⑥ 摊书：摊开书本，谓读书。唐·杜甫《又示宗武》诗："觅句知新律，摊书解满床。"
⑦ 十目始一行：清·阮元却赞成"十目一行"。阮元编印过不少书，并请严杰帮他校对，阮元曾写一首诗送予他："严子精校雠，馆我日最长，校经校文选，十目始一行。"形容阅读十分仔细。
⑧ 糟魄：糟粕。《庄子·天道》："然则君之所读者，古人之糟魄已夫。"王先谦集解："司马云：'糟烂为魄，本又作粕。'"
⑨ 积雨：犹久雨。唐·韩愈《符读书城南》诗："时秋积雨霁，新凉入郊墟。"
⑩ 多歧：亦作"多岐"。谓多岔道。唐·许浑《晓发鄞江北渡寄崔韩二先辈》诗："南北信多歧，生涯半别离。"
⑪ 亡羊：《列子·说符》："杨子之邻人亡羊，既率其党，又请杨子之竖追之。

杨子曰：'嘻！亡一羊，何追者之众？'邻人曰：'多歧路。'既反，问：'获羊乎？'曰：'亡之矣！'曰：'奚亡之？'曰：'歧路之中又有歧焉，吾不知所之，所以反也。'……心都子曰：'大道以多歧亡羊，学者以多方丧生。'"后因以"亡羊"喻步入歧途而一无成就。

⑫道旁知苦李：南朝·宋·刘义庆《世说新语·雅量》："王戎七岁，尝与诸小儿游，看道旁李树多子折枝，诸儿竞走取之，唯戎不动。人问之，答曰：'树在道旁而多子，此必苦李。'"指路边的苦李，走过的人不摘取。比喻被人所弃、无用的事物或人。

⑬须眉：胡子和眉毛。《荀子·非相》："传说之状，身如植鳍；伊尹之状，面无须麋。"杨倞注："麋，与眉同。"此为诗人自指。

⑭将迎：送往迎来。《庄子·知北游》："颜渊问乎仲尼曰：'回尝闻诸夫子曰：'无有所将，无有所迎。'回敢问其游。'仲尼曰：'……唯无所伤者，为能与人相将迎。'"

⑮晖日：鸠鸟的别名。《淮南子·缪称训》："晖目知晏，阴谐知雨。"高诱注："晖目，鸠鸟也。晏，无云也。天将晏静，晖目先鸣。"或谓"晖目"当作"晖日"。庄逵吉校："按晖目疑当作晖日。

浅解：

  这是饶诗中读经禅悟的经典诗作。诗歌次苏东坡独觉诗韵，以平常的口吻，以最简单的生活经历生动地描述了读经之时内心深处微妙变化的过程和各种想法。表达了自己对枯燥难懂的佛经之情有独钟，对世间纷扰导致心性难达到清静的苦恼之叹，以及对恬然宁静心性的追求和向往之情。

  简译：梵经蕴含许多吉祥与不寻常的道理，梵语拗口难读犹如口生癣疥。读书十日始一行，古代贤人这些不为人熟识的精华读后快然于心。清晨风驰云卷淫雨霏霏，喃喃诵读声飘荡在风声里。思绪泛滥容易误入歧途而一无所成，怕如生长在大道旁边的李树终被人遗弃。如今我的须眉与明月在水中交辉相应，周围那些秋虫的鸣叫声扰我心扉。送往迎来我难以证到心如明镜，这连能够识别阴晴安然处之鸠鸟都比不上。

冒雨游伽利（Karli）佛洞，汪德迈背余涉水数重，笑谓同登彼岸，诗以记之。　用东坡白水韵[1]

夏坐[2]已终雨犹纵，天公[3]于客颇愚弄。平畴无际交远风[4]，众流截断齐奔洞[5]。地湿欺人脚陷泥，波翻逞势马脱鞚[6]。赖彼应真[7]力渡水[8]，深厉浅揭[9]情何重。山前红碧纷夺目，林底龙蛇招入瓮。乍悟虚空山巍然[10]，（传灯录："慧明禅师云今天台山巍然，如何得消殒去？"）尚喜雷风心不动。窟中佛像百丈高，气象[11]俨与天地共。参禅精意解救糍[12]，（岩头禅师语，见宗鉴法林。）闻道痴人强说梦[13]。江花微含春山笑，归路又劳秋霖[14]送。身外[15]西邻[16]即彼岸[17]，悟处东风初解冻。可有言泉[18]天半落，顿觉慧日[19]云间涌。老聃旧曾化胡来[20]，道穷[21]何必伤麟凤[22]。

注释：

① 东坡白水韵：宋·苏轼《同正辅表兄游白水山》诗韵。
② 夏坐：印度佛教和尚每年雨季在寺庙里安居三个月的行为，也叫夏安居、雨安居、坐夏、夏坐、结夏、坐腊或安居。
③ 天公：天。以天拟人，故称。《尚书大传》卷五："烟氛郊社，不修山川，不祝风雨，不时霜雪，不降责于天公。"
④ 平畴无际交远风：晋·陶潜《癸卯岁始春怀古田舍》诗之二："平畴交远风，良苗亦怀新。"平畴，平坦的田野。
⑤ 众流截断齐奔洞：苏轼白水诗云："截破奔流作潭洞。"截断众流见《孟卖苦热》注②。
⑥ 脱鞚：带嚼子的马笼头脱落。
⑦ 应真：佛教语。罗汉的意译。意谓得真道的人。《文选·孙绰〈游天台山赋〉》："王乔控鹤以冲天，应真飞锡以蹑虚。"李善注："应真，谓罗汉也。"李周翰注："应真，得真道之人。"
⑧ 渡水：唐·王维有《渡水罗汉》画作，南宋·陈善《扪虱新话》："王右丞作雪里芭蕉，盖是戏弄翰墨，不顾寒暑。今世传右丞所画渡水罗汉，亦是

意也。而山谷云：'阿罗皆具神通，何至拖泥带水如此？使右丞作罗汉画如此，何处有王右丞耶？'山谷意以为右丞当画罗汉，不当作罗汉渡水也。然予观韩子苍题孙子邵《王摩诘渡水罗汉》诗云：'问渠褰裳欲何往？仓皇徒以沧江上。至人入水固不濡，何以有此恐怖状？我知摩诘意未真，欲以笔端调世人。此水此渡俱非实，摩诘亦未尝下笔。'以此观之，古人作画，自有指趣，不知山谷何为作此语，岂犹未能玩意笔墨之外耶？"

⑨深厉浅揭：《诗·邶风·匏有苦叶》："深则厉，浅则揭。"朱熹集传："以衣而涉曰厉，褰衣而涉曰揭。"谓当根据水的深浅采取适当渡河方式。后以"深厉浅揭"比喻行动要因时因地制宜。

⑩乍悟虚空山巍然：《传灯录》："有朋彦上座，博学强记，来访报恩慧明禅师，敌论宗乘。师曰：'言多去道转远。今有事借问：只如从上诸圣及诸先德，还有不悟者也无？'彦曰：'若是诸圣先德，岂有不悟者哉？'师曰：'一人发真归源，十方虚空，悉皆消殒，今天台山巍然，如何得消殒去？'彦不知所措。"巍然，卓异貌；屹立貌。晋·葛洪《抱朴子·汉过》："含霜履雪，义不苟合；据道推方，巍然不群。"

⑪气象：气度，气局。《新唐书·王丘传》："〔王丘〕气象清古，行修絜，于词赋尤高。"

⑫参禅精意解救糍：《宗鉴法林》卷四十七："黄龙初参岩头，问如何是祖师西来意。头曰：你还解救糍么。师曰：解。头曰：且救糍去。后到玄泉问如何是祖师西来意，泉拈起一茎皂角曰：会么。师曰：不会。泉放下皂角作洗衣势，师便礼拜，曰：信知佛法无别。泉曰：你见甚么道理。师曰：某甲曾问岩头。头曰：你还解救糍么。救糍也只是解黏，和尚提起皂角亦是解黏，所以道无别。泉呵呵大笑，师遂有省。幻寄稷云，玄泉若无后笑，几乎带累岩头，黄龙一笑下脱却毛角，尚未免牵犁拽耙。"此事亦见于宋·释普济《五灯会元·黄龙诲机禅师》。

⑬闻道痴人强说梦：亦作"痴人说梦"。语本《五灯会元·龙门远禅师法嗣·乌巨道行禅师》："祖师西来，直指人心，见性成佛。痴人面前，不得说梦。"后以"痴人说梦"指凭妄想说不可靠或根本办不到的话。

⑭秋霖：秋日的淫雨。《管子·度地》："冬作土功，发地藏，则夏多暴雨，秋霖不止。"

⑮身外：自身之外。晋·陆机《豪士赋》序："心玩居常之安，耳饱从谀之说。岂识乎功在身外，任出才表者哉！"

⑯西邻：西边邻居。《易·既济》："东邻杀牛，不如西邻之禴祭，实受其

福。"

⑰彼岸：佛教语。佛家以有生有死的境界为"此岸"；超脱生死，即涅槃的境界为"彼岸"。《大智度论》十二："以生死为此岸，涅槃为彼岸。"

⑱言泉：如泉水般涌出的话语。唐·褚亮《〈金刚般若经注〉序》："词锋秀上，映鹫岳而相高；言泉激壮，赴龙宫而竞远。"

⑲慧日：佛教语。指普照一切的法慧、佛慧。《法华经·普门品》："无垢清净光，慧日破诸暗。"

⑳老聃旧曾化胡来：老子化胡，西晋惠帝时，天师道祭酒王浮每与沙门帛远争邪正，遂造作《化胡经》一卷，记述老子入天竺变化为佛陀，教胡人为佛教之事。后陆续增广改编为十卷，成为道教徒攻击佛教的依据之一，借此提高道教地位于佛教之上。由此引起了道佛之间的激烈冲突，唐高宗、唐中宗都曾下令禁止。元世祖至元二十二年，下令焚毁《道藏》伪经，第一种即为《化胡经》，从此亡佚，故明《正统道藏》不存。清末敦煌发现此书唐写本残卷，有的作《老子西升化胡经》，有的作《太上灵宝老子化胡妙经》，系同书异名。

㉑道穷：犹言穷途末路。宋·范镇《长啸却胡骑赋》："若楚军夜遁之时，闻歌于四面；殊汉将道穷之日，振臂而一呼。"

㉒麟凤：麒麟和凤凰。《文选·汉武帝〈贤良诏〉》："麟凤在郊薮，河洛出图书，呜呼，何施而臻此乎？"李善注引《礼记》："圣王所以顺，故凤凰骐麟，皆在郊薮。"

浅解：

此诗描绘了饶公与法国学生汪德迈冒雨同游伽利（Karli）佛洞全程的闲情雅趣。诗中从天气、山林佛洞景色联想到罗汉渡水、慧明禅师、黄龙晦机禅师禅悟等禅宗公案，游玩归途中诗人悟出了"身外西邻即彼岸"超然脱俗的道理。诗人就事论事，末句以反问的语气阐述了自己对历史中"老子化胡"之争的具体看法，反映了诗人对佛教的敬仰与尊重，对历史现实深刻的反思与见地。

简译：夏坐完毕雨势仍旧，天公颇似要故意作弄我们。远风轻拂平坦无际的田野，截断众流同汇水潭深洞。土地潮湿欺人使脚陷泥，翻滚的波涛逞势好像马脱鞯一样。有赖汪德迈如罗汉一样背着我渡水，视水浅深揭厉此情何重。眼前的山林青红浅碧异常夺目，深山大泽龙蛇招收入瓮。突然悟得虚空山巍然之境，尤喜这种风雷惊打不动的宁静心态。窟中的佛像足有百丈之高，其气象足以齐合天地。岩头禅师解救糍精深的意旨，想一时领悟其中的道理犹如痴人说梦。江花微含与春山俱笑，兴游罢归途中有秋雨相送。在我身外的西边即为彼岸啊，悟觉此理顿然察觉东风拂面开始让冰雪解冻。途中言语真诚流露而天色渐晚，突然发觉慧日从云间涌现普照大地。老子当真入天竺化为佛陀而教胡人为佛事？即使黔驴技穷也不能用此伎俩来争强好胜。

阿旃陀（Ajantā）石窟歌　次东坡芙蓉城韵[①]

山深难以测堪冥，凿窟何年费五丁[②]。
一水倒泻玻璃屏，林木萧萧[③]俄[④]停停[⑤]。
经冬黝石[⑥]不再青，洞门累累[⑦]如流星。
倔佹离楼[⑧]各异形，二十九龛[⑨]刹那经[⑩]。
砀基[⑪]敷彩图仙灵[⑫]，玄津重楫[⑬]兼龙軿[⑭]。
法流[⑮]是挹常惺惺[⑯]，阒其无人[⑰]徒歆馨[⑱]。
风低草偃闭明廷[⑲]。洪钟[⑳]虚受[㉑]靡由听，
穷巧彩章[㉒]谁所令。朝日斐亹翼窗棂[㉓]，
神之去来总无凭。萧疏[㉔]但赏物象[㉕]泠，
有扉终岁不复扃。画中金翅[㉖]鼓修翎，
钧天广乐[㉗]响春霆[㉘]，众姝玉立何亭亭。
殿间欲勒千佛铭，共云异岭高玲玎[㉙]，
仿佛金策[㉚]声铃铃，振我客愁愁不醒。
群山奔走不遑宁[㉛]，输与百丈倒净瓶[㉜]。
拈花[㉝]意与日同荧，风前一叶警秋零[㉞]，
溪流半涸石苔腥，凉生火宅[㉟]掩云溟。
自笑此身同转萍[㊱]，攀危安若履户庭[㊲]，
洗虑[㊳]且去心中螟，于兹悟得无穷龄[㊴]，
伤怀莫学子才邢[㊵]。

大唐西域记："摩诃剌侘国（Maharuttha）东境大山，重峦绝巘，爰有伽蓝高堂，邃宇疏崖……上有石盖，虚悬无缀……精舍四周，雕镂石壁。"考古家谓此即阿旃陀石窟。

注释：

①芙蓉城韵：宋·苏轼《芙蓉城》诗韵。

②五丁：神话传说中的五个力士。《艺文类聚》卷七引汉·扬雄《蜀王本纪》："天为蜀王生五丁力士，能献山，秦王（秦惠王）献美女与蜀王，蜀王遣五丁迎女。见一大虵入山穴中，五丁并引虵，山崩，秦五女皆上山，化为石。"一说"秦惠王欲伐蜀而不知道，作五石牛，以金置尾下，言能屎金，蜀王负力。令五丁引之成道。"见北魏·郦道元《水经注·沔水》。此泛指力士。

③萧萧：象声词。此处指草木摇落声。唐·杜甫《登高》诗："无边落木萧萧下，不尽长江滚滚来。"

④俄：通"峨"。庄严的样子。

⑤停停：耸立貌；高貌。停，通"亭"。《关尹子·八筹》："草木茁茁，俄停停，俄萧萧。"陈显微注："草木茁茁而芽，亭亭而茂，萧萧而枯，皆俄然而化，可谓速矣。"

⑥黝石：黑石。

⑦累累：重积貌；众多貌。《汉书·佞幸传·石显》："印何累累，绶若若邪！"颜师古注："累累，重积也。"

⑧偃侒：偃侒，谲诡，变化多端。离楼，亦作"离娄"，众木交加之貌。《文选·王延寿〈鲁灵光殿赋〉》："偃侒云起，嶔崟离楼。"

⑨二十九龛：阿旃陀石窟共有二十九洞。

⑩刹那经：刹那，梵语的音译。古印度最小的计时单位，本指妇女纺绩一寻线所用的时间，但一般用来表示时间之极短者，如一瞬间。刹那经，《仁王护国经》云："一念中有九十刹那，一刹那经九百生死。"

⑪砀基：用有花纹的石头造的墙基。《文选·何晏〈景福殿赋〉》："墉垣砀基，其光昭昭。"

⑫仙灵：神仙。晋·左思《吴都赋》："图以云气，画以仙灵。"

⑬玄津重枻：玄津，指佛法。重枻，重柶。《文选·王中〈头陀寺碑文〉》："释网更维，玄津重柶。"

⑭龙轩：《说文》：辇辎车也。朱骏声曰："辎辇皆衣车，前后皆蔽曰辎，前有蔽曰辇。"龙轩，与龙轩驰，形容佛法弘扬。

⑮法流：佛教语。相续不绝的佛法。南朝·梁元帝《谢敕送齐王瑞像还启》："身持净戒，心扞法流。"

⑯惺惺：清醒貌。唐·杜甫《喜观即到复题短篇》之二："应论十年事，愁绝始惺惺。"

⑰阒其无人：《周易·丰》："窥其户，阒其无人。"指空荡荡的没有一人。

⑱歆馨：谓神灵享馨香之祭。《文选·张衡〈东京赋〉》："神歆馨而顾德，祚灵主以元吉。"

⑲明廷：原指甘泉山。在陕西省淳化县西北。亦指甘泉宫。古代帝王祀神灵之地。《史记·封禅书》："其后黄帝接万灵明廷。明廷者，甘泉也。"此代指石窟。

⑳洪钟：大钟。《世本·作篇》："颛顼命飞龙氏铸洪钟，声振而远。"

㉑虚受：虚心接受。语本《易·咸》："山上有泽，咸。君子以虚受人。"孔颖达疏："君子以虚受人者，君子法此《咸》卦，下山上泽，故能空虚其怀，不自有实，受纳于物，无所弃遗。"

㉒穷巧彩章：穷尽工巧的彩色涂饰。《文选·何晏〈景福殿赋〉》："既穷巧于规摹，何彩章之未殚？尔乃文以朱绿，饰以碧丹。"

㉓斐亹翼棂："斐亹"亦作"斐亶"。文彩绚丽貌。《文选·孙绰〈游天台山赋〉》："彤云斐亹以翼棂，皦日炯晃于绮疏。"李善注："斐亹，文貌。"

㉔萧疏：洒脱；自然不拘束。明·刘崧《题余仲扬画山水图为余自安赋》诗："金华山人余仲扬，笔墨萧疏开老苍。"

㉕物象：景物，风景。唐·杜牧《题吴兴消暑楼十二韵诗》："晴日登攀好，危楼物象饶。"

㉖金翅：见《印度洋机中作》注②。

㉗钧天广乐：盛大之乐。多指仙乐。《穆天子传》卷一："天子乃奏广乐。"《史记·赵世家》："我之帝所甚乐，与百神游于钧天，广乐九奏万舞，不类三代之乐，其声动人心。"

㉘春霆：春天的雷霆。晋·左思《魏都赋》："抑若春霆发响，而惊蛰飞竞。"

㉙玲玎：行走不稳貌。宋·苏轼《芙蓉城》诗："绕楼飞步高玲玎，仙风锵然韵流铃。"

㉚金策：古代记载大事或帝王诏命的连编金简。《汉书·武帝纪》"〔元封元年〕夏四月癸卯，上还，登封泰山。"颜师古注引三国魏孟康曰："王者功成治定，告成功于天。封，崇也，助天之高也。刻石纪号，有金策石函金泥玉检之封焉。"

㉛遑宁：安逸；安宁。唐·柳宗元《涂山铭》："方岳列位，奔走来同。山川守神，莫敢遑宁。"

㉜百丈倒净瓶：禅宗公案名。百丈怀海为择大沩山住持，试验典座灵佑、首座华林二人见解之公案。《景德传灯录》卷九沩山灵佑条（大五一·二六四下）："百丈是夜召师入室，嘱云：'吾化缘在此，沩山胜境汝当居之，

嗣续吾宗，广度后学。'时华林闻之曰：'某甲忝居上首，佑公何得住持？'百丈云：'若能对众下得一语出格，当与住持。'即指净瓶问云：'不得唤作净瓶，汝唤作什么？'华林云：'不可唤作桄也。'百丈不肯，乃问师，师踢倒净瓶。百丈笑云：'第一坐输却山子也。'遂遣师往沩山。"此公案中，百丈怀海欲使灵佑住持沩山，华林不服，百丈乃指净瓶试二人之优劣，华林答"不唤作桄"，尚落言诠，灵佑则踢倒净瓶，表绝了相待差别之意，胜过华林，遂住持沩山。

㉝拈花：详见《望海》注③。

㉞秋零：秋气肃杀，景物凋零。隋·江总《南越木槿赋》："潘文体其夏盛，嵇赋悯其秋零。"

㉟火宅：佛教语。多用以比喻充满众苦的尘世。《法华经·譬喻品》："三界无安，犹如火宅……众苦所烧，我皆拔济。"

㊱转萍：喻漂泊不定。明·许承钦《兵至》诗："憔悴佣书老，天涯任转萍。"

㊲户庭：户外庭院。亦泛指门庭、家门。《易·节》："不出户庭，无咎。"

㊳洗虑：排除胸中俗念。唐·皎然《寒栖子歌》："洗虑因吞清明箓，世人皆贪我常足。"

㊴无穷龄：晋·紫薇夫人诗："谁能步幽道，寻我无穷龄。"

㊵子才邢：邢劭（公元 496—？年待考），字子才；河间鄚人（今河北任丘）。著名北齐官吏、文学家。他的《冬日伤志篇》较有特色，写到了北魏都城洛阳经尔朱荣之乱及高欢挟魏帝迁邺后的残破景象，以"遂游昔宛洛，踟蹰今草莱；时事方去矣，抚己独伤怀"作结，风格比较高古，情调也颇苍凉。

浅解：

　　此诗为饶公参观阿旃陀（Ajantā）石窟所作，介绍了石窟凿崖破壁而成的经过，详细描绘石窟四周如画般的风景以及二十九个洞穴绚丽多彩的壁画，重新向世人展示了这座远古佛教庙宇的真实情况。诗人借景抒情，感叹世间愁苦之不可避免，要学会"攀危安若履户庭"、"于兹悟得无穷龄。"安然处世的心态，表现诗人积极向上的处世态度。

　　简译：山林幽深堪冥之境不易探测，石窟是何年花神力凿成的啊！飞流直泻的瀑布犹如天然的玻璃屏障，林木亭亭而立转瞬便萧萧而落。经年累月黝石不再青翠，洞门山石堆积宛如流星。倔傀云起歔嵦离摟形态各异，刹那之间看遍二十九个洞窟。石壁上的仙灵栩栩如生，佛法重楫慧炬常燃。相续不绝的佛法让人清醒机灵，幽僻清静之地徒享馨香祭祀。风吹草卧明廷关闭。虚心接受梵钟的洗礼却无由听到，感叹夺目涂饰的鬼斧神工是谁的创作。朝日绚丽护翼着窗棂，神灵行踪古往今来捉摸不定。这里可是常年向人开敞的清静之地，不妨放开束缚欣赏着清冷的景象。画中之大鹏展翅高飞，钧天之乐如春雷般响亮，仙女亭亭玉立翩翩起舞。殿间欲刻千佛铭，共云岭高难以跨越，仿佛端庄典雅的连篇金简，瞬间带我进入忧愁而久久无法舒缓。如此奔走群山不得安宁，还不如百丈那样直截了当踢倒净瓶。拈花是为了与太阳相互映荧，不料引得花前一叶落使我警觉秋气来临。溪流即将干涸致使藓生石上，凉意袭来云雾溟溟催生世间苦难。自笑此身如转萍般漂泊不定，必须将危途当作坦道谨慎平安跋涉。摒除心中的俗念以及杂念，从中体悟欢乐无穷之境界，不要同邢劭一样触景伤怀。

印度大榕树歌　用东坡竹枝歌韵①

天长日久蓬莱②深，千枝抟聚③竟成岑，
苍龙④万千化为一，人间几见老榕林。
游丝垂地连渠碧，丝化为根干复及，
如是缘搏还相生，真宰⑤已惊鬼神泣。
观者如山城可寘⑥，柯叶⑦葰茂⑧蔽平原，
咄哉⑨树王何功德，种得魁梧五百年。
参天⑩何止二千尺，干空虫鸟时出入，
鳞鲐⑪相籍著因缘⑫，桭檀⑬呈力见刚直。
自本自根⑭思化人⑮，无花洞古不知秦，
广荫数州庇交丧⑯，真智凭谁转觉轮⑰。
秋深微闻蝉声咽，我独婆娑⑱赏秀折，
迎风不用伤飘零，无家懒复赋弹铗⑲。
高陵深谷识盈虚⑳，风雨如晦㉑龙相呼，
此物终违匠氏顾㉒，佳色分留与老夫。
后凋松柏亦多事，蒙庄㉓山木休流涕。
寄身㉔好在无何乡㉕，并生原不分天地㉖。
业风㉗识浪流转多，过眼㉘山丘已巍峨，
孰知此树谢天伐㉙，植根万古伴樵歌㉚。

　　齐民要术引南州异物志："榕木缘搏他树"。在 Madras 之巨榕，干逾千百，始恍然于南印度神庙有樽栌（plllar）至千数者，殆取象于榕乎？附书以质诸熟稔建筑学者。余所见暹罗呵叻有巨榕，远非此之匹。

注释：

①竹枝歌韵：宋·苏轼《竹枝歌》诗韵。
②蓬莱：蒿草莱。借指草野。《后汉书·文苑传下·边让》："举英奇于仄陋，

拔髦秀于蓬莱。"

③抟聚：集聚。《医宗金鉴·张仲景〈伤寒论·太阳病中〉》"甘草泻心汤方"集注引程知曰："此为汗后，未经误下，心中痞硬，水饮抟聚者，立治法也。"

④苍龙：说中的青龙。古传青龙为祥瑞之物。《楚辞·九辩》："左朱雀之茇茇兮，右苍龙之躣躣。"此指老榕树树干。

⑤真宰：宇宙的主宰，造物主。《庄子·齐物论》："若有真宰，而特不得其眹。"

⑥阗：盛貌。薛逢《上白相公启》："飞龙在天，云雨阗阗。"

⑦柯叶：枝叶。汉·班固《幽通赋》："形气发于根柢兮，柯叶汇而灵茂。"

⑧葰茂：盛貌。《史记·司马相如列传》："夸条直畅，实叶葰茂。"

⑨咄哉：警惕之词，表感叹之义。

⑩参天：高悬或高耸于天空。《汉书·谷永传》："太白出西方六十日，法当参天，今已过期，尚在桑榆之间。"

⑪鳞鲌：《淮南子》曰："日冯生阳阏，阳阏生鳞鲌，鳞鲌生干木，干木生庶木。凡根枝者生庶木。"此指榕树与虫鸟的相处融洽。

⑫因缘：佛教语。佛教谓使事物生起、变化和坏灭的主要条件为因，辅助条件为缘。《四十二章经》卷十三："沙门问佛，以何因缘，得知宿命，会其至道？"按，《翻译名义集·释十二支》："前缘相生，因也；现相助成，缘也。"

⑬旃檀：即檀香。北魏·郦道元《水经注·河水一》："以旃檀木为薪。"此代指榕树躯干。

⑭自本自根：《庄子·大宗师》："自本自根，未有天地，自古以固存。"

⑮化人：佛教谓佛、菩萨变形为人，以化度众生者。《翻译名义集·寺塔坛幢》："周穆王时，文殊、目连来化，穆王从之。即《列子》所谓化人者是也。"

⑯交丧：《庄子·缮性》："由是观之，世丧道矣，道丧世矣，世与道交相丧也。"后因以"交丧"喻衰乱。

⑰觉轮：佛教语。以车轮的流转，比喻觉性圆融，周游不息，能发无碍妙用。《关尹子·一宇》"方术之在天下多矣"宋陈显微注："修真炼性，圆通觉轮。"

⑱婆娑：佛教语。即娑婆。意为忍土、忍界。《敦煌变文集·大目乾连冥间救母变文》："俗间之罪满婆娑，唯有悭贪罪最多。"此指诗人盘桓；逗留

此地。

⑲弹铗：弹击剑把。铗，剑把。《战国策·齐策四》："齐人有冯谖者，贫乏不能自存，使人属孟尝君，愿寄食门下。孟尝君曰：'客何好？'曰：'客无好也。'曰：'客何能？'曰：'客无能也。'孟尝君笑而受之曰：'诺。'左右以君贱之也，食以草具。居有顷，倚柱弹其剑，歌曰：'长铗归来乎！食无鱼。'左右以告。孟尝君曰：'食之，比门下之客。'居有顷，复弹其铗，歌曰：'长归来乎！出无车。'左右皆笑之，以告。孟尝君曰：'为之驾，比门下之车客。'于是乘其车，揭其剑，过其友曰：'孟尝君客我。'后有顷，复弹其剑铗，歌曰：'长铗归来乎！无以为家。左右皆恶之，以为贪而不知足。'孟尝君问：'冯公有亲乎？'对曰：'有老母。'孟尝君使人给其食用，无使乏。于是冯谖不复歌。"后因以"弹铗"谓处境窘困而又欲有所干求，此喻思归。

⑳盈虚：盈满或虚空。谓发展变化。《庄子·秋水》："察乎盈虚，故得而不喜，失而不忧。"

㉑风雨如晦：《诗经·郑风·风雨》："风雨如晦，鸡鸣不已。"指白天刮风下雨，天色暗得像黑夜一样。形容政治黑暗，社会不安。

㉒匠氏顾：《庄子·逍遥游》："吾有大树，人谓之樗。其大本臃肿而不中绳墨，其小枝曲而不中规矩，立之涂，匠者不顾。"指树木夭全，不为匠氏所顾。

㉓蒙庄：指庄周。唐·刘禹锡《伤往赋》："彼蒙庄兮何人！予独累叹而长吟。"

㉔寄身：犹托身。三国·魏·曹丕《典论·论文》："古之作者，寄身于翰墨，见意于篇籍，不假良史之辞，不托飞驰之势，而声名自传于后。"

㉕无何乡："无何有之乡"之省称。指空无所有的地方。《庄子·逍遥游》："今子有大树，患其无用，何不树之于无何有之乡，广莫之野。"

㉖并生原不分天地：《庄子·齐物论》："夫天下莫大于秋毫之末，而太山为小；莫寿乎殇子，而彭祖为夭。天地与我并生，而万物与我为一。"

㉗业风：佛教语。谓善恶之业如风一般能使人飘转而轮回三界。《汉魏南北朝墓志集释·隋张涛妻礼氏墓志》："但尘芳不寂，终谢业风。"

㉘过眼：经过眼前。喻迅疾短暂。宋·苏轼《吉祥寺僧求阁名》诗："过眼荣枯电与风，久长那得似花红。"

㉙夭伐：未长成而遭戕伐。南朝·宋·谢灵运《游赤石进帆海》诗："请附任公言，终然谢夭伐。"

㉚樵歌：樵夫唱的歌。唐·杜甫《刈稻了咏怀》诗："野哭初闻战，樵歌稍

出村。"

浅解：

　　饶公参观印度参天大榕树而为之一振，不仅感叹它的高大，它的繁茂；而且对它没有遭遇到砍伐之灾表示庆幸。诗人从大榕树联系到庄子"树大无用"的观点，感叹无用之树才能不夭斤斧，安享天年的道理。人生在世，恰恰因为"无用"才得以存活，一个无所作为的人，没有人嫉恨你，只要做好自己的本职就可以自在地活着，这是和强者的生存之道正好相反的两个极端的"适者"，不得不引起人们对价值观念的重新思考。

　　简译：天长日久山川草野变得深厚，千万枝叶积聚竟然成为了高山。有如苍龙般的万千枝条汇聚一起，这是人间难得一见的老榕树啊。从树枝上向下生长的垂挂的碧绿"气根"，虽与树干接连却化为树根，榕木缘搏他树而相互扶持生长，真是使天地惊动使鬼神哭泣啊！多少仰慕者为瞻仰她而来，参观这枝叶茂盛几乎可以覆盖整个平原的榕树，这是万树之王何等的功德啊！也是对她历经百千年成为魁梧之躯的回报。高耸入天何止二千尺，躯干虚空虫鸟时常出入其间，能够鳞鲐相籍皆属缘分，亦表现其刚直有劲。利用本心本根化度众生，无花古洞不知秦已易，永保国家昌盛人民安康，自然直智不借它力而圆通觉轮。深秋隐约听到寒蝉凄鸣，我独自逍遥欣赏这秀丽而挺拔的枝叶，迎风而行不为漂泊而感伤，无家也懒得像冯谖那样作弹铗之歌。高陵深谷了解事物的发展变化，风雨如晦龙相呼应，此树应是不符合匠氏的要求才得以保存，今日老夫才有幸欣赏如此美景。面对此榕树顿觉被称为岁寒而后凋的松柏亦属多事。也不用像庄子所说的山木那样流涕。好在托身于这无何有之乡，和谐共处本来也不该划分天与地。善恶之业如风识浪一般能使人飘转而轮回三界，转眼之间山丘已那么的巍峨，谁都无法预料此树能够幸运地避开戕伐，伴随樵夫砍树哼唱小曲而万古植根此地。

南印度七塔（Mahābalipuram）歌　用东坡海市韵[①]

乾坤[②]浮水碧黏空，水面杲日[③]红当中。七塔嘉名天下走，其势上压斗牛宫[④]。当年何人此角抵[⑤]，名王幽赞劳神功[⑥]（指Pallava King Narasimhavarman I，A.D. 635—645）。千兵象阵[⑦]能擒虎，诸天[⑧]鳞尾如蟠龙。（去庙不远有洞，雕镌斗士与虎及象，示恒河之战，其中神像，有人首蛇身，似伏羲女娲者。）奘师[⑨]西行未到此，冥搜[⑩]有待杜陵翁[⑪]。流急屡惊鸥鹚散，岸阔弥觉鼋鼍[⑫]雄。庙堂藻缋[⑬]资鬼斧，谲变[⑭]倏忽吁难穷。峻宇丹墙临绝海，呼吸元气通昭融[⑮]。我有精诚[⑯]动真宰[⑰]，凌霄欲为鸣九钟[⑱]。（郭璞山海经图赞。）日薄麟争今何世，圣者恃道安由[⑲]丰。东门鞭石作梁渡，南极铸柱赍山铜[⑳]。冥冥神理谁能究，天昏寒浪来悲风。

注释：

①海市韵：宋·苏轼《海市》诗韵。
②乾坤：称日月。唐·杜甫《登岳阳楼》诗："吴楚东南坼，乾坤日夜浮。"杨伦笺注引董斯张曰："考《水经注》：洞庭湖广圆五百里，日月若出没其中。"
③杲日：日出明亮，《诗·卫风·伯兮》："其雨其雨，杲杲日出。"
④斗牛宫：指南斗星宫和牵牛星宫。清·洪昇《长生殿·怂合》："河明乌鹊渚，星聚斗牛宫。"
⑤角抵：宋·吴自牧《梦粱录·角抵》："角抵者，相扑之异名也，又谓之'争交'。"
⑥名王幽赞劳神功：指Pallava King NarasimhavarmanI，那罗辛哈·瓦尔曼一世又称"大力士"，公元7—8世纪。幽赞，谓暗中受神明佐助。语出《易·说卦》："昔者圣人之作《易》也，幽赞于神明而生蓍。"
⑦象阵：谓列象骑为战阵。宋·姜夔《铙歌吹曲·时雨霈》："南兵象阵，自谓孔武。"
⑧诸天：佛教语。指护法众天神。佛经言欲界有六天，色界之四禅有十八

天，无色界之四处有四天，其他尚有日天、月天、韦驮天等诸天神，总称之曰诸天。此指天空。

⑨奘师：玄奘（公元602—664），唐代佛教学者、旅行家、翻译家。俗称唐僧。俗姓陈，名祎，洛州缑氏县（今河南偃师缑氏镇陈河村）人。十三岁出家。公元629年从长安出发，经凉州出玉门关西行赴印度。初在那烂陀寺受学，后又游学印度各地，精通佛教经、律、论三藏。645年回国，译出经、论七十五部一千三百三十五卷。又记旅行途中见闻，撰成《大唐西域记》。明代吴承恩的《西游记》小说，即从他的故事发展而来。

⑩冥搜：尽力寻找，搜集。晋·孙绰《游天台山赋》："非夫远寄冥搜，笃信通神者，何肯遥想而存之。"

⑪杜陵翁：指唐·杜甫。宋·陈师道《和魏衍三日》诗："君不见天宝杜陵翁，屈宋才堪作近邻。"

⑫鼋鼍：大鳖和猪婆龙。《国语·晋语九》："鼋鼍鱼鳖，莫不能化。"

⑬藻缋：彩色的绣纹；错杂华丽的色彩。《史记·平准书》："乃以白鹿皮方尺，缘以藻缋，为皮币，直四十万。"

⑭谲变：诡诈权变。晋·郭璞《江赋》："及其谲变倏忽，符祥非一，动应无方，感事而出。"

⑮昭融：谓光大发扬。语出《诗·大雅·既醉》："昭明有融，高朗令终。"

⑯精诚：至诚；真心诚意。《庄子·渔父》："真者，精诚之至也，不精不诚，不能动人。"

⑰真宰：见《印度大榕树歌》注⑤。

⑱凌霜欲为鸣九钟：《山海经·中山经》载，丰山有九钟，霜降而鸣。

⑲安由：并非。

⑳东门鞭石作梁渡，南极铸柱赍山铜：北周·庾信《哀江南赋》："东门则鞭石成桥，南极则铸铜为柱。"

浅解：

Mahābalipuram马哈巴利普兰城又称为"七寺城"，是印度东南泰米尔纳德邦的旅游胜地，濒临孟加拉湾，早在七世纪就成为印度教的活动中心。这里有许多5世纪—8世纪的名胜古迹，最著名的是马哈巴利普兰浮雕。马哈巴利普兰浮雕凿刻在海边两块高达60米的巨岩上，讲的是与《罗摩衍那》并称为印度两大史诗的《摩柯婆罗多》中的英雄阿朱那的故事。有形象生动的神灵、魔鬼和动物的图像100多幅。此外，与巨型浮雕相距不远的海岸庙也是一个很有魅力的地方。饶公将此地的景物用简练的语言详尽地描绘了出来，对此地的传说以及战争阐述了自己的个人观点。

简译：湖水黏天无穷碧，水面映日当中红。七塔嘉名传遍天下，其势足以压倒斗牛星宫。当年何人在此角抵，神明辅助名王显神功。千兵象骑咸能擒虎，鳞尾冲天犹如蟠龙。当年玄奘法师西行未到此处，了解此处有待杜甫这样善于冥搜之士了。此地河流湍急惊散鹳鸥鹬鸨，河岸开阔必是龜鼍栖息之地。庙堂壁画色彩绚丽令人感叹其神工雕琢，倏忽之间变化无穷，下临绝海的楼宇和彩绘，只有养其元气才能使它经久不衰发扬光大。我真心诚意感动真宰，凌霄是为了奏鸣九钟。世道交丧人心日薄今在何世？圣者恃道是为了去泰去甚。东门鞭石作成桥，南极铸铜使为柱。神理幽深谁能探究，天色见昏凄厉的寒风渐渐袭来。

建志补罗（Kanchipuram）怀玄奘法师　　用东坡玉局观韵①

达摩②当年附舶处，苍苍丛芮③塞行路。〔建志城为达罗毗荼（Dravida）都城，西域记谓印度南海之口，向僧伽罗国（Simhala）即锡兰，水路三日可到。又记达摩波罗（Dharmapala）出家事。〕事去何人忆往贤④，剩有微风吹兰杜⑤。经过不辨路与桥，西风门巷雨潇潇，纵然宝塔凌云起，丹霞已取木佛烧⑥。（见传灯录。）慈恩⑦陈迹何所有，牛车⑧困顿卧病叟，空思弹舌⑨受降龙，更无梵住⑩供扆守⑪。（现林立者皆婆罗门名刹，惟存佛陀石像一，在警察署中，祇园遗教，零落尽矣。）谁殉猛鸷⑫舍中身，始叹今人逊古人，渐看圆月露松隙，想见清光犹为君⑬。

　　唐李洞道三藏归西天国诗云："十万里程多少碛，沙中弹舌受降龙。"自注："奘公弹舌念梵语心经以授流沙之龙。"

注释：

①玉局观韵：宋·苏轼《送戴蒙赴成都玉局观将老焉》诗韵。
②达摩：亦作"达么"、"达磨"。菩提达摩的省称，天竺高僧，本名菩提多罗。于南朝梁普通元年入中国，梁武帝迎至建康。后渡江往北魏，止嵩山少林寺，面壁九年而化。传法于慧可。达摩为中华禅宗初祖。
③丛芮：丛生的茅草。唐·韩愈《岳阳楼别窦司直》诗："夜缆巴陵洲，丛芮才可傍。"
④往贤：前贤；先贤。南朝·梁·任昉《天监三年策秀才文》之二："德惭往贤，业优前事。"
⑤兰杜：兰花和杜若，两种都能散发芳香的植物。古人一般用来比喻人的高洁情操。唐·王昌龄《同从弟南斋玩月忆山阴崔少府》诗："千里共如何，微风吹兰杜。"
⑥丹霞已取木佛烧：《传灯录·丹霞焚佛》："于慧林寺遇天大寒，师（丹霞天然）取木佛焚之，人惑讥之。师曰：'吾烧取舍利。'人曰：'木头何

有?'师曰:'若尔者,何责我乎?'"丹霞天然禅师以此违情背理之举,开方便法门,示现天然真如佛性,使迷昧众生返妄归真,昭示佛性乃自家现成,人人具足,不假外求。

⑦慈恩:慈恩寺的省称。唐·孟棨《本事诗·徵异》:"时白尚书在京,与名辈游慈恩,小酌花下。"此指寺庙。

⑧牛车:佛教语。喻普渡一切众生的菩萨道。《法华经·譬喻品》:"愍念安乐无量众生,利益天人,度脱一切,是名大乘,菩萨求此乘故,名为摩诃萨,如彼诸子为求牛车出于火宅。"此句喻指寺庙之衰落。

⑨弹舌:犹摇舌。谓唱念、说话等。

⑩梵住:佛陀在世时,很多归化了的婆罗门弟子,都还执着于"与梵同住"这一观念,佛陀特别为它们开示了四无量心与四梵住。慈(maitri)、悲(karuna)、喜(mudita)、舍(upeksa),就是四无量心(catu appamanna)。四无量心遍满后,令正念安住,就是四梵住(catu bramavihara)。

⑪孱守:谨小慎微地守护。《大戴礼记·曾子立事》:"君子博学而孱守之。"

⑫猛鸷:猛禽,指鹰。《文选·王中〈头陀寺碑文〉》:"〔宗法师〕以为宅生者缘,业空则缘废;存躯者惑,理胜则惑亡,遂欲舍百龄于中身,殉肌肤于猛鸷。"李周翰注:"猛鸷,鹰也。"

⑬渐看圆月露松隙,想见清光犹为君:唐·常建《宿王昌龄隐居》诗:"松际露微月,清光犹为君。"

浅解:

建志补罗(Kanchipuram),今日为印度教七大圣地之一,寺庙遍布有"千塔之城"之誉。同时也是全印数一数二之大学城,学风颇盛。玄奘法师曾形容此地说:"达罗毗荼国,周六千余里。国大都城号建志补罗,周三十余里,土地沃润,稼穑丰盛,多花菓,出宝物。气序温暑,风俗勇烈。深笃信义,高尚博识……伽蓝百余所,僧徒万余人,并皆遵学上座部法。天祠八十余所,多露形外道也。如来在世,数游此国,说法度人,故无忧王于诸圣迹皆建窣堵坡。"建志补罗城也是护法菩萨出生地,然而今天此地佛教的圣迹或湮没,或渐融入印度教或被替代,这也是饶公在此诗之中抒发惋惜之叹的原因。

简译：达摩祖师当年附舶之处，繁茂的茅草阻塞前方的道路。时移事去还有谁能够回忆起我们那些先贤，或许只有微风依旧代替着我们颂扬那些德高之人。经过此地分不清道路和桥梁，门庭里巷风雨交加，即使宝塔纵身直上云霄，丹霞天然禅师已取木佛焚烧了。眼前的寺庙陈迹还剩些什么呢？"牛车"已然困顿病叟已卧其上，只能空思奘公弹舌念梵语心经以授流沙之龙之事，更不用说孱守梵住之类了。谁舍此中身以殉猛鸷？感叹今人比古人要逊色得多，这时含笑掩映在松隙里圆月逐渐升起，那清美的风采想必就是为法师您洒下的吧。

那伽跋陀那（Nagapattinam）访汉塔废址　用东坡罗浮山韵[①]

此地古属黄支国，与耽摩栗底（Tamralipti）齐名（希腊地理家谓之 Nikama，义净谓之那伽陀跋陀那 Nagavadana）。唐宋以来，僧徒经室利佛逝来天竺者，多自此登岸。宋咸淳三年（一二六七）建塔立碑于此，见马可孛罗游记，今仅余基址耳。

黄支之大莫与京[②]，黄支名德多马鸣[③]。汉塔建自咸淳岁，西书记载何分明。蓬转[④]牢居往殉法[⑤]，几人九死求一生。自古孤征[⑥]接踵至，以智为猎道为耕。胜处[⑦]何曾忘述作[⑧]，含德[⑨]已足比老彭[⑩]。鸿崖[⑪]巨浸[⑫]鲸波[⑬]横，投躯慧嶽万事轻。茫茫象碛栖遑[⑭]处，天魔帝释[⑮]面目狞。欲奋智刃[⑯]斩云雾，祇山（即祇园）挂想如门庭。此间去海不咫尺，僧徒往返路必经。我来踟蹰[⑰]荒郊外，遗基[⑱]无复睹前铭。自济三衣惭法朗[⑲]，（见西域求法高僧传。）空飞一雁忆苏卿[⑳]。南溟九月犹初夏，芳草连天与云平。

注释：

①罗浮山韵：宋·苏轼《游罗浮山一首示儿子过》诗韵。
②大莫与京：《左传·庄公二十二年》："八世之后，莫之与京。"指大得无法相比。
③名德多马鸣：名德，名望与德行。《洛阳伽蓝记·大觉寺》："名德大僧，寂以遣烦。"马鸣，《中论》、《百论》、《十二门论》，是为三论。破外道、小乘，以无所得为究竟，正合般若真空之旨，故亦名为性空宗。文殊师利为初祖，马鸣、龙树、清辩等菩萨继之。名德马鸣菩萨则为其思想之指导者、安慰者。马鸣之在当时，可谓一代名德。此句指黄支国德高望重的人非常多。
④蓬转：蓬草遇风即转动，比喻事物变化迅速。晋·葛洪《抱朴子·刺骄》："其或峨然守正，确尔不移，不蓬转以随众，不改雅以入郑者，人莫能憎而知其善。"

⑤殉法：《大唐西域求法高僧传卷上》序云："观夫自古神州之地，轻生殉法之宾。显法师则创辟荒途，奘法师乃中开王路。其间或西越紫塞而孤征，或南渡沧溟以单逝，莫不咸思圣迹罄五体而归礼。俱怀旋踵报四恩以流望，然而胜途多难宝处弥长，苗秀盈十而盖多。结实罕一而全少，由茫茫象碛长川吐赫日之光，浩浩鲸波巨壑起滔天之浪。独步铁门之外，亘万岭而投身，孤漂铜柱之前，跨千江而遣命（跋南国有千江口也）或亡餐几日辍饮数晨，可谓思虑销精神，忧劳排正色。致使去者数盈半百，留者仅有几人。设令得到西国者，以大唐无寺，飘寄栖然为客遑遑，停托无所，遂使流离蓬转牢居一处，身既不安，道宁隆矣。呜呼！实可嘉其美诚，冀传芳于来叶，粗据闻见撰题行状云尔，其中次第多以去时年代近远存亡而比先后。"
⑥孤征：单身远行。晋•陶潜《辛丑岁七月赴假还江陵夜行涂口》诗："怀役不遑寐，中宵尚孤征。"
⑦胜处：美好的地方。北魏•郦道元《水经注•清水》："南峰北岭，多结禅栖之士，东岩西谷，又是刹灵之图；竹柏之怀与神心妙远，仁智之性共山水效深，更为胜处也。"
⑧述作：《礼记•乐记》："作者之谓圣，述者之谓明。明圣者，述作之谓也。"述，传承；作，创新。后用以指撰写著作。
⑨含德：怀藏道德。《老子》："含德之厚，比于赤子。"
⑩老彭：《论语•述而》："述而不作，信而好古，窃比于我老彭。"何晏集解引包咸曰："老彭，殷贤大夫。"一说为老聃、彭祖的并称。
⑪鸿崖：指游仙。晋•葛洪《抱朴子•明本》："夫道也者，逍遥虹霓，翱翔丹霄，鸿崖六虚，唯意所造。"亦指山名。在江西省新建县西，下有炼丹井，相传为洪涯先生得道处，后因以名山。此处无特殊指代，实指山崖。
⑫巨浸：大水。指大河流。唐•骆宾王《夏日游德州赠高四》诗："鬲津开巨浸，稽阜镇名都。"
⑬鲸波：巨浪。宋•文天祥《指南录后序》："以小舟涉鲸波。"
⑭栖遑：亦作"栖皇"。忙碌不安，奔忙不定。晋•陆机《演连珠》："是以利尽万物，不能弭童昏之心；德表生民，不能救栖遑之辱。"
⑮天魔帝释：亦称"帝释天"。佛教护法神之一，天龙八部之一的天众之首领，佛家称其为三十三天（忉利天）之主，居须弥山顶善见城。常与天龙八部之一的阿修罗部众发生战争。梵文音译名为释迦提桓，其根源自雅利安人最崇拜的雷雨之神因陀罗。在中国的道教中，其身份为玉皇大帝。

⑯智刃：智慧之刃。比喻敏锐的智力。南朝·齐·王中《头陀寺碑文》："智刃所游，日新月故。"

⑰踟蹰：徘徊不前貌；缓行貌。《诗·邶风·静女》："爱而不见，搔首踟蹰。"

⑱遗基：犹遗址。北魏·郦道元《水经注·沔水一》："钟士季征蜀，枉驾设祠莝东，即八阵图也。遗基略在，崩褫难识。"

⑲自济三衣惭法朗：《大唐西域求法高僧传》："苾刍法朗者，梵名达摩提婆，唐云法天，襄州襄阳人也。住灵集寺，俗姓安实，乃家传礼义门袭冠缨。童年出家钦修是务，遂离桑梓游涉岭南，净至番禺报知行李。虽复学悟非远而实希尚情深，意喜相随同越沧海，未经一月届乎佛逝。亦既至此业行是修，晓夜端心，习因明之秘册。晨昏励想，听俱舍之幽宗，既而一篑已倾，庶罔匮于九仞，三藏虔念，拟克成乎五篇。弗惮劬劳，性有聪识，复能志托弘益抄写忘疲。乞食自济但有三衣，袒膊涂跣遵修上仪。虽未成于角立，终有慕于囊锥。凡百徒侣咸希自乐，尔独标心利生是恪，恪勤何始专思至理，若能弘广愿于悲生，冀大明于慈氏。年二十四矣。"三衣，梵文Tricīvara的意译。佛教比丘穿的三种衣服。一种叫僧伽黎，即大衣或名众聚时衣，在大众集会或行授戒礼时穿着；一种叫郁多罗僧，即上衣，礼诵、听讲、说戒时穿着；一种叫安陀会，日常作业和安寝时穿用，即内衣。亦泛指僧衣。

⑳苏卿：指苏武。武字子卿，故称。唐·李商隐《茂陵》诗："谁料苏卿老归国，茂陵松柏雨萧萧。"

浅解：

此诗描绘了黄支国汉塔建立以及它繁荣数代的辉煌历史，当年众多僧人不远千里长途跋涉来此求法的虔诚感动着一代又一代的人，而如今汉塔遗址已经荒废已久，面目全非。这种凄凉之境犹如当年苏武阔别家国数十年之后回到家国去无家可归一般让人怜惜，对此饶公叹惜不已却又无能为力。

简译：黄支国地缘辽阔无与伦比，名德之士如马鸣者众多。宋咸淳三年建塔立碑于此，马可波罗记载非常地详细清晰。流离蓬转牢居轻生以殉佛法，历史上许多人九死求一生才得到。从古至今孤身求法的人接踵而至，以智力和道德作为追求和耕耘的对象。来到如此美好的地方也没有忘记将它们记录传承下来，他们的德行跟老彭比也毫不逊色。浩浩鲸波，巨鳌起滔天之浪，然而将自己的一生奉献给这灵山慧嵊是值得的。茫茫象碛栖遑之处，天魔帝释露出狰狞的面目。欲挥起智慧之刃劈斩眼前的云雾，才得以使净土祇园从此门庭如市。此地距离海岸并不遥远，亦是僧徒往返的必经之路。今天我逗留在此荒郊野外，没有发现任何汉塔废址遗留下来的铭文。如此凄凉实在愧对乞食自济三衣的法朗啊！天空中掠过的孤雁让我想到苏卿年老归国而无家的情景。九月南方的天气犹如初夏，芳草碧绿与天边的云朵相接连。

别徐梵澄[①]　次东坡送沈达赴岭南韵[②]

海角何来参寥子[③]，黄帽青袍[④]了生死[⑤]。
知我明朝将远行，携酒欲为消块垒[⑥]。
宿昔[⑦]读君所译书，君名如雷久瞋耳。
相逢憔悴在江潭[⑧]，无屋牵舟烟波里。
罗胸百卷奥义书[⑨]，下视桓惠蚊虻[⑩]矣。
嗜欲[⑪]已尽心涅槃[⑫]。槁木死灰[⑬]差相似。
劝我何必事远游，中夏[⑭]相悬数万里。
我言雪山犹可陟，理胜胸无计忧喜。
赠诗掷地金石声[⑮]，浮名过实余深耻。
凭君更乞竹数竿，便从寂灭[⑯]追无始[⑰]。
（君能写竹。）

注释：

①徐梵澄：（1909—2000），原名徐诗荃，梵澄为其笔名，晚年始用徐梵澄为通名。湖南长沙人。中国社会科学院世界宗教研究所研究员、哲学家、翻译家。被誉为"现代玄奘"。
②送沈达赴岭南韵：宋·苏轼《送沈逵赴广南》诗韵。
③参寥子：宋僧道潜的别号。道潜，于潜（今浙江省临安县人），善诗，与苏轼、秦观为诗友。宋·苏轼《次韵参寥师寄秦太虚三绝》之三："何妨却伴参寥子，无数新诗咳唾成。"此指徐梵澄。
④黄帽青袍：黄帽，黄颜色的帽子。《史记·佞幸列传》"以濯船为黄头郎"裴骃集解引晋徐广曰："著黄帽也。"青袍，青色的袍子，亦为寒士之称。《古诗》："青袍似春草，长条随风舒。"
⑤了生死：学佛真正的目的是"了生死"，"出三界"是附带说的。"了"是明了，"生死"就是缘起因果的总说；换言之，就是对于宇宙人生种种现象的认知。对于个人因果的转变，乃至于一切众生、十法界依正庄严的转变，都清楚、明白，才称作"了生死"。所以，了生死的意思很深广，一

般说"了生脱死",那是别意,不是本意。如同一般说"众生",是众缘和合而生起的现象,这是本意;说众生是很多人,那是别意。所以,了生死是佛家教学的根本义。

⑥块垒:心中郁结不平。南朝宋·刘义庆《世说新语·任诞》:"王犬曰:'阮籍胸中块垒,故须以酒烧之'。"

⑦宿昔:亦作"夙昔"。从前;往日。《史记·平津侯主父列传》:"联宿昔庶几获承尊位,惧不能宁,惟所与共为治者,君宜知之。"

⑧江潭:江边。《楚辞·渔父》:"屈原既放,游于江潭,行吟泽畔。"

⑨奥义书:《奥义书》(Upanisad)印度古代哲学典籍《吠陀》的最后一部分,现存总数达一百多部。

⑩柢惠蚊虻:《庄子·天下》:"由天地之道观惠施之能,其犹一蚊一虻之劳者也。"

⑪嗜欲:嗜好与欲望。多指贪图身体感官方面享受的欲望。《荀子·性恶》:"妻子具而孝衰于亲,嗜欲得而信衰于友,爵禄盈而忠衰于君。"

⑫涅槃:佛教语。梵语的音译。旧译"泥亘"、"泥洹"。意译"灭"、"灭度"、"寂灭"、"圆寂"等。是佛教全部修习所要达到的最高理想,一般指熄灭生死轮回后的境界。晋·僧肇《涅槃无名论》:"涅槃之道,盖是三乘之所归,方等之渊府。"

⑬槁木死灰:《庄子·齐物论》:"形固可使如槁木,而心固可使如死灰乎?"

⑭中夏:指华夏;中国。《文选·班固〈东都赋〉》:"目中夏而布德,瞰四裔而抗棱。"吕向注:"中夏,中国。"

⑮掷地金石声:掷:投,扔。金石:钟磬之类的乐器,声音清脆优美。扔在地上发出钟磬般的声音。比喻文章词藻优美,声调铿锵。南朝·宋·刘义庆《世说新语·文学》:"孙兴公作《天台赋》成,以示范荣期云:'卿试掷地,要作金石声。'"

⑯寂灭:佛教语。"涅槃"的意译。指超脱生死的理想境界。《无量寿经》卷上:"超出世间,深乐寂灭。"

⑰无始:一切世间如众生、诸法等皆无有始,如今生乃从前世之因缘而有,前世亦从前世而有,如是辗转推究,故众生及诸法之原始皆不可得,故称无始。万法均从因缘生,亦由因缘灭,言无始即是显因,若有始则无因,以有始则有初,有初则无因。以其无始,则是有因,所以明有因者,即显佛法是因缘义。《华严经》卷四十(大一〇·八四七上):'我昔所造诸恶业,皆由无始贪恚痴。

浅解：

　　1966年春，饶公拜访徐梵澄，二人互有留诗，饶公即以东坡送沈达赴岭南韵写下此诗。饶老此诗多用佛典、道典，皆与赠诗的对象徐梵澄息息相关，成功地塑造了一个"了生死"、能忍受在"中夏相悬数万里"的异国中过着"无屋牵舟烟波里"的生活的徐梵澄崇高形象。

　　简译：天涯海角参寥子从何而来，徐君穿着黄帽青袍早已了却生死。知道我明早将要远游，把酒言欢让我抛却烦恼与忧愁。从前拜读贤君所译之书，贤君之名如雷贯耳。如今漂沦憔悴在江边相遇，周围无屋可聚，我们一起乘舟漂荡于烟波之中。百卷《奥义书》罗列胸中，比起那些辩者之流，真如蚊虻一样不足道也。心入涅槃而无过多的嗜好与欲望，犹如槁木死灰般对事物无动于衷。贤君劝我何必远游他方，这里离祖国已相去数万里了。我说只要理胜不诡俗、不淫陋、胸无忧喜，而雪山犹可陟。相赠之诗掷地有声，我深耻那些浮名虚誉。请君赠我数竿竹，从此我便超脱生死追求无始之境了。

初发捧地舍里（Pondicherry） 次东坡将往终南韵①

朝行野日照髭须②，客中举目非葭莩③。
雨风何惮久漂濡④，大雅不作⑤要谁扶。
林籁⑥为我起笙竽⑦，中原远霭入看无。
此邦自昔⑧劫灰⑨余，滨海故多摩羯鱼⑩。
其民所见皆黑肤，汲水家家顶擎壶。
白云回首天际乌，渺渺南渡将焉如⑪。
婆罗⑫门僧罕跏趺⑬，头留短辫履非凫⑭，
额间涂灰似泥淤，殊俗⑮使我生踌躇。
萧条闾巷且安居，远遊毋谓胜辕驹⑯。

注释：

① 将往终南韵：宋·苏轼《将往终南和子由见寄》诗韵。
② 髭须：胡子。唇上曰髭，唇下为须。《乐府诗集·相和歌辞三·陌上桑》："行者见罗敷，下担捋髭须。"
③ 葭莩：芦苇里的薄膜。比喻亲戚关系疏远淡薄。《汉书·中山靖王刘胜传》："今群臣非有葭莩之亲，鸿毛之重，群居党议，朋友相为，使夫宗室摈却，骨肉冰释。"颜师古注："葭，芦也。莩者，其筒中白皮至薄者也。葭莩喻薄。"
④ 漂濡：飘洒沾湿。《管子·形势解》："风雨至公而无私，所行无常乡，人虽遇漂濡而莫之怨也。"
⑤ 大雅不作：唐·李白《古风》其一《大雅久不作》："大雅久不作，吾衰竟谁陈。"
⑥ 林籁：谓风吹林木发出的声音。南朝·梁·刘勰《文心雕龙·原道》："至于林籁结响，调如竽瑟；泉石激韵，和若球锽。"
⑦ 笙竽：笙和竽。因形制相类，故常联用。竽亦笙属乐器，有三十六簧。《礼记·檀弓上》："琴瑟张而不平，笙竽备而不和。"
⑧ 自昔：往昔；从前。《诗·小雅·楚茨》："自昔何为？我蓺黍稷。"

⑨劫灰：本谓劫火的余灰。南朝·梁·慧皎《高僧传·译经上·竺法兰》："昔汉武穿昆明池底，得黑灰，问东方朔。朔云：'不知，可问西域胡人。'后法兰既至，众人追以问之，兰云：'世界终尽，劫火洞烧，此灰是也。'"后因谓战乱或大火毁坏后的残迹或灰烬。

⑩摩羯鱼："摩羯"为佛教中的一种神鱼，龙首鱼身，其地位类似中国的河神。大藏经《一切经音义》卷四十云："摩羯者，梵语也。海中大鱼，吞噬一切。"

⑪淼淼南渡将焉如：渡水而南。《楚辞·九章·哀郢》："当陵阳之焉至兮，淼南渡之焉如。"

⑫婆罗：寺庙。

⑬跏趺："结跏趺坐"的略称。佛教中修禅者的坐法：两足交叉置于左右股上，称"全跏坐"。或单以左足押在右股上，或单以右足押在左股上，叫"半跏坐"。据佛经说，跏趺可以减少妄念，集中思想。《无量寿经》卷上："哀受施草敷佛树下跏趺而坐，奋大光明使魔知之。"

⑭履非凫：指王乔化履为凫而乘之往来的传说。《后汉书·方术传上·王乔》："乔有神术，每月朔望，常自县诣台朝。帝怪其来数，而不见车骑，密令太史伺望之。言其临至，辄有双凫从东南飞来。于是候凫至，举罗张之，但得一只舄焉。乃诏尚方诊视，则四年中所赐尚书官属履也。"

⑮殊俗：风俗、习俗不同。《〈诗〉大序》："国异政，家殊俗，而变《风》变《雅》作矣。"

⑯辕驹：指车辕下不惯驾车之幼马。亦比喻少见世面器局不大之人。《史记·魏其武安侯列传》："今日廷论，局趣效辕下驹。"张守节正义引应劭曰："驹马加著辕。局趣，纤小之貌。"

浅解：

本地治里（Pondicherry，旧译"捧地舍里"），在 Tamil Nadu 省，宁静而优美的海边小城，附近有出名的印度庙宇。徐梵澄在《〈周天集〉译者序》讲述过这个城市的故事。经过战乱和变更的此地，已经今非昔比了。饶公在此诗中抒发"远遊毋谓胜辕驹"的感叹可以反映他对此是多么的惋惜，对这一沧海桑田的变化发出无限感慨，其心酸程度与刘禹锡《乌衣巷》之中的"堂前燕"，"飞入寻常百姓家"无差。

简译： 清晨原野上的初阳照耀着髭须，客途中举目没有葭莩之亲。风雨肆无忌惮地飘洒沾湿所及之处，诗道久已不振要谁来扶持呢？风吹林木为我吹奏笙竽，眼看中原在一片远霭中已变得模糊不清。这里曾经饱受战乱之苦，临海之滨有许多摩羯鱼。民众大多皮肤黝黑，人人头顶擎壶来汲水。回头一望天际边的白云逐渐变得乌黑，渺渺渡水往南将去何方？已经难以见到婆罗门僧结跏趺坐了。他们头上留着短发履非有龟，前额涂炭状如淤泥。这特殊习俗的装扮让我彷徨不前。不如在萧条的巷陌姑且安居，远游见多识广未必要比少见世面器局不大之人好。

中印度班底蒲（Bandipur）向为美素儿（Mysore）名王畋猎之所。沿途古木参天，来游者夤夜宿峰顶，凌晨坐坦克入森林中，日出骑象而归。

次东坡法华寺韵[①]，以记游踪。

万林塞断碧落界[②]，千竿犹似湖州派[③]。夜分时闻虎豹啼，奔车喜同掣电快。临坻眼讶峰陡绝，入耳秋悲声砯湃[④]。冥冥鸿飞[⑤]何所慕，丰草遮天波决隘。旧是行猎薮泽[⑥]地，于今池颓峻隅坏。周陓[⑦]仿佛辨前踪，老树睢盱[⑧]藏精怪。即鹿无虞[⑨]林中逐，挂枝裈袴花间晒[⑩]。畴日[⑪]名王此叱咤，几时零落归露薤[⑫]。荒墼何由访至人[⑬]，徒闻居死动如械。（列子："至人居若死而动若械。"）清晨跨象出茂林，佳兴惬人等爬疥[⑭]。孰与长鸣马剪拂[⑮]，但见高飞鸟羽铩，远适莽苍奚以为[⑯]，分明曾欠行脚债[⑰]。

注释：

① 法华寺韵：宋·苏轼《与胡祠部游法华山》诗韵。
② 碧落界：谓深绿色的水面。
③ 湖州派：湖州竹派，中国画流派之一。画竹原以唐代萧悦谦最有名，但无画迹传世。北宋文同、苏轼画竹著于时。元丰元年（1078）文同奉命为湖州（今浙江吴兴）太守，未到任，病故陈州（今河南淮阳）；苏轼接任湖州太守，未几坐狱贬黄州。他们虽籍隶四川，但画史上皆谓为"湖州竹派"始祖。
④ 砯湃：象声词。形容水流汹涌、暴雨等声。宋·欧阳修《秋声赋》："初淅沥以萧飒，忽奔腾而砯湃，如波涛夜惊，风雨骤至。"
⑤ 冥冥鸿飞：大雁飞向远空。比喻远走避祸。
⑥ 薮泽：指水草茂密的沼泽湖泊地带。《庄子·刻意》："就薮泽，处闲旷，钓鱼闲处，无为而已矣。"
⑦ 周陓：围猎禽兽的栏圈。《文选·扬雄〈长杨赋序〉》："以网为周陓，纵禽兽其中。"李善注引李奇曰："陓，遮禽兽围阵也。"
⑧ 睢盱：浑朴貌。汉·王延寿《鲁灵光殿赋》："鸿荒朴略，厥状睢盱。"

⑨即鹿无虞：原意是进山打鹿，没有熟悉地形和鹿性的虞官帮助，那是白费气力。后比喻做事如条件不成熟就草率行事，必定劳而无功。《周易·屯》："即鹿无虞，惟入于林中；君子几，不如舍，往吝。"

⑩挂枝犊裈花间晒：晋时习俗，七月七日晒衣，阮咸家贫，无物可晒，遂以竿挂大布犊鼻裈于中庭，谓"未能免俗，聊复尔耳"。后遂以"聊晒犊裈"为贫寒之典。

⑪畴日：昔日；从前。《文选·丘迟〈与陈伯之书〉》："见故国之旗鼓，感生平于畴日。"刘良注："畴日，昔日也。"

⑫露薤：指《薤露歌》，古代挽歌名。为出殡时挽柩人所唱。

⑬至人：古时具有很高的道德修养，超脱世俗，顺应自然而长寿的人。道家指超凡脱俗，达到无我境界的人；思想或道德修养最高超的人。《庄子》第一章逍遥游中载："至人无己，神人无功，圣人无名。"

⑭爬疥：宋·苏轼《孙莘老寄墨四首》诗："今来复稍稍，快痒如爬疥。"

⑮长鸣马剪拂：修整擦拭。比喻推崇，赞誉。《文选·刘孝标〈广绝交论〉》："顾盼增其倍价，剪拂使其长鸣。"李善注："湔拔、剪拂，音义同也。"

⑯奚以为：有什么用处。《论语·子路》："子曰：'诵诗三百，授之以政，不达；使于四方，不能专对，虽多，亦奚以为？'"

⑰行脚债：行脚，又作游方、游行。谓僧侣无一定的居所，或为寻访名师，或为自我修持，或为教化他人而广游四方。游方之僧，即称为行脚僧，与禅宗参禅学道的云水同义。杜牧《大梦上人自庐峰回》诗："行脚寻常到寺稀，一枝藜杖一禅衣。"

浅解：

这首纪游诗饶公依旧在描绘景象的同时寄托个人情感于其中。诗歌阐发的思想角度独特，在对眼前的景色描写的同时突发奇想，抒发诗人在游历中的又爱又恨。诗人既想表达对此次游历所见所闻的赏心悦目，也想表达内心世界对纷扰世间事的辨别充满了无法言喻的矛盾心态。

简译：繁茂的森林遮盖住了周围深绿色的水面，丛竹千竿犹如湖州派之画作。深夜里时常听到不远之处虎豹的吼叫声，坦克驱雷掣电般地驰骋在这片土地之上。身临其境顿感山峰的陡峭险绝，到处充满虫鱼鸟兽悲秋之鸣声。大雁远飞向往何方？只因害怕丰草遮住天地和大水冲溃堤坝。水草茂密的沼泽湖泊曾是打猎的地带，而今田池荒废墙隅已坏。只能从栏圈中的依稀辨别以往的景象，周围浑朴的老树看上去似乎潜藏着各种古灵精怪。即鹿无虞林中追逐，犊裈挂枝晒于花间。昔日名王于此叱咤风云，什么时候开始零落而露薤送归。荒凉的沟壑因何使至人常访？只是听说至人居若死而动若械。清晨骑着大象出此茂林，佳兴惬意如同挠痒一样舒服。想要剪拂使其长鸣，却只见到高飞的鸟儿纷纷羽铩而归，奔向莽苍有何用处呢？分明是自我修持还未得圆满仍需继续努力。

海德拉堡（Hyderabad）古孔多（Golconda）废垒，印度之长城也，蜿蜒山际，穷秋草腓，陟造其巅，山川萧条，不胜天地悠悠之感。用东坡武昌西山韵①赋此。

羁心②似酒酸浮醅③，眼前物象费鸿裁④。西行又得长城窟，山昏野冻无寒梅。停车直造九折坂⑤，云间古堞⑥何崔巍。孤城一片插万仞⑦，中有白骨锁夜台⑧。当年战伐⑨空陈迹，落日千里但飞埃。兴亡弹指⑩何足数，回头蜡泪⑪又成堆，荆榛⑫满地悲禾黍⑬，遝陬⑭喜见汉尊罍⑮，（关口陈列有天启五年瓷器。）我自踟蹰久不去，欲留诗句镌城隈⑯。亦知片石终磨灭，忍向断碣⑰剔古苔，更上烽台⑱试远眺，风云莽莽烟尘开。悲歌⑲待约高岑⑳起，只愁鼓角㉑城头催。暮天摇落㉒将安往，回车残梦挟惊雷，犹疑征骑㉓风雨至，况听边声㉔逼耳来，凄凉年代难复问，文未加点㉕心生哀。

注释：

① 武昌西山韵：宋·苏轼《武昌西山》诗韵。
② 羁心：亦作"羇心"犹旅思。南朝·宋·谢灵运《七里濑》诗："羁心积秋晨，晨积展游眺。"
③ 酸浮醅：酸醅，重酿未滤的酒。唐·杜甫《晚晴吴郎见过北舍》："明日重阳酒，相迎自酸醅。"
④ 鸿裁：指文章的鸿伟体制。《文心雕龙·辨骚》："才高者菀其鸿裁，中巧者猎其艳辞。"
⑤ 九折坂：《后汉书·统传》："采土筑山，十里九坂。"
⑥ 古堞：古城墙。
⑦ 孤城一片插万仞：唐·王之涣《凉州词》："黄河远上白云间，一片孤城万仞山。"
⑧ 夜台：坟墓，亦借指阴间。《文选·陆机〈挽歌〉》："送子长夜台。"李白《哭宣城善酿纪叟》诗："夜台无晓日，沽酒与何人！"
⑨ 战伐：征战；战争。《史记·龟策列传》："然皆可以战伐攻击，推兵求胜。"

⑩弹指：捻弹手指做声的动作。佛家多以喻时间短暂。唐·王维《六祖能禅师碑铭》："弹指不流，水流灯焰，金身永谢，薪尽火灭。"

⑪蜡泪：即烛泪。指蜡烛燃点时淌下的液态蜡。唐·李贺《恼公》诗："蜡泪垂兰烬，秋芜扫绮栊。"

⑫荆榛：泛指丛生灌木，多用以形容荒芜情景。三国·魏·曹植《归思赋》："城邑寂以空虚，草木秽而荆榛。"一本作"荆蓁"。

⑬禾黍：《诗·王风·黍离序》："《黍离》，闵宗周也。周大夫行役至于宗周，过故宗庙宫室，尽为禾黍。闵宗周之颠覆，彷徨不忍去而作是诗也。"后以"禾黍"为悲悯故国破败或胜地废圮之典。

⑭遐陬：边远一隅。《宋书·谢灵运传》："内匡寰表，外清遐陬。"

⑮尊罍：泛指酒器。宋·周邦彦《红罗袄·秋悲》词："念取东垆，尊罍虽近；采花南浦，蜂蝶须知。"

⑯城隈：城角；城内偏僻处。唐·骆宾王《帝京篇》诗："三条九陌丽城隈，万户千门平旦开。"

⑰断碣：断碑。清·纳兰性德《满庭芳》词："剩得几行青史，斜阳下，断碣残碑。"

⑱烽台：即烽火台。《太平御览》卷三三五引唐·李靖《兵法》："烽台于高山四顾险绝处置之。"

⑲悲歌：悲壮地歌唱。晋·陶潜《怨诗楚调示庞主簿邓治中》诗："慷慨独悲歌，钟期信为贤。"

⑳高岑：高、岑是指边塞诗人高适与岑参二人，乃人名。

㉑鼓角：战鼓和号角，两种乐器。军队亦用以报时、警众或发出号令。《后汉书·公孙瓒传》："袁氏之攻，状若鬼神，梯冲舞吾楼上，鼓角鸣于地中，日穷月急，不遑启处。"

㉒摇落：凋残，零落。《楚辞·九辩》："悲哉秋之为气也！萧瑟兮草木摇落而变衰。"

㉓征骑：出征的骑士。北周·王褒《饮马长城窟行》："北走长安道，征骑每经过。"

㉔边声：指边境上羌管、胡笳、画角等音乐声音，这里指边境警报。汉·李陵《答苏武书》："吟啸成群，边声四起。"

㉕文未加点：下笔不加点。指文思敏捷。《文选·祢衡〈鹦鹉赋〉》："时黄祖太子射宾客大会，有献鹦鹉者，举酒于衡前曰：'祢处士，今日无用娱宾，窃以此鸟自远而至，明慧聪善，羽族之可贵，愿先生为之赋，使四坐咸共

荣观，不亦可乎？'衡因为赋，笔不停缀，文不加点。"

浅解：

海德拉堡（Hyderabad）古孔多（Golconda）废垒，公元1518—1687年统治海得拉巴的库杜布沙王朝的居城。此城有8座城门，周围的花岗岩城壁总长30千米。城壁内是当时建筑物的一部分，现在是民房。高耸在岩山上的城堡十分坚固，威名远扬。缅怀古迹，往往令人感叹人类文明在亘古的历史长河中的苍白无力，正是诗中所要表达的"兴亡弹指何足数"、"亦知片石终磨灭"。饶公贴切地描绘出古长城的宏伟壮阔，让人深刻地体会到了长城在历史某一辉煌时刻独当一面的壮志豪情。这些景象，足以令今日的造访废垒之人穿越了历史，成为了历史的参与者，鼓角响起，骑士出征，一代豪情与愁情交辉相应。

简译：旅思犹如重酿未滤的酒在心中发酵，眼前看到的物象宛似宏伟博大篇章一般。沿西驰行长城映入眼帘，这山间昏暗野外凄寒而无梅花的境地。停车直接登临眼前迂回九折的古长城，高耸入云的城墙何等的崔嵬。孤城巍然屹立直插万仞青天，中有关锁着白骨的坟墓。当年的战争如今只留下冷冷清清的陈迹，千里落日尘埃漠漠飞扬。兴盛衰败弹指之间哪里能数得清楚，回首不堪的往事蜡泪流淌成堆，荆榛满地丛生让人悲悯眼前的破败，在边远的关口欢喜见到陈列天启五年的瓷器，我独自徘徊久久不愿离去，突然有股冲动想要在城角幽僻之处刻下自己的诗句。我也知道这里的石头在岁月流逝之中终有一日会被磨灭，还是忍不住伸手剔除断碑上的沉积已久的苔藓，登上烽火台向远处眺望，开阔的平野风云莽莽烟尘舒放。慷慨悲歌伴随着高山轻轻响起，城头上那嘹亮的鼓角的催促声最令人愁苦。天色渐晚将往哪儿去，回路的车上残梦夹杂着惊天的雷声，让我心疑曾经出征的骑士是否这时正伴随着风雨而来到我的身旁，何况仿佛听到边境警报直往耳朵逼来，以往那个凄凉的年代如今已经难以查问，下笔文不加点而心生哀愁。

恒河口乞食①如昔，书以志慨

人情②尽说了生死③，乞食何因叩鬼门④。
菜色⑤两行连彼岸⑥，情根难断况愁根⑦。

注释：

①乞食：乞食化缘。《楞严经》云："我教比丘循方乞食，令其舍贪，成菩提道。诸比丘等，不自熟食，寄于残生，旅泊三界，示一往返，去已无返。"
②人情：人心，众人的情绪、愿望。《后汉书·皇甫规传》："而灾异犹见，人情未安者，殆贤遇进退，威刑所加，有非其理也。"
③了生死：详见《别徐梵澄》注⑤。
④鬼门：传说的鬼进出之门；通往阴间之门。汉·王充《论衡·订鬼》："《山海经》又曰：'沧海之中有度朔之山，上有大桃木，其屈蟠三千里，其枝间东北曰鬼门，万鬼所出入也。'"
⑤菜色：指饥民营养不良的脸色。《礼记·王制》："虽有凶旱水溢，民无菜色。"郑玄注："菜色，食菜之色。民无食菜之饥色。"
⑥彼岸：佛教语。佛家以有生有死的境界为"此岸"；超脱生死，即涅槃的境界为"彼岸"。《大智度论》十二："以生死为此岸，涅槃为彼岸。"比喻所向往的境界。
⑦情根难断况愁根：情根，爱情的根基，种子。愁根，愁苦的来源。

浅解：

　　饶公此诗表达了对恒河口乞食依旧的感慨，也表达了对乞食之举的个人疑惑。人们皆明"了生死"的道理，却为何如此，归根结底还是因为"情根"和"愁根"在作祟，体现了人生身不由己的无奈。

　　简译：众人皆盼"了生死"，为何争出鬼门而外出乞食？世人面如菜色却向往着涅槃之境，可连情根都那么难以割舍，何况愁根呢。

晨过鹿野苑

一

沉沉晓雾忒无明①,断垄②云低未放晴。
谁复拈花③空色相④,只余幽鸟落寒声⑤。

注释:

①无明:佛教名词。一名"痴","无有智慧"之意,即于诸法事理愚暗无知。《楚辞·九章·怀沙》:"离娄微睇兮,瞽以为无明。"
②断垄:高而陡的冈垄。宋·黄庭坚《题王仲弓兄弟巽亭》诗:"人登断垄求,我目归鸿送。"
③拈花:详见《望海》注③。
④色相:详见《印度洋机中作》注①。
⑤寒声:寒冬的声响,如风声、雨声、鸟鸣声等。唐·朱邺《扶桑赋》:"巨影倒空而漠漠,寒声吹夜以飔飔。"

浅解:

  鹿野苑,即 Sārnāth,曾名为 Mrigadāva、Rishipattana、Isipatana,(中文另名为仙人论处、仙人住处、仙人鹿园等),位于印度北方邦瓦拉那西(Vārānasī)以北约 10 公里处,是释迦牟尼成佛后初转法轮处,佛教的最初僧团也在此成立。鹿野苑是佛教在古印度的四大圣地之一。《晨过鹿野苑》其一饶公短短数言,就将鹿野苑的景象深深地印在了读者的心中——空灵、幽静。

  简译:拂晓雾气沉积无法辨清远近,云接断垄天气未曾放晴。谁又拈花悟空色相,天际间只闻鸟雀落寒声。

二

旧苑依稀隔野烟①,残僧②来此拜啼鹃③。
迦维古国休重赋,托钵④风前自可怜。
(时有黄衣和尚来此参拜。)

梁有迦维国赋二卷，晋右军行恭军虞干纪撰，已亡，隋书经籍志只存其名。

注释：

①野烟：指荒僻处的霭霭雾气。唐·王维《菩提寺禁裴迪来相看说逆贼等凝碧池上作音乐供奉人等举声便一时泪下私成口号诵示裴迪》诗："万户伤心生野烟，百官何日再朝天。"
②残僧：风烛残年的老僧人，作孤单寂寞的僧人解亦通。
③拜啼鹃：杜鹃也叫望帝鸟，拜鹃心事就是思念故国故所之事。
④托钵：佛教名词。手托钵盂。指僧人赴斋堂吃饭或向施主乞食。钵，梵语的省音译，意为应器。比丘的食器。《联灯会要·雪峰义存禅师》："钟未鸣，鼓未响，托钵向甚么处去？"

浅解：

《晨过鹿野苑》其二因景生情，借眼前的黄衣和尚侧面阐发了饶公内心的真正感想，表现出诗人内心的细腻、敏感以及多愁善感。

简译：旧时的鹿野苑被霭霭雾气笼罩其中，陆续总有孤单寂寞的僧人来此缅怀古迹。不需要重新诵读迦维国赋，风前托钵的黄衣和尚足以让人怜悯。

阿育王窣堵波下作

婆罗谜碣①忍摩挲②,佛国沧桑感独多。我亦持篮求一卖,(方密之药地和尚自言:"我乃持破竹篮向鬼门关求卖耳。")秋风晓日渡恒河③。

注释:

① 婆罗谜碣:古代印度自公元前1千年中叶至公元8世纪使用的文字,主要见于印度各地出土文物及石刻上。婆罗谜字母在印度的使用较伽罗斯底字母为早,可能为两河流域旅印的商人带入,前7世纪—前6世纪间已有流传,但当时书写材料多为棕叶之类,今已毫无留存。
② 摩挲:揉搓。《礼记·郊特牲》"汁献涗于盏酒"汉·郑玄注:"摩莎沸之,出其香汁。"
③ 恒河:印度北部大河。全长2506公里。有两条主要源流:其中较长的阿勒格嫩达河发源于喜马拉雅山楠达德维山以北约48公里处;另一主源帕吉勒提河发源于喜马拉雅山麓的根戈德里冰穴。两河汇合后称恒河,在赫尔德瓦尔进入平原。注入孟加拉湾。恒河平原十分平坦,从德里到孟加拉湾长约1600公里,高差只有210米。平原面积78万平方公里,流域人口达3亿。

浅解:

窣堵波,在印度、巴基斯坦、尼泊尔等南亚、东南亚国家比较普遍。是古代佛教特有的建筑类型之一,主要用于供奉和安置佛祖及圣僧的遗骨(舍利)、经文和法物,外形是一座圆冢的样子、也可以称作佛塔。公元前3世纪时流行于印度孔雀王朝,是当时重要的建筑。作为古代印度最大帝国的创建者,阿育王承受着难以摆脱的精神负担。大约在公元前259年,阿育王开始接近佛教,以利用它更加有效地统治自己的国家,使"战鼓之声"变成"诵经说法之声"。嗜杀君主的良心发现和政治手腕使印度人民在经历了300年的动乱之后,第一次获得了30年的和平,孔雀帝国也在这一时期富强起来。所以阿育王才能得心应手地动用其强大的行政力量和滚滚的财源来弘扬佛教，使佛教从印度的一个地方教派迅速地发展成信徒遍布全国、影响远播境外的大教，不仅在阿育王时期成为印度的国教，而且从此奠定了它日后成为世界宗教的基础。饶公在窣堵波雄浑古朴，不可动摇的稳定感和重量感的景色面前豁然开朗，觉得像方密之药地和尚持破竹篮向鬼门关求卖倒也无妨。从诗中可见窣堵波在诗人心中的崇高的地位，以及对他灵魂的感染和精神的震撼之力。

简译：面对石刻上的婆罗谜文让人不忍摩挲，佛国之事沧海桑田给人的感触多且数不清楚。我与方密之药地和尚一样持破竹篮向鬼门关求卖，飒爽秋风伴随着朝阳渡过这开阔的恒河之境。

泰 姬 陵

雄心①剩欲②寄温柔，倾国③生来有底愁。
竟逐名花④憔悴损，玉钩⑤残梦冷于秋。

注释：

①雄心：伟大的理想和抱负。汉·阮瑀《为曹公作书与孙权》："示之以祸难，激之以耻辱，大丈夫雄心，能无愤发。"
②剩欲：颇想；犹欲。唐·高适《赠杜二拾遗》诗："听法还应难，寻经剩欲翻。"
③倾国：《汉书·外戚传上·李夫人》："延年侍上起舞，歌曰：'北方有佳人，绝世而独立，一顾倾人城，再顾倾人国。宁不知倾城与倾国，佳人难再得！'"后因以"倾国倾城"或"倾城倾国"形容女子极其美丽。
④名花：有名的美女。《西湖佳话·西泠韵迹》："既系妓家，便不妨往而求见。纵不能攀折，对此名花，留连半晌，亦人生之乐事也。"此指泰姬。
⑤玉钩：玉制的挂钩。亦为挂钩的美称，喻新月。

浅解：

　　泰姬陵（波斯语，乌尔都语：محل تاج），全称为"泰吉·玛哈尔陵"，又译泰姬玛哈，是印度知名度最高的古迹之一，在今印度距新德里200多公里外的北方邦的阿格拉（Agra）城内，亚穆纳河右侧。是莫卧儿王朝第5代皇帝沙贾汗为了纪念他已故皇后阿姬曼·芭奴（ممتاز محل）而建立的陵墓，被誉为"完美建筑"。它由殿堂、钟楼、尖塔、水池等构成，全部用纯白色大理石建筑，用玻璃、玛瑙镶嵌，绚丽夺目、美丽无比。有极高的艺术价值。是伊斯兰教建筑中的代表作。2007年7月7日，成为世界八大奇迹之一。此诗描写泰姬陵，角度独特，抛却了景物、心境而以泰姬的口吻描写，将泰姬生平凄美的爱情故事以及王室争端带来的苦难表于言外，表达了饶公对泰姬的同情之情以及对传统"红颜祸水"这种谬解的不满之情。

　　简译：雄心消磨剩欲寄托于温柔之乡，倾国倾城的女子生来有什么愁呢？名花到头来只有憔悴孤虚，唯有玉钩残梦比秋天还冷。

名陵风月①异朝昏，眉妩遥山带泪痕。
莫道霸图②今已矣，御街③坠叶为招魂④。

注释：

①风月：清风明月，泛指美好的景色。亦指沙贾汗与泰姬的情爱之事。前蜀·韦庄《多情》诗："一生风月供惆怅，到处烟花恨别离。"

②霸图：称霸的雄图。《晋书·凉武昭王李玄盛传》："玄盛以纬世之量，当吕氏之末，为群雄所奉，遂启霸图。"

③御街：京城中皇帝出行的街道。《晋书·苻坚载记上》："高平徐统有知人之鉴，遇坚于路，异之，执其手曰：'苻郎，此官之御街，小儿取戏于此，不畏司隶缚耶？'"

④招魂：招死者之魂。《仪礼·士丧礼》"复者一人"汉·郑玄注："复者，有司招魂复魄也。"

浅解：

　　此诗承上诗之境，进而升华到历史的感悟，凄苦的爱情故事以及帝皇的丰功伟业早已消亡。历史永远秉承着它一贯的风格，无情而冷漠。留在人们心中的所剩无多，甚至仅剩街边的落叶对那一段本来深刻的历史依旧感伤。而饶公，也仅是那众多"落叶"中的一片。

　　简译：名陵以及那段世代流传的故事在岁月的更替中继续传承着，妩媚的远山似乎印还带着泪痕。不要诉说那今已淡然无存称霸四方的雄韬伟略，皇帝出行的街道仅剩那些忠诚的落叶还在为他们招魂复魄。

余初来南印，由孟买飞临麦德利斯（Madras），旋自新德里复经此赴锡兰。迨适缅甸，又由哥伦坡历此往加尔各答，凡三临此都。昔无为子①以王事而从方外之乐。余何人斯，游于方内，而寄情无始，其为神趣，岂山水而已哉。因次东坡送杨杰原韵②，以志余衷。

三巡海峤③以送日④，面与秋山相竞赤。
黝肤娇女映芙蕖⑤，譬操白蟹配丹橘。
已把龙宫⑥吞八九，浅倾溟海当杯酒。
不怕漂流耶婆提⑦，长风⑧天半⑨屡招手。
便从竖亥⑩步太虚⑪，胸如夏屋但渠渠⑫。
尽道孤游⑬生情叹，西风无用忆鲈鱼⑭。
我到天竺⑮非求法，由来鹦鹉⑯谁堪敌。
且循石窟诵楞严⑰，一庇南荒⑱未归客。

注释：

① 无为子：杨杰，字次公，号无为子。他是在北宋中期宋仁宗的嘉祐4年（1059）考中进士，后历事宋神宗、英宗、哲宗数朝，任太常、历礼部员外郎、润州（镇江）州官、无为知军、两浙提点刑狱，卒于任上，享年70岁。他一生的创作非常丰富，可惜的是大多数散落丢失了。约半个世纪后，到南宋高宗绍兴年间（1131—1163），赵世粲在无为任知军，他仰慕杨杰的文才，"积两岁之力"努力搜集杨杰诗文，编成《无为集》，使之传世；600多年后，清乾隆44年（1780），《四库全书》将其收入集部，赖此得以保存至今。《无为集》共15卷，其中分赋2卷（古律赋、律赋共13篇）、诗5卷（古诗、律诗、绝句共162首）、文8卷（序、记、杂文、表启、碑志、墓志、行状、表述、奏议共92篇）。
② 送杨杰原韵：宋·苏轼《送杨杰》诗韵。
③ 海峤：海边山岭。唐·张九龄《送使广州》诗："家在湘源住，君今海峤

行。"

④送日：送太阳西下。《文选·江淹〈恨赋〉》："架鼋鼍以为梁，巡海右以送日。"李善注："《列子》曰：穆王驾八骏之乘，乃西观日所入。"

⑤芙蕖：荷花的别名。《尔雅·释草》："荷，芙渠。其茎茄，其叶蕸，其本蔤，其华菡萏，其实莲，其根藕，其中的，的中薏。"郭璞注："〔芙渠〕别名芙蓉，江东呼荷。"

⑥龙宫：龙王的宫殿。在大海之底，为龙王神力所化。《法华经·提婆达多品》："尔时文殊师利坐千叶莲花，大如车轮，俱来菩萨亦坐宝莲花，从于大海娑竭罗龙宫，自然涌出。"

⑦耶婆提：叶调（Yavadvipa，又译耶婆提）一名阎摩那洲（Yamanadvīpa），是一个行奴隶制的古国，位于今天的爪哇岛，一说苏门答腊，或兼指爪哇、苏门答腊二岛。史载，孝顺皇帝永建六年（131）时，叶调国曾遣使东汉。此外，僧人法显在古都阿努罗陀城到处参学后，于东晋义熙八年（412）带了多部梵本典籍从狮子国取海路回国，途中遇风暴，曾在耶婆提国登陆。"其国外道，婆罗门兴盛，佛法不足言"。法显停留五天后，搭商船到广州。

⑧长风：远风。战国·楚·宋玉《高唐赋》："长风至而波起兮，若丽山之孤亩。"

⑨天半：犹言半空中。《艺文类聚》卷三九引南朝·梁·王僧孺《侍宴》诗："蔓草亘岩垂，高枝起天半。"

⑩竖亥：神话传说中的人物。《淮南子·墬形训》："使竖亥步自北极，至于南极，二亿三万三千五百里七十五步。"高诱注："太章、竖亥，善行人，皆禹臣也。"

⑪太虚：谓空寂玄奥之境。《庄子·知北游》："是以不过乎昆仑，不游乎太虚。"

⑫胸如夏屋但渠渠：渠渠，深广貌。《诗·秦风·权舆》："于我乎夏屋渠渠，今也每食无余。"毛传："夏，大也。"郑玄笺："屋，具也。"一说指大屋。

⑬孤游：独游。晋·木华《海赋》："鱼则横海之鲸，突扤孤游。"

⑭西风无用忆鲈鱼：《世说新语·识鉴》："张季鹰辟齐王东曹掾，在洛见秋风起，因思吴中菰菜羹、鲈鱼脍，曰：'人生贵得适意尔，何能羁宦数千里以要名爵！'遂命驾便归。俄而齐王败，时人皆谓为见机。"后来被传为佳话，"莼鲈之思"也就成了思念故乡的代名词。宋·辛弃疾"休说鲈鱼堪脍，尽西风，季鹰归未？"西风吹起之时的10月、11月份正是鲈鱼盛

产之际。

⑮天竺：印度的古称。古伊朗语 hindukahindukh 音译。《后汉书·西域传·天竺》："天竺国一名身毒，在月氏之东南数千里。"唐·玄奘《大唐西域记·印度总述》："详夫天竺之称，异议纠纷，旧云身毒，或曰贤豆。今从正音，宜云印度。"

⑯鹛鹫：同属鹰科猛禽。郭注《穆天子传》云："雕食獐鹿鸟也。"郭注《山海经》云："鹫亦雕也。"

⑰楞严：《楞严经》来源于其因缘为阿难被摩登伽女用邪咒所迷，在阿难的戒体快要被毁坏时，佛陀令文殊菩萨持楞严咒前往救护阿难，阿难才被救醒归佛。故知楞严咒乃《楞严经》之主体，没有楞严咒的因缘，就没有《楞严经》。楞严咒是咒中之王，亦是咒中最长者（2622字），佛经上说"这个咒关系整个佛教的兴衰。世界上只要有人持诵楞严咒，就是正法存在。"

⑱南荒：指南方荒凉遥远的地方。《晋书·陆机传》："辎轩骋于南荒，冲輣息于朔野。"

浅解：

饶公最信缘分，三次经临麦德利斯（Madras）此等佳事，必当成为饶公笔下诗歌的咏诵对象。金奈（泰米尔语："Chennai"）以前称为马德拉斯（英文"Madras"），南印度东岸的一座城市。它坐落于孟加拉湾的岸边，是泰米尔纳德邦的首府，印度第四大都市，世界35大都市地区之一。饶公在诗中借"我到天竺非求法"将自己此行与历史中的玄奘、法显等人区分开来，以一个历史学家来看印度文化。在饶公的其他文集之中，他认为，中国的禅宗是佛教在中国的一个创造，与印度完全不相干，而先生对中国禅宗的看法，是看重它的另一方面，生活艺术。在艺术方面能够引起中国文人的共鸣，比如语言艺术，苏东坡、黄庭坚等都运用得非常好，借相反的言语或是借描绘他物制造一种新的境界，除了语言艺术，还有书画艺术中的禅境，开拓了中国文学艺术的新领域。

简译：三次经过麦德利斯（Madras）并在此送走夕阳，落日照脸与西边之山相映泛红。皮肤黝黑的娇美姑娘与江边的荷花相互媲美，正如把白蟹和丹橘配在一起。龙宫估计已被我们吞掉十之八九，索性把浅倾溟海当杯酒入肚。不怕漂泊到耶婆提之境，天空中的长风已屡屡向我们招手。不如跟从竖亥步入太虚的境地，心胸宽广犹如渠渠夏屋，尽情诉说独自游赏而萌发的各种感叹，西风无需勾起莼鲈之思。我到天竺非求佛法，历来有谁能够对抗雕鹫诸等恶禽？姑且沿着石窟诵读楞严经咒，借此庇佑我这位从南方荒凉地方来的未归之客。

初 抵 锡 兰

暂劳微雨洗征尘①，万里波涛一叶身②，
吹暖海风秋似夏，不妨笼袖作骄民③。

注释：

①征尘：指旅途中所染的灰尘。含有劳碌辛苦之意。宋·陆游《剑门道中遇微雨》诗："衣上征尘杂酒痕，远游无处不消魂。"
②一叶身：形容船小，像一片叶子。姜夔《湘月》词："暝入西山，渐唤我一叶夷犹乘兴。"
③笼袖作骄民：把两手相对伸入两袖中。五代·王定保《唐摭言·敏捷》："温庭筠烛下未尝起草，但笼袖凭几，每赋一咏一吟而已，故场中号为温八吟。"董源（？—约962年）中国五代南唐画家。相传《笼袖骄民图》为其所画，现藏于中国台北故宫博物院。

浅解：

此诗描写了饶公初抵锡兰时的心境，对一路征程劳累的心理安慰，当时当地触景感悟的情绪变化。"不妨笼袖作骄民"亦可看为是饶公在人生风雨征尘中从容自得豁达心境的诠释。

简译：暂时劳烦眼前的细雨为我洗去旅途中所染的灰尘，只身如一叶飘荡在万里的波涛之中，秋季如同夏季，暖暖海风吹拂而来，不妨潇洒笼袖做个骄民。

锡兰官舍临湖晚兴

蛮乡三月倦生涯①,莫把山川比永嘉②。
树密繁荫亏冷月,天长远水入流霞③,
昏黄人有缠绵意④,虚白⑤波生顷刻花⑥。
稍欲沉吟同泽畔⑦,微风时与动窗纱。

注释:

①生涯:语本《庄子·养生主》:"吾生也有涯,而知也无涯。"原谓生命有边际、限度。后指生命、人生。
②永嘉:谢灵运是我国第一个大量创作山水诗的诗人。之前,山水草木只是诗歌的一种点缀,山水只作为背景出现。他是第一个发掘自然美,自觉地以山水为主要审美对象的诗人。他在永嘉郡守任上遍游境内秀美山川,写下诸多描摹山水的诗歌,由此成为中国山水诗的开山鼻祖,永嘉山水遂成为中国古代山水诗的摇篮。
③流霞:浮动的彩云。《文选·扬雄〈甘泉赋〉》:"吸清云之流瑕兮,饮若木之露英。"李善注:"'霞'与'瑕'古字通。"
④缠绵意:情意深厚。唐·张籍《节妇吟》诗:"感君缠绵意,系在红罗襦。"
⑤虚白:语本《庄子·人间世》:"虚室生白,吉祥止止。"谓心中纯净无欲。
⑥顷刻花:唐韩愈侄韩湘,落魄不羁,对酒则醉,醉则高歌,愈教而不听。湘笑曰:"湘之所学,非公所知。"即作《言志》诗一首,中有"解造逡巡酒,能开顷刻花"之句,愈欲验之。适开宴,湘预末坐,取土聚于盆,用笼覆之,巡酌间,花已开。岩花二朵,类世牡丹,差大艳美,合座惊异。事见宋·刘斧《青琐高议·韩湘子》。后因以"顷刻花"指忽然开放的神奇花朵。
⑦沉吟同泽畔:《楚辞·渔父》:"屈原既放,游于江潭,行吟泽畔。"后常把谪官失意时所写的作品称为"泽畔吟"。此指饶公当时的心境,并非特指谪官失意。

浅解：

　　饶公身处锡兰一个幽僻的官舍，"莫把山川比永嘉"以一种特殊的口吻表现了当地独特的山川美景，与永嘉山水相比过无不及。"缠绵意"、"顷刻花"，从屋外的美景转而描述内心那种平静的真意的萌生，让人瞬间抛却繁杂尘世之间的所有，随着诗意一同体会那使人"倦生涯"的蛮乡三月之境。

　　简译：三月蛮乡的气息使人感到慵懒，莫拿此地之山川与永嘉的相对比。亏缺的冷月悬挂于浓密的树荫之上，辽阔长天远水粼粼交映着天边的彩霞，夕阳西下人亦缠绵，心中的澄澈催生顷刻绽放之花。稍想沉吟如同屈原之行吟泽畔，微风不时拂动着窗纱。

又 作

天上银河未筑桥，水风人影共萧寥①。
此生合向荒村老，独对孤灯②听夜潮。

注释：

①萧寥：寂寞冷落。五代·徐铉《题雷公井》诗："摒霭愚公谷，萧寥羽客家。"
②孤灯：孤单的灯。多喻孤单寂寞。南朝·宋·谢惠连《秋怀》诗："寒商动清闺，孤灯暖幽幔。"

浅解：

面对眼前寂静冷清的锡兰景象，饶公却乐在其中。"合向荒村老"，诗人追求平淡祥和的心境、对此地的眷恋之情油然而生。

简译：天上银河未曾搭起鹊桥，流水微风伴随我的影子共同度过寂寞冷落的夜晚。我真的适合在这种荒村僻落中安享晚年，独自对着孤灯听着夜里的潮声让人惬意。

诗心①剩共秋争怯，客泪②还同海竞深。
久惯天涯③住亦得，涛声偏向耳边侵。

注释：

①诗心：作诗之心；诗人之心。宋·王令《庭草》诗："独有诗心在，时时一自哦。"
②客泪：离乡游子的眼泪。南朝·梁·沈约《晨征听晓鸿》诗："闻雁夜南飞，客泪夜沾衣。"
③天涯：犹天边。指极远的地方。语出《古诗十九首·行行重行行》："相去万余里，各在天一涯"。

浅解：

　　饶公对离乡游子羁旅心境的描写，游子"诗心"只与秋"争怯"，"客泪"比海还要深的离愁别绪难以使人摆脱。面对这种无奈，饶公做了表率，不如抛开所有的烦忧，随遇而安，无论在哪都能"住亦得"，这种苦中作乐，值得所有人学习。

　　简译：诗心剩与眼前的秋夜共争怯，离乡游子的眼泪与广阔的海洋同比深。习惯住在天之涯海之角也无妨，涛声偏偏萦绕在我的耳旁。

题锡兰狮山（Sigiriya）壁画。 次东坡龙兴寺韵[1]

呵壁[2]远参谈天艺，片石高丘俯百世。
敦煌差许伯仲[3]间，下视吴生[4]真舆隶[5]。
散花天女[6]多娇娆，惟觉舞鹤堪比岁。
攀梯直上龙蛇窟[7]，走笔[8]犹翻雷雨势。
坏壁[9]纵令毫发爽，精灵独与诸天契。
莫言意到气先吞，早增上果[10]定生慧。
含光霭云扶栋宇[11]，怀古秋风忍屑涕[12]。
朴略[13]响象[14]承苍昊[15]，焕炳[16]眼开譬初霁。
丹青[17]万变曲尽情，风激余芬[18]绕衣袂[19]。
因念显师[20]岛上来，山川草木生岂弟[21]。

注释：

①龙兴寺韵：宋·苏轼《子由新修汝州龙兴寺吴画壁》诗韵。
②呵壁：汉·王逸《〈天问〉序》："屈原放逐，彷徨山泽。见楚有先王之庙及公卿祠堂，图画天地山川神灵，琦玮僪佹，及古贤圣怪物行事，因书其壁，呵而问之，以渫愤懑。"后因以"呵壁"为失意者发泄胸中愤懑之典实。此指参观壁画。
③伯仲：比喻事物不相上下。比喻人或事物不相上下，难分优劣高低，也指兄弟之间的美好情谊。三国·曹丕《曲论·论文》："傅毅之于班固，伯仲之间耳。"
④吴生：指唐名画家吴道子。唐·朱景玄《唐朝名画录·神品上》："明皇天宝中，忽思蜀道嘉陵江水，遂假吴生驿驷，令往写貌。"
⑤舆隶：古代十等人中两个低微等级的名称。因用以泛指操贱役者；奴隶。《吕氏春秋·为役》："夫无欲者，其视为天子也，与为舆隶同。"此特指让吴道子之画黯然失色。
⑥散花天女：佛经故事里的人物。语本《维摩经·观众生品》："时维摩诘室，有一天女，见诸天人闻所说法，便现其身，即以天花散诸菩萨大弟子

上，花至诸菩萨，即皆堕落，至大弟子，便着不堕。"

⑦龙蛇窟：指佛塔，塔里面一层层向上爬，总是要盘旋地像龙蛇似的旋转。唐·杜甫《同诸公登慈恩寺塔》诗："仰穿龙蛇窟，始出枝撑幽。"

⑧走笔：谓挥毫疾书。唐·白居易《余思未尽加为六韵重寄微之》诗："走笔往来盈卷轴，除官递互掌丝纶。"

⑨坏壁：残壁。宋·苏轼《和子由渑池怀旧》诗："老僧已死成新塔，坏壁无由见旧题。"

⑩上果：佛家语。犹言正果。北齐·魏收《缮写三部一切经愿文》："用此功德，心若虚空；以平等施，无思不洽；藉我愿力，同登上果。"

⑪栋宇：房屋的正中和四垂。指房屋。语本《易·系辞下》："上古穴居而野处，后世圣人易之以宫室，上栋下宇，以待风雨。"

⑫屑涕：谓涕泪纷纷下落。语本《楚辞·刘向〈九叹·远逝〉》："肠纷纭以缭转兮，涕渐渐其若屑。"王逸注："涕泣交流，若砌屑之下，无绝时也。"

⑬朴略：质朴鄙野；质朴简约。《文选·王延寿〈鲁灵光殿赋〉》："伏羲鳞身，女娲蛇躯，鸿荒朴略，厥状睢盱。"张载注："朴，质也。略，野略也。"

⑭响象：同"响像"。依稀；隐约。《文选·王延寿〈鲁灵光殿赋〉》："忽瞟眇以响像，若鬼神之髣髴。"李善注："响像，犹依稀，非正形声也。"

⑮苍昊：苍天。《文选·王延寿〈鲁灵光殿赋〉》："据坤灵之宝势，承苍昊之纯殷。"张铣注："苍昊，天也。"

⑯焕炳：明亮。汉·王充《论衡·超奇》："天晏，列宿焕炳。"

⑰丹青：我国古代绘画常用朱红色、青色，故称画为"丹青"。《汉书·苏武传》："竹帛所载，丹青所画。"

⑱余芬：比喻传留后世的美德懿行，此指壁画。

⑲衣袂：袖。《周礼·春官·司服》："齐服有玄端素端。"汉·郑玄注："士之衣袂，皆二尺二寸。"

⑳显师：晋代高僧法显。《法显传》的记述，没有像玄奘游印时屡遭强盗之难的那种记载，足见超日王治世时期的印度社会是很和平、很安宁的。

㉑岂弟：和乐平易。《诗·小雅·蓼萧》："既见君子，孔易岂弟。"

浅解：

狮山（Sigiriya）1982年列入世界文化遗产，公元477年，斯里兰卡国王被他和王妃所生的儿子卡希亚帕（Kasyapa），联合军队领袖——国王的侄子密加拉（Migara）杀死，卡希亚帕篡夺了王位。国王和王后所生的王子，卡希亚帕的弟弟莫加兰纳（Moggallana）则流亡印度。卡希亚帕担心弟弟前来复仇，遂在高岩上修建自己宏伟的宫殿，由于岩石状似狮子，人们便称之为锡吉利亚，意思是"狮子山"。绘于公元5世纪壁画，在距地面高达100米的山崖上蜿蜒数十米。画的都是手持鲜花，上身赤裸，下身藏于缭绕云雾中的女性，其大小与真人相仿，体态丰腴婀娜，笔触粗犷简洁，和一般以宗教为主题的壁画不同，其画风世俗，形象写实，是斯里兰卡壁画的精品。"敦煌差许伯仲"、"下视吴生"或如"散花天女"、"舞鹤"、"天契"诸如此类，举不胜举，饶公几乎用尽各种生动的词汇表达了自己对狮山壁画的极力推崇和赞赏。亦足以见得狮山壁画规模之宏大，图样之变化，笔法之雄劲、配色之巧妙。这个被公认的得芰多时代艺术真髓的艺术精品，在诗人细腻的笔端更显神威，让人瞬息之间仿佛神游其地，伴随诗意一起领略狮山壁画仙女的妖娆，山川草木的平和，中印度艺术的神韵。

简译：远参狮山这精湛的壁画艺术，高丘片石俯视着百世的沧桑。足以与敦煌平分秋色、不相伯仲，更令名画家吴道子之画黯然失色。散花仙女柔美妩媚，惟觉舞鹤能与之同寿，攀登高梯直上这龙蛇之窟，行笔疾驰犹如雷雨之势。历经岁月的坏壁纵使让壁画有所残缺，画中那些生动的精灵依旧能够与诸天相互契合。莫言笔墨未到意气已先吞，早僧上课凭宁静的心映照万物清晰而智慧琅琅。霞光霭霭扶托着栋宇，面迎秋风强忍涕泪怀古伤今。质朴鄙野瞵眇响像承苍昊之纯殷，眼前豁然明亮譬如雨雪初霁。五色丹青璀璨万变曲尽情致，清风吹拂着壁画的余韵缠绕着人们的衣袖。怀念高僧法显当年登临此地，使得山川草木从此为之和平安宁。

缅甸蒲甘（Pagan）石洞，壁绘蒙古骑士，惊喜题此。　次东坡开元寺韵①

旧传黄祸②撼山川，骏马西驰奔狻猊③。
六师④所至无敌手，炎火烧天人摧肩。
此间兀立五千塔，争姿摹影罗青莲⑤。
宣哀宝铎⑥动永夜，涤尘法雨⑦庇遥天。
一从玄关失幽楗⑧，坚林焚燎⑨涸灵泉⑩。
但看幡风⑪花前落，无复镜月定中圆。
今从图画瞻猛士，乍惊尘壁挂星躔⑫。
众阶野兽穿窟穴，一鸟庭树飞苍烟⑬。
日月缠迫⑭归空灭，往事悲歌徒口传。
行程旧帙难稽览⑮，无忧花树⑯尚香鲜。
天衣⑰飞动磔毛发，金躯⑱久已废止观⑲。

宋秘省续收书有蒲甘国行程一书，惜已失传。

注释：

①东坡开元寺韵：宋·苏轼《记所见开元寺吴道子画佛灭度以答子由》诗韵。
②黄祸：欧洲人把十三四世纪蒙古人的扩张称为黄祸。至十九世纪末、二十世纪初西方兴起"黄祸"论，它宣称中国等东方黄种民族的国家是威胁欧洲的祸害，为西方帝国主义对东方的奴役、掠夺制造舆论。
③狻猊：东方神兽。传说中龙生九子之一，形如狮，喜烟好坐，所以形象一般出现在香炉上，随之吞烟吐雾。《穆天子传》卷一："狻猊野马，走五百里。"
④六师：周天子所统六军之师。《书·康王之诰》："张皇六师，无坏我高祖寡命。"曾运乾正读："六师，天子六军。周制一万二千五百人为师。"后以为天子军队之称。

⑤青莲：佛教以为莲花清净无染，故常用以指称和佛教有关的事物。此指佛塔。宋·苏轼《同王胜之游蒋山》诗："朱门收画戟，绀宇出青莲。"自注："荆公宅已为寺。"

⑥宝铎：佛殿或宝塔檐端悬挂的大铃。北魏·杨衒之《洛阳伽蓝记·永宁寺》："绣柱金铺，骇人心目，至于高风永夜，宝铎和鸣，铿锵之声闻及十余里。"

⑦法雨：佛教语。喻佛法。佛法普度众生，如雨之润泽万物，故称。《法华经·化城喻品》："普雨大法雨，度无量众生。"

⑧玄关失幽楗：玄关幽楗，佛教称入道的法门。《文选·王中〈头陀寺碑文〉》："于是玄关幽楗，感而遂通。"李善注："玄关幽楗，喻法藏也。"

⑨焚燎：焚烧。《诗·大雅·云汉》"旱魃为虐，如惔如焚"郑玄笺："草木燋枯，如见焚燎。"

⑩灵泉：对泉水的美称。南朝·陈·张君祖《赠沙门竺法颜》诗之一："峭壁溜灵泉，秀岭森青松。"

⑪幡风：印宗法师在该寺内讲《涅槃经》之际，"时有风吹幡动，一僧曰：风动；一僧曰：幡动；争论不休，惠能进曰：不是风动，亦非幡动，仁者心动"。印宗闻之竦然若惊。知惠能得黄梅弘忍真传，遂拜为师，并为之剃度。

⑫星躔：日月星辰运行的度次。南朝·梁武帝《阊阖篇》："长旗扫月窟，凤迹辗星躔。"

⑬苍烟：苍茫的云雾。唐·陈子昂《岘山怀古》诗："野树苍烟断，津楼晚气孤。"

⑭缠迫：谓日月运行，岁月迫人。有时光迅速，或余日无多之意。南朝·梁·任昉《为卞彬谢修卞忠贞墓启》："感慨自哀，日月缠迫。"

⑮稽览：查看，查阅。唐·权德舆《司农少卿李公墓志铭》序："公稽览故志，通练程品，尝献军国便宜五章。"

⑯无忧花树：梵名 asoka，音译为阿输柯树、阿叔迦树。相传释尊于此种树下诞生。2500多年前，在古印度的西北部，喜马拉雅山脚下（今尼泊尔境内），有一个迦毗罗卫王国。国王净饭王和王后摩诃摩耶结婚多年都没有生育，直到王后45岁时，一天晚上，睡梦中梦见一头白象腾空而来，闯入腹中——王后怀孕了。按当时古印度的风俗，妇女头胎怀孕必须回娘家分娩。摩诃摩耶王后临产前夕，乘坐大象载的轿子回娘家分娩，途径兰毗尼花园时，感到有些旅途疲乏，下轿到花园中休息，当摩诃摩耶王后走

到一株葱茏茂盛开满金黄色花的无忧树下，伸手扶在树干上时，惊动了胎气，在无忧树下生下了一代圣人——释迦牟尼。《过去现在因果经》："夫人见彼园中有一大树，名曰无忧，花色香鲜，枝叶分布极为茂盛，即举右手，欲牵摘之，菩萨渐渐从右胁出。"

⑰天衣：佛教谓诸天人所著之衣。《菩萨璎珞本业经》卷下："一切菩萨行道劫数久近者，譬如一里二里乃至十里石，方广亦然。以天衣重三铢，人中日月岁数，三年一拂此石乃尽，名一小劫。"

⑱金躯：犹金身。南朝·梁简文帝《望同泰寺浮图》诗："意乐开长表，多宝现金躯。"

⑲止观：佛教修行法门之一。"止"为梵文（奢摩他）的意译，意为扫除妄念，专心一境；"观"为梵文（毗钵舍那）的意译，意为在"止"的基础上发生智慧，辨清事理。佛教主张通过"止观"即可"悟"到"性空"而成佛。《法苑珠林》卷一〇一引南朝·梁慧皎《高僧传》："齐邺西龙山云门寺释僧稠姓孙，元出昌黎……初从道房禅师受习止观。"

浅解：

公元后7世纪，讲缅甸语的藏缅族人开始从当今云南的南诏国移居到伊洛瓦底河流域。849年，缅甸族弥补骠族留下的权位空缺，在蒲甘建立了一个小国。直到阿奴律陀统治时期（1044—1077）蒲甘国的影响才扩大到当今缅甸的许多地区。1057年阿奴律陀国王占据了孟国的首府萨通，缅甸开始信奉来自孟人的小乘佛教。在康瑟达统治期间（1084—1112），在孟国的佛经的基础上创造出了缅甸佛经。蒲甘国因为贸易而繁荣起来，于是国王在全国建造了许多宏伟的寺庙和宝塔，随着政治中心的南迁、年久失修等原因，现存佛塔不过5000座。佛塔内的浮雕壁画，技艺精巧，构图朴素，栩栩如生。饶公此诗再次由古及今，因景入情，全诗场面宏大，鲜艳富丽，笔调细腻生动，含蓄不露。领略缅甸蒲甘（Pagan）石洞艺术精华的同时穿越历史，无论过去多么辉煌，在"日月缠迫"之下终归"空灭"。岁月消逝，文明在自然和历史面前显得黯然无力。在往日的慷慨悲歌以及眼前的萧寥的强烈对比之下，淡淡的忧伤顷刻显现在诗歌的字里行间。对这一切，无论是饶公还是我们，都只能回报以一声长叹；唯一让我们感到欣慰的是，先贤遗留下来的这些宝贵的精美雄壮的艺术。

简译：旧时相传"黄祸"震撼整个山川，天地间骏马西驰猊狻狂奔。天子军队所至之处毫无敌手，烽火滚滚灼烧天际人间。这里兀立着五千座佛塔，它们争相竞姿摹影传神。有如朵朵青莲。宣哀大钟永夜长鸣，法雨清洗凡尘庇佑天地万物。自从玄关幽榼无法通明，草木焚毁灵泉干涸。但看幡风掠过，树上花落，不再有镜月能在禅定中圆满。今从壁绘瞻仰蒙古骑士，惊喜地看到灰尘遮掩的墙壁之上星辉璀璨。众多野兽穿行于窟穴众阶之中，枝头一只鸟儿离开庭树飞入那苍茫的云雾。日月运行岁月迫人终入空灭之境，往事悲歌仅凭口头传颂。早已消逝的印迹难以在旧书中查阅，无忧花树至今尚且香鲜。天衣飞动毛发张磔，眼前的金躯久已荒废了"止观"这种修行法门。

缅北村女，艳溢香融，梳髻插花，
宛同汉俗，为赋续丽人行①。　次东坡韵

　　情深有水难比长，风吹野花满头香，美人相望不相识，秋波②脉脉枉断肠。众花尽是可怜意，郁蒸③日午奈思睡，忽见陌头④柳色新，愁牵野草随风靡。深秋南国不知寒，且从茅店⑤歇征鞍⑥。人间未乏周昉⑦笔，暂作欠伸⑧背面看。始信东坡言无底，误把西湖拟西子。（笪重光句云："西湖浪把西施比，湖比西施更误人。"）君看草树连云齐，中有娇莺恰恰⑨啼。

注释：

①续丽人行：宋·苏轼《续丽人行》。《丽人行》是大诗人杜甫的作品，约作于753年（天宝十二年）或次年。诗的主旨是对杨贵妃兄姐妹们嚣张气焰的指斥和鞭笞。
②秋波：比喻美女的眼睛目光，形容其清澈明亮。南唐·李煜《菩萨蛮》词："眼色暗相钩，秋波横欲流。"
③郁蒸：闷热。《素问·五运行大论》："其令郁蒸。"王冰注："郁，盛也；蒸，热也。言盛热气如蒸。"
④陌头：路上；路旁。《宋书·刘穆之传》："时穆之闻京城有叫谋之声，晨起出陌头，属与信会。"唐·王昌龄《闺怨》诗："忽见陌头杨柳色，悔教夫婿觅封侯。"
⑤茅店：用茅草盖成的旅舍。言其简陋。唐·温庭筠《商山早行》诗："鸡声茅店月，人迹板桥霜。"
⑥征鞍：犹征马。指旅行者所乘的马。唐·杜审言《经行岚州》诗："自惊牵远役，艰险促征鞍。"
⑦周昉：中国唐代画家，字仲朗（公元8世纪—9世纪初），一字景玄，京兆（今陕西西安）人，生卒年不详。其绘扑蝶名播中外，画鞍马、鸟兽、草木，时人学之者甚多，程仪、高云、卫宪皆其弟子。好属文，能书。
⑧欠伸：出自宋·苏轼《续丽人行》，苏轼在序中云："李仲谋家有周昉画背面欠伸内人，极精，戏作此诗。"

⑨恰恰：象声词。莺啼声。唐·杜甫《江畔独步寻花》诗之六："留连戏蝶时时舞，自在娇莺恰恰啼。"

浅解：

看到缅北村女美丽而宛同汉俗，引起了饶公创作的雅兴，次《续丽人行》诗韵赋作此诗。诗中以一种轻松愉快的笔调描绘了缅北丽人，一时之间将旅途中的所有困倦和烦闷一一扫除。更将眼前的丽人与周昉画中美人苏轼诗中西湖作比，鲜活的形象跃然纸上，让人浮想联翩。如此美景，无怪乎诗人"忽见陌头柳色新，愁牵野草随风靡。"更觉"草树连云齐"，"娇莺恰恰啼"，清新、自在、爽朗之情溢于言表。

简译： 长流之水无法比拟一往情深，轻风吹拂梳髻之花使满头馨香。路上的美人相望而不相识，脉脉秋波让人肝肠寸断。众花都让我顿生怜惜之意，奈何这闷热的中午却让人困而思睡，忽然察觉路旁的柳色透着清新，忧愁立刻伴随着野草同微风靡散。南国的深秋依旧温暖，姑且在这简陋的旅舍里歇息缓解旅途中的劳累。人间从不缺乏周昉这样的画家，精通作画背面欠伸的美人。突然有些相信东坡翁信口开河，误把西湖与西子相比。君看草树连天与云齐，云中的娇莺恰恰般地啼叫着。

孟德勒陟古刹远眺八莫二首

铺成玉砌①胜琼琚②，山影秋林一带疏，
目极金沙③犹咫尺，可无父老忆相如④。

注释：

①玉砌：用玉石砌的台阶，亦用为台阶的美称。汉·刘桢《鲁都赋》："金陛玉砌，玄枑云柯。"
②琼琚：精美的玉佩。《诗·卫风·木瓜》："投我以木瓜，报之以琼琚。"毛传："琼，玉之美者。琚，佩玉名。"孔颖达疏："琼琚，琚是玉名，则琼非玉名，故云琼。玉之美者，言琼是玉之美名，非玉名也。"
③金沙：含有金子的沙砾。《文选·左思〈蜀都赋〉》："金沙银砾，符采彪炳，晖丽灼烁。"刘逵注："永昌有水，出金，如糠在沙中。"缅甸北部八莫附近的伊洛瓦底江经常能看到沙滩上淘金的少女手拿木筛子在水中筛选金沙。诗人从眼前的金沙联想到了中国金沙一带的巴蜀文明。
④父老忆相如：西汉·司马相如《难蜀父老》，托言难蜀父老，实际上驳朝廷重臣的错误认识，坚定武帝开发西南的信心。指出开发西南是当务之急，是消除混乱、和睦民族、拯救百姓、统一祖国的伟大事业，将使中外更加安乐。而缅北的居民没有司马相如这样的高瞻远瞩的人为他们带来繁荣，依旧以淘金为业。

浅解：

八莫（Bhamo），华侨称它为"新街"，缅甸北部城镇，属克钦邦，缅北军事要地。位于伊洛瓦底江上游东岸及其支流太平江汇口附近，地当水陆要冲。距中国边境很近，在中缅公路通车以前，一直是中缅两国陆路交通和贸易的重镇。向东可到我国云南的腾冲，南通我国的畹町，自古为滇缅间的大道。也是伊洛瓦底江向北航运的终点。水路南通曼德勒，北抵密支那、孟拱、边迈；公路北经密支那可达片马和孙布拉蚌。饶公用极其简短的语言刻画了八莫最引人注目的景色，玉阶、山林、金沙等等。诗人从眼前的金沙联想到了中国古蜀文明成都以及司马相如，正是因为当时司马相如的远见卓识，才有了巴蜀金沙一带的文明繁荣。诗人在赞叹八莫的生态、古迹、民俗的美丽的同时，也为此地没有如司马相如般伟大的人物的扶持而感到惋惜。

简译：铺砌的玉阶胜过精美的琼玉，一带稀疏的山林呈现于眼前，伊洛瓦底江河岸的金沙宛如近在咫尺，可是这里的父老不会追忆司马相如。

当年市马屡驮经，（宋史兵志："干道间大理以马易经、文选、三史、初学记、释典。"）叱驭王尊①事远征②。日落山城乌鹊噪，传烽③万里塞云横。

注释：

①叱驭王尊：汉琅邪王阳为益州刺史，行至邛郲九折阪，叹曰："奉先人遗体，奈何数乘此险！"因折返。及王尊为刺史，"至其阪……尊叱其驭曰：'驱之！王阳为孝子，王尊为忠臣。'"见《汉书·王尊传》。后因以"王尊叱驭"喻忠于吏事，不畏艰险之典。
②远征：征伐远方；远道出征。《左传·定公五年》："不让则不和，不和不可以远征。"
③传烽：点燃烽火，逐站相传，以报敌情。宋·苏轼《登州召还议水军状》："自国朝以来常屯重兵，教习水战，旦暮传烽以通警急。"

浅解：

饶公远眺八莫，梦回边塞，穿越历史，颂扬征士，远征他乡。征士们胸怀报国之心，身先士卒。战场上，烽火相传，他们不畏艰险，英勇杀敌。诗中流露出征士们慷慨从军的激情，杀敌报国，建功立业的抱负。诗歌从大处落笔，描绘了边塞的奇情壮景，格调积极，气势昂扬。

简译：当年经常以卖马来换取经典书籍，勇士们忠于国家不畏艰险远道出征。夕阳伴随着乌鹊聒噪之声落下山城，烽火在边塞的天地间逐站远传万里。

初 到 真 腊

天留荒殿缀人间，鸦路苍苍万木攒①。
偶见竹喧归浣女②，小桥流水③暮云闲。

注释：

①鸦路苍苍万木攒：明末清初王士禄《题龚半千画为周栎园侍郎》诗："石门积雨黯层峦，鸦路苍苍万木攒。"鸦路，鸦飞之路。比喻遥远难行的路程。唐·孟郊《鸦路溪行呈陆中丞》诗："鸦路不可越，三十六渡溪。"
②竹喧归浣女：唐·王维《山居秋暝》诗："竹喧归浣女，莲动下渔舟。"
③小桥流水：元·马致远《天净沙·秋思》："枯藤老树昏鸦，小桥流水人家。"

浅解：

真腊（kmir），又名占腊，为中南半岛古国，其境在今柬埔寨境内，是中国古代史书对中南半岛吉蔑王国的称呼。真腊国很早就出现在中国古代史书的记载之中，远及秦汉，《后汉书》便有记载，当时称为究不事，后至隋唐，《隋书》始称真腊（音译自暹粒 Siem Reap），《唐书》改称为吉蔑、阁蔑（音译自 Khmer），宋承隋代亦称真腊（又作真里富），元朝则又称"甘勃智"，明前期称"甘武者"，明万历后称"柬埔寨"。饶公此诗借用多首古诗之意将真腊的景象刻画出来，颇有黄庭坚"点铁成金"之格调，精于炼字又浑融流转、出神入化，在前人的基础上创新，使自己的诗句了无古人的痕迹，和自己所要表达的思想情感浑然一体、自然天成，化腐朽为神奇。

简译：上天留着这荒废的宫殿点缀人间，此地林木繁茂路程遥远难行。偶尔可以见到天真无邪的姑娘们浣衣笑逐而归，小桥、流水、晚霞，一派悠闲之景怡然而生。

夜访吴哥窟

曲径①江通欸乃村②，冲寒③何事叩重门④。
疑云成阵蛙争鼓，残月无声犬吠昏。
荇藻⑤陂池⑥悲寂寞，龙蛇山泽想军屯⑦。
塔铃⑧不语今何世，聊欲寻诗石尚温⑨。

安南郑怀德艮斋诗集有真腊行，自注："高锦国西南荒山中帝释寺，为古佛坐化处。行一日程至一古城，其宫殿栏庑，皆白石雕琢，光莹精巧。"此诗作于丙午（即乾隆五十一年，1786），为吴哥窟早期史料，时尚未鞠为茂草也。

注释：

①曲径：弯曲的小路。唐·常建《题破山寺后禅院》诗："曲径通幽处，禅房花木深。"
②欸乃村：欸乃，摇橹声。唐·柳宗元《渔翁》诗："烟销日出不见人，欸乃一声山水绿。"
③冲寒：冒着寒冷。唐·杜甫《小至》诗："岸容待腊将舒柳，山意冲寒欲放梅。"
④重门：谓层层设门。汉·张衡《西京赋》："重门袭固，奸宄是防。"
⑤荇藻：多年生草本植物，叶子略呈圆形，叶子浮在水面，根生在水底，花黄色，蒴果椭圆形。
⑥陂池：池沼；池塘。《书·泰誓上》："惟宫室台榭陂池侈服，以残害于尔百姓。"孔传："泽障曰陂，停水曰池。"
⑦军屯：指驻屯的军队。《前汉书平话》卷上："朕思之，陈豨造反，多因为寡人与陈豨军屯衣甲器物，是他韩信执用的物件，以此上仇寡人之冤。"
⑧塔铃：塔上的风铃。明·周永年《泖塔上作》诗："塔铃译佛语，檐鸟调天风。"
⑨石尚温：唐·恭行己《灵隐访旧》诗："早行九里松多老，旧坐三生石尚温。"

浅解：

　　吴哥窟又称吴哥寺，位在柬埔寨西北方。原始的名字是 Vrah Vishnulok，意思为"毗湿奴的神殿"。中国古籍称为"桑香佛舍"。它是吴哥古迹中保存得最完好的庙宇，以建筑宏伟与浮雕细致闻名于世，也是世界上最大的庙宇。利用想象、联想，饶公将主观的情感直接寄托在吴哥窟的景物之中，所描摹的景物都充满了他当时的情感。诗中景物具备明显的象征意义，"疑云"、"残月"、"荇藻"、"龙蛇"在奠定全诗的格调的同时，也反映了吴哥窟历史的兴旺衰落所带给人们的伤感，面对这种无奈，饶公却也能够坦然面对，诗歌结尾峰回路转，"寻诗石尚温"，历史不会被遗忘，文化还在传承，缅怀历史遗迹，姑且放下那无边的伤感，去迎接崭新而美好的未来。

简译：绵延曲折的沿江小路通向欸乃之村，冒着寒风何故来此轻叩层层关门。迷雾般的云阵遍布天边，池塘中的蛙声响彻大地，无声的残月悬挂夜空，村犬的吠叫伴随山头日落。水中之荇藻交横空悲寂寞，深山大泽之龙蛇令人想起从前的军屯。塔上的风铃没有向世人道明今为何世，倒是寻诗之际感受得到岩石之上尚有余温。

宵游 Bayon 宫

面面庄严孰化成①，庙如老将树如兵。
嵯峨②遥夜秋为厉，颓洞③苍烟月渐生。
剩有鸱枭④供夕食，更无熠耀⑤作宵行。
迷阳⑥忽蹈文身地⑦，唤起荒凉万古情。

注释：

①化成：教化成功。《易·恒》："圣人久于其道，而天下化成。"
②嵯峨：形容盛多、长久。《文选·陆机〈前缓声歌〉》："长风万里举，庆云郁嵯峨。"
③颓洞：弥漫，虚空混沌貌。汉·贾谊《早云赋》："运清浊之颓洞分，正重沓而并起。"
④鸱枭：猫头鹰。《诗经·国风·豳风》："鸱枭鸱枭，既取我子，无毁我室。"
⑤熠耀：燐火，鬼火。《诗·豳风·东山》："町疃鹿场，熠耀宵行。"毛传："熠耀，燐也。燐，萤火也。"段玉裁订："〔荧火〕谓鬼火荧荧然者也。"
⑥迷阳：无所用心；诈狂。《庄子·人间世》："迷阳迷阳，无伤吾行。"郭象注："迷阳，犹亡阳也。亡阳任独，不荡于外，则吾行全矣。"成玄英疏："迷，亡也；阳，明也……宜放独任之无为，忘遣应物之明智。"陆德明释文引司马彪曰："迷阳，伏阳也，言诈狂。"一说，谓有刺的小灌木。王先谦集解："谓棘刺也，生于山野，践之伤足，至今吾楚舆夫遇之犹呼迷阳踢也。"
⑦文身地：五岭以南各少数民族地区，文身，即纹身。古代南方少数民族有在身上刺花纹的风俗。唐·柳宗元《登柳州城楼寄漳汀封连四州》诗："共来百越文身地，犹自音书滞一方。"此处特指 Bayon 宫。

浅解：

　　Bayon 宫，位于巴戎庙 Bayon 北面，于 1060 年 Udayadityavarman II 为供奉印度教三大天神之一 Shiva 以建造，最高层的厢房，传说每个晚上，国王都必须在厢房内与Naguy（蛇后）会面，延续国家之福祉。Bapuon巴本宫庙位于Angkor Thom大吴哥城的西北区域，这座巨大的神殿山是在1060年，UdayadityavarmanⅡ为供奉Shiva神，在国都Yasodharapura所建造的国庙，根据周达观《真腊风土志》记载，这座塔比金塔还要高，底层所建的内室数超过10间。饶公来到Bayon宫，面对眼前令人肃然起敬的寺庙与周边地区极度荒凉的不协调，令他感到"迷茫"和"糊涂"，以为自己误入到远古百越为蛮荒之地，如此凄凉的光景，那种伤尽千秋万古之情油然而生。诗歌赋中有比，情景交融，感情真挚，引人入胜。

简译：如此面面庄重肃穆之地是谁造化而成的，寺庙犹如久经战场的将军清点着老树兵阵。这嵯峨漫长的夜晚暗藏着秋季肃杀之厉气，远处虚幻缥缈的苍烟伴随冷月渐渐升起。唯有树梢上的猫头鹰风餐露宿于如此寂静的夜晚，更无萤火在此夜间出行。稀里糊涂地闯入这百越文身之地，突然唤起那荒凉的万古悲情。

Phnom Bakheng 道中

漫道^①穷山^②似铁围^③，千回百匝阻将归，
疏林古道秋如许^④，收拾残阳上客衣^⑤。

越语 Phnom 为山，此庙建于山颠，俯视千里，自基至顶共七层，四周建塔凡一百八，今多倾圮。视其一方，塔之为数悉三十三，论者因谓即仿苏迷庐规制，Filliozat 教授说。

注释：

①漫道：莫说，不要讲。唐·王昌龄《送裴图南》诗："漫道闺中飞破镜，犹看陌上别行人。"
②穷山：深山。《史记·平津侯主父列传》："穷山通谷，豪士并起，不可胜载也。"
③铁围：形容牢固的包围。
④如许：如此。《后汉书·方术传下·左慈》："忽有一老羝屈前两膝，人立而言曰：'遽如许。'"李贤注："言何遽如许为事。"
⑤客衣：指客行者的衣着。唐·高适《使青夷军入居庸》诗："不知边地别，只讶客衣单。"

浅解：

Phnom Bakheng，柬埔寨吴哥古迹中供奉湿婆的印度教寺庙。它是9世纪时吴哥王朝国王耶输跋摩一世建都吴哥后在巴肯山上建立的寺庙。饶公诗歌描写自己在通往 Phnom Bakheng 古道上的所见所思，借诗中"穷山似铁围"、"千回百匝"想要阻止我归去，人生本来"如许"，应该迎着残阳披上客衣继续前进。这告诫着我们，在漫长人生道路上，不论遇到怎样的艰难险阻，最要紧的，是积极应对，而不是退缩逃避。

简译：莫道深山酷似一道钢铁般的围墙，千回百匝想要阻碍我归还，古老的道路上山林稀疏，清秋本就如此，收拾一抹残阳披上单薄客衣继续踏上前方的征途吧！

Angkor 城杂题

寂寥宫殿日西斜，尽道芜城是帝家^①。
蔓草难图^②人去后，一藤终古^③接天涯。
（残甃老树，露根藤蔓，有长数里者。）

注释：

①尽道芜城是帝家：芜城，古城名。即广陵城。故址在今江苏省江都县境。西汉吴王刘濞建都于此，筑广陵城。南朝宋竟陵王刘诞据广陵反，兵败死焉，城遂荒芜，鲍照作《芜城赋》以讽之，因得名。帝家，京都，亦用以指皇宫。唐·李商隐《隋宫》诗："紫泉宫殿锁烟霞，欲取芜城作帝家。"
②蔓草难图：蔓草：蔓延生长的草。蔓生的草难于彻底铲除。《左传·隐公元年》："不如早为之所，无使滋蔓，蔓，难图也。蔓草犹不可除，况君之宠弟乎？"
③终古：久远。《楚辞·离骚》："怀朕情而不发兮，余焉能忍而与此终古。"朱熹集注："终古者，古之所终，谓来日之无穷也。"

浅解：

　　Angkor 城，即吴哥（Angkor）城，柬埔寨的古都和游览胜地，是闻名于世的高棉文化古迹，也是世界著名的佛教建筑。杂题诗描写了饶公在吴哥城各种见闻感慨，这首诗以"残甃老树"作为吟咏对象，将"芜城"与"蔓草"进行对比，文明可以像吴哥城般的脆弱，生命也可以如蔓草般的顽强，这两种看似矛盾的现象贯通全诗。人们无法抵抗兴衰成败的历史规律，但许多不畏艰险如蔓草般顽强的生命依旧勇敢地拼搏着，这值得我们歌颂。

　　简译：夕阳斜照着寂静空旷的宫殿，眼前的荒芜掩盖不住这曾经的帝皇之都。人去楼空而蔓草仍旧滋长，一条露根藤蔓终古蔓延接连天涯。

栅象为奴此筑台，回头棨戟①只蒿莱②。
当年戏马③今安在，敕敕④风威万壑哀。
（真腊风土记所载象台今尚存，为Jayavarman Ⅶ所建。）

注释：

①棨戟：有缯衣或油漆的木戟。古代官吏所用的仪仗，出行时作为前导，后亦列于门庭。《汉书·韩延寿传》："功曹引车，皆驾四马，载棨戟。"
②蒿莱：野草；杂草。《韩诗外传》卷一："原宪居鲁，环堵之室，茨以蒿莱。"
③戏马：驰马取乐。《晋书·刘迈传》："玄（桓玄）曾于仲堪厅事前戏马，以稍拟仲堪。"
④敕敕：同"蔌蔌"，风声劲急貌。

浅解：

　　吴哥的斗象台建于十二世纪末，也是贾耶跋摩七世的年代。自从加亚华尔曼七世（Jayavarman Ⅶ）去世后，吴哥皇朝国势骤弱，邻国暹罗便趁机侵扰入侵，在1431年终于攻下吴哥都城，而将宫殿珍宝、神庙金佛洗劫一空，王都被迫迁往金边（Phnom Penh），吴哥因此被冷落了四百余年。

　　饶公笔下的斗象台，几成颓垣。廊柱土瓦湮没于林荫树丛中，昔日的大殿石板披上葱绿的苔藓地毯，成了落叶奔扬的舞台。随着文明的迁移，大自然再一次接管了这片土地，看着眼前的景象，追忆当年皇室辉煌，只让人连声哀叹。

　　简译：昔日检阅驯服大象的斗象台，回头那些棨戟之处早已廊柱土瓦湮没于林荫树丛中。当年戏马之事今又何在，只有蔌蔌风威起万壑之哀。

杏梁①依旧晚鸦啼，燕子重来啄井泥。
谁道星移惊世换②，坏墙秋草与人齐。

注释：

①杏梁：废旧破损的房梁。
②星移惊世换：即物换星移，比喻时间的变化。唐·王勃《秋日登洪府滕王阁饯别序》："闲云潭影日悠悠，物换星移几度秋。"

浅解：

  饶公此诗构思新颖，借反话表达正面的意思。"晚鸦"、"燕子"依旧不改习性，哪里可见"星移惊世换"、"秋草与人齐"？看似达观的表现手法，各种忧伤却蕴含其中。在加强表达效果的同时，也使诗歌更具厚重感、历史感以及沧桑感。

  简译：晚鸦依旧驻扎在废旧的房梁上啼鸣，燕子重来又在此衔泥筑巢。是谁说道星辰移位景物变换得快？且看眼前墙土坍坏秋草齐人。

兵车画壁尚辚辚①，无限边愁②泥杀人③。
还似斗鸡④盈水陆⑤，抱关翁仲⑥拥城闉。

（真腊旧分水陆，城之四门，列石翁仲两行，每行神将五十。）

注释：

①辚辚：象声词。车行声。《楚辞·九歌·大司命》："乘龙兮辚辚，高驼兮冲天。"朱熹集注："辚辚，车声。"

②边愁：边人的愁苦之情。南朝·陈·苏子卿《南征》诗："故乡梦中近，边愁酒上宽。"

③泥杀人："泥"是缠的意思，愁苦缠身，难以释怀。唐·杜甫《冬至》诗："年年至日长为客，忽忽穷愁泥杀人！"

④斗鸡：壁画中700年前吴哥庶民的生活，市集里斗鸡的唐人为一景。

⑤水陆：即真腊。公元705年—707年，真腊国分裂为北方的陆真腊（又名文单国）和南方的水真腊，水真腊国都婆罗提拔，陆真腊国都在今老挝境内。

⑥翁仲：原本指的是匈奴的祭天神像，大约在秦汉时代就被汉人引入中国，当作宫殿的装饰物。初为铜制，号曰"金人"、"铜人"、"金狄"、"长狄"、"遐狄"，但后来却专指陵墓前面及神道两侧的文武官员石像，成为中国两千年来上层社会墓葬及祭祀活动重要的代表物件。除了人像外，还包括动物及瑞兽造型的石像。

浅解：

吴哥壁画通过饶诗的描述，700年前的景象跃然纸上和人们的心中：辚辚驰骋的兵车，边人征战之景，市集里斗鸡之人，抱关守护的翁仲，一个个都鲜活了起来，吴哥群寺里的众神不再是冷冰冰的石块，众神的国度也不再遥远。

简译： 壁画中那驰骋的兵车栩栩如生仿佛传来辚辚之声，边愁无限令人难以释怀。700年前的真腊斗鸡的情景依然清晰刻画在这里，把关的翁仲仍旧坚守着瓮城的重门。

哥里益（Bernard P. Groslier）教授掌安哥窟重建之责，余笑谓君真神庙之毘湿奴（Vishnu）矣。媵之以诗。

到此休惊九折魂①，江流石转斡乾坤②，
凿山绩可追神禹③，呵壁辞应待屈原④。
老屋数间权作主，平湖千里识真源⑤。
蛮夷大长⑥今何在，无复深山叫夜猿。

注释：

①九折魂：谓行走的惊险。唐·骆宾王《送费六还蜀》诗："万行流别泪，九折切惊魂。"
②乾坤：此指天地。
③凿山绩可追神禹：神禹，夏禹的尊称。《庄子·齐物论》："无有为有，虽有神禹且不能知，吾独且奈何哉。"成玄英疏："迷执日久，惑心已成，虽有大禹神人，亦不令其解悟。"《水经注》载："荆山左，涂山右，二山对峙，相为一脉，自神禹以桐柏之水泛滥为害，凿山为二以通之，今两岸凿痕犹存。"
④呵壁辞应待屈原：屈原呵壁问天，汉·王逸《楚辞·天问序》："屈原放逐，忧心愁悴，仿惶山泽，经历陵陆，嗟号旻县，仰天叹息。见楚有先王之庙及公卿祠堂，图画天地山川神灵，奇玮橘谲，及古贤圣怪物行事，周流罢倦，休息其下，仰见图画，因书其壁，呵而问之，以谍愤懑，舒写愁思。"喻指失意、愤懑。
⑤真源：谓本源，本性。南朝·梁·刘潜《和昭明太子钟山解讲》诗："回舆下重阁，降道访真源。"
⑥蛮夷大长：汉·南越王赵佗对汉廷的自称。《史记·南越列传》："陆贾至南越，王甚恐，为书谢曰：'蛮夷大长老夫臣佗。'"赵佗本身就是北方人，不但自称"蛮夷大长"，而且穿越服，鼓励与越人通婚，他带领十万兵士长驻岭南，安居乐业，更在南越推广中原的典章制度，推进了南越的政治、经济发展进程，领袖的精神对后世的影响是不可估量的。

浅解：

对于哥里益（Bernard P. Groslier）教授掌安哥窟重建之责，饶公将其比作真神毘湿奴（Vishnu），毘湿奴为印度教三大主神之一，祂是世界维护者、宇宙万物保护者。手上持有海螺、法轮与权丈，象征生命起源、时间循环与知识的力量。这是对教授所负之责的赞赏和鼓励。诗中表达了饶公对重建工作的支持，认为此项工作"绩可追神禹"，意义重大。饶公无时无刻鼓励着哥里益教授：抛开一切杂念"权作主"，投入重建工作，这与开拓岭南疆域的南越王赵佗同样令人敬仰，对教授工作的完成充满了信心和期待。

简译：到此莫要惧怕九折的山路，江流石转天地斡旋，凿山开路的业绩可以直追夏禹之功德，不要像屈原般的呵壁问天以泄愤懑。这里的一切全由您负责，这千里平湖都会理解您的一片真心。有开拓之功的南越王现在在哪里？不再有深山中的夜猿凄婉哀啼。

金 边 湖

南来频食金边鱼①，红树②满江画不如。
待梦西江浣肠胃③，微波乱叶落寒墟④。

注释：

①金边鱼：笋壳鱼俗称为金边鱼，学名是 Oxyeleotris marmorata，英文是 Marbled Goby，马来语是 Ikan Ketutu，笋壳鱼鱼名：褐塘鳢、尖塘鳢、云斑尖塘鳢，为鱼纲鲈形目塘鳢科，属尖头塘鳢。其原产地遍布东南亚和南亚洲的池塘及沿海水域，沼泽地与河流。
②红树：指经霜叶红之树，如枫树等。唐·韦应物《登楼》诗："坐厌淮南守，秋山红树多。"
③待梦西江浣肠胃：《旧五代史·周书·王仁裕传》曰："少孤，不从师训，年二十五方有意就学。一夕，梦其肠胃引西江水以浣之，又睹水中砂石皆有篆文，因取而吞之，及寤，心意豁然，自是姿性绝高。"又云："盖以尝梦吞西江文石，遂以为名焉。"喻指心意豁然开朗，悟性绝高。
④寒墟：唐·李洞《鄠郊山舍题赵处士林亭》诗："圭峰秋后叠，乱叶落寒墟。"

浅解：

洞里萨湖又名金边湖，位于柬埔寨境内北部，呈长形位于柬埔寨的心脏地带，是东南亚最大的淡水湖泊。湖滨平原平坦、广阔，长 500 千米、宽 110 多千米，西北到东南，横穿柬埔寨，在金边市与贯穿柬埔寨的湄公河交汇。它像一块巨大碧绿的翡翠，镶嵌在柬埔寨大地之上，为高棉民族的发展与繁荣提供了坚实的资源保障，是柬埔寨人民的"生命之湖"。在金边湖畔一边品尝着美味河鲜，一边欣赏湖岸上的美景，让饶公诗意顿起，心境顿开。

简译：南来金边经常享受金边鱼之美味，水碧树红之天然美景是画作无法企及的。待我梦到西江浣肠胃豁然开朗之时，乱叶正伴着湖水轻轻的涟漪落入那寒冷之地。

金塔（Phnom-penh）二首

竟以蒿丘浪得名，（或说扶南即小丘原名。Phnom，山也，汉译为"南"。）孙吴①宣化②到堂明③。（三国志吴志吕岱传："岱既定交州，又遣从事南宣国化，暨徼外扶南、林邑、堂明、诸王各遣使奉贡。"堂明或谓即真腊北之道明国，在骥州之西。）即今④举目⑤山川异，愁听⑥江流日夜声。

注释：

①孙吴：三国时期的吴国，东吴。三国时期的政权之一。以皇室姓孙，历史上也叫"孙吴"。
②宣化：南宣国化。吴国对两广地区的开拓，公元226年交趾太守士燮死，孙权接受交州刺史吕岱的建议，把合浦以北划为广州，吕岱为刺史；交趾以南为交州，戴良为刺史。但士燮的儿子士徽一面自署交趾太守，一面"发兵拒良"。对此，吕岱力排众议，亲率3000水军"晨夜浮海"，突然兵临交趾城下，迫使士徽束手就擒，避免了割据。接着，他率军平定了九真（今越南清化、河静二省及义安省东部地区），派遣朱应和康泰出使南海诸国，"南宣国化"。朱应和康泰经历及传闻的有一百多个国家，大概就是今天越南的中部、柬埔寨和南洋群岛一带。史载"扶南、林邑……诸王各遣使奉贡"，从此开始了中国和南海诸国的正式往来。吕岱此举，在我国历史上可与东汉时期班超遣使访问西亚各国一事相媲美。
③堂明：今老挝北部或中部。
④即今：今天；现在。唐·高适《送桂阳孝廉》诗："即今江海一归客，他日云霄万里人。"
⑤举目：抬眼望。《晋书·王导传》："周颛中坐而叹曰：'风景不殊，举目有江河之异。'"
⑥愁听：听而生愁，怕听。唐·王昌龄《送魏二》诗："忆君遥在潇湘月，愁听清猿梦里长。"

浅解：

"金塔"，即金边，"金边"。当地流传着一个动人的故事：很早很早以前，有一位名叫"奔"的年老妇人居住此地，她心地善良，同所有相处和睦，人们尊敬她，亲切地称她为"丹那奔"，即"奔老婆婆"。一天清晨，丹那奔在河中发现四尊铜佛像和一尊石佛像，认为是佛祖遇难，于是请来邻居，用隆重的仪式，将佛像迎进自己家中。丹那奔又和邻居一道在自家门前筑起一座小山，在山上用砖木修筑一座佛寺，将佛像供奉在佛寺里。后来，人们为了纪念奔老婆婆，便把这个地方称为：法百囊丹那奔（即奔老婆婆的山庙）。据《柬埔寨年志》上记载，塔山建于公元14世纪，其后半个多世纪里，当时柬埔寨都城吴哥由于不断受到西边暹罗的侵犯，于是国王派出两名大臣去寻找适宜建立新都的地方，最终确定移都法百囊丹那奔。1434年6月，柬埔寨正式迁都，并把这座新城命名为：百囊奔。当时的华人把新都称为"金塔"，后来为了和奔老婆婆联系起来，便改称为"金奔"。而在中国广东沿海一带，"奔"和"边"发音十分近似，渐渐便念成"金边"，于是"金边"这个名称便流传开来，并沿用至今。随后，把原来的那座百奔婆婆的庙宇另称为"塔山"。金塔诗其一简略地描述了金边地名的缘起、金边与中国的正式往来的历史过程，结尾再次因景入情，抒发作者对历史变迁带来的沧桑之感。

简译：此地竟以蒿丘浪作为名，吴国南宣国化直至堂明之地。如今举目四望山川早已迥异，江河日夜流水之声让人听而生愁。

稻田漠漠①淡云遮，碧水苍烟去路赊②。
乍听乡音翻疑梦③，此身谁信老天涯。

注释：

①漠漠：密布貌；布列貌。《西京杂记》卷四引汉代枚乘《柳赋》："阶草漠漠，白日迟迟。"
②去路赊：去路遥远。宋·王安石《山居杂言》诗："数千松倚西山老，七百僧悲去路赊。"
③疑梦：怀疑现实生活是梦，是虚幻的。唐·司空曙《云阳馆与韩绅宿别》诗："乍见翻疑梦，相悲各问年。"

浅解：

《金塔》诗其二从远处着笔，写饶公极目金边地区时的所见所感，"淡云遮"、"去路赊"极力写出所在地区的偏远。故乡不可见，不仅因为距离遥远，还因为路途阻隔，更何况眼下又被淡云遮掩。其视野由远而近、由大而小地收缩，那原本悠悠的乡思变得越来越浓了。只有饶公这样亲身经历过背井离乡羁旅生活的人才能够在记录的文字间洋溢感伤之情，撩拨出那彻骨伤痛："此身谁信老天涯。"

简译：天空中的浮云遮蔽着这片广阔无垠的稻田，碧水蓝天云雾苍茫前方的道路如此遥远。惊愕地听到熟悉的乡音不免让我产生真耶梦耶的疑惑，此身谁会愿意终老天涯。

暹罗猜耶山访佛使比丘，游室利佛逝遗址，
于荒榛中踯躅终日，归来有诗。偕行者谢大晋嘉①，
即用谢客登永嘉绿嶂山诗韵②，邀其同作。

海峤③陟彼岨④，言造栖禅室⑤。
萧寺⑥寻秋草，怀古情未毕。
祇洹⑦留芳轨，瞻谒⑧惭朽质⑨。
颓础复何有，聊欲拨蒙密⑩。
涓涓石上泉，翳翳桑榆日⑪。
表灵⑫资神理⑬，稽览⑭叹周悉⑮。
山僧昭旷姿⑯，黄裳抱元吉⑰。
玄照⑱澈生死，高蹈⑲故难匹。
坦道欣同登，了悟⑳庶万一。
缅想㉑幽人㉒踪，才调㉓不世出㉔。

注释：

①谢晋嘉：广东潮州人，长期侨居海外经商，擅长兰竹，曾在泰国举办画展。其师张大千曾赞扬其墨竹得宋元遗韵，极为难得。
②谢客登永嘉绿嶂山诗韵：南朝·宋·谢灵运《登永嘉绿嶂山》诗韵。
③海峤：海边山岭。唐·张九龄《送使广州》诗："家在湘源住，君今海峤行。"
④陟彼岨：登上高高的石山。《诗·周南》："陟彼岨矣。"
⑤栖禅室：即佛寺。栖禅，犹坐禅。《魏书·释老志》："昔如来阐教，多依山林，今此僧徒，恋着城邑。岂湫隘是经行所宜，浮喧必栖禅之宅，当由利引其心，莫能自止。"
⑥萧寺：唐·李肇《唐国史补》卷中："梁武帝造寺，令萧子云飞白大书'萧'字，至今一'萧'字存焉。"后因称佛寺为萧寺。
⑦祇洹：即祇园，"祇"又写作"衹"。"祇树给孤独园"的简称。梵文的意译。印度佛教圣地之一。相传释迦牟尼成道后，憍萨罗国的给孤独长者用大量黄金购置舍卫城南祇陀太子园地，建筑精舍，请释迦说法。祇陀太子也奉献了园内的树木，故以二人名字命名。后用为佛寺的代称。

⑧瞻谒：犹朝见；谒见。《宋史·乐志十》："瞻谒尽恭，飞英率土。"

⑨朽质：拙劣不堪造就的资质。典出《论语·公冶长》："朽木不可雕也；粪土之墙不可圬也。"

⑩蒙密：茂密；茂密的草木。北周·庾信《小园赋》："拔蒙密兮见窗，行欹斜兮得路。"

⑪翳翳桑榆日：翳翳，晦暗不明貌。桑榆日，语出《太平御览》引《淮南子》："日西垂景在树端，谓之桑榆。"唐·杜甫《成都府》："翳翳桑榆日，照我征衣裳。"

⑫表灵：显灵。南朝·宋·谢灵运《登江中孤屿》诗："表灵物莫赏，蕴真谁为传。"

⑬神理：犹神道。谓冥冥之中具有无上威力，能显示灵异，赐福降灾的神灵之道。《文选·谢灵运〈从游京口北固应诏〉诗》："事为名教用，道以神理超。"李善注："《周易》曰：'圣人以神道设教，而天下服。'"

⑭稽览：查看，查阅。唐·权德舆《司农少卿李公墓志铭》序："公稽览故志，通练程品，尝献军国便宜五章。"

⑮周悉：周到详尽。《北齐书·昭帝纪》："诚如卿言。朕初临万机，虑不周悉，故致尔耳。"

⑯昭旷姿：高远旷达之姿。唐·权德舆《祗役江西路上以诗代书寄内》："愧非超旷姿，循此局促步。"

⑰黄裳抱元吉：《易·坤》："六五：黄裳，元吉。"高亨注："元，大也。裳，裙也，裤也。周人认为黄裳是尊贵吉祥之物，代表吉祥之征，故筮遇此爻大吉……黄裳黄裙内服之美，比喻人内德之美，故大吉。"

⑱玄照：微妙地鉴照（事理）。晋·孙绰《喻道论》："谓至德穷于尧舜，微言尽乎《老》《易》，焉复觏夫方外之妙趣，寰中之玄照乎？"

⑲高蹈：高超；超脱。宋·苏轼《和寄无选长官》诗："葆光既清尚，命尹亦高蹈。"

⑳了悟：佛教谓认识内心的佛性，即明心见性。《景德传灯录·智威禅师》："师知其了悟，乃付以山门。"

㉑缅想：遥想，追随。《宋书·隐逸传·孔淳之》："遇沙门释法崇，因留共止，遂停三载。法崇叹曰：'缅想人外，三十年矣，今乃倾盖于兹，不觉老之将至也。'"

㉒幽人：幽隐之人；隐士。《易·履》："履道坦坦，幽人贞吉。"孔颖达疏："幽人贞吉者，既无险难，故在幽隐之人守正得吉。"

㉓才调：犹才气。多指文才。《晋书·王接传论》："王接才调秀出，见赏知音，惜其夭柱，未申骥足。"
㉔不世出：世所少有。《史记·淮阴侯列传》："此所谓功无二于天下，而略不世出者也。"

浅解：

室利佛逝，7世纪中叶在苏门答腊东南部兴起的信奉大乘佛部的海上强国。梵文名 Sri vijaya，意为光荣胜利。公元七世纪兴起于苏门答腊南部。中国唐代史籍一般称它为室利佛逝，有时简称佛逝或佛齐。宋代以后，中国史籍改称为三佛齐。1017年，室利佛逝遭到注辇（即南印度朱罗国）的袭击。1025年，注辇大举进犯室利佛逝本土及其在苏门答腊和马来半岛的各属邦，室利佛逝的国力从此大受削弱。后由于东爪哇新柯沙里王国，特别是麻喏巴歇的崛起，各属邦的分崩离析，为马来半岛北部各港口为新崛起的素可泰王朝所侵夺，1377年以后室利佛逝逐渐消亡。饶公与谢晋嘉同游室利佛逝遗址，相邀作诗，以表情意。诗歌在表达怀古伤感同时，更加侧重描写佛教遗迹对人们的精神世界的感染：在佛寺庇护之下，仿佛神道相助，让人悟彻生死，心胸豁然开阔，在游览之中坦道同登，追忆历史，其乐融融。

简译：登上矗立海边的高高石山，造访栖禅佛寺。在萧寺中寻找秋草，怀古感伤之情久久无法平息。佛寺留传下来的芳轨，我此等衰朽拙劣的资质竟能够有幸朝见。垣颓础断哪里还有？我迫切想要拨开茂密的草木找寻它们。石上清泉涓涓细流，落日光映桑榆之端。冥冥之中的无上威力彰显神道，让我流连忘返感叹此地的佛教文化的丰饶。山寺僧人有着高远旷达之姿，身披尊贵吉祥的黄衣裳。玄妙的道理让人悟彻生死大关，如此的高超让它物难以企及。一同走上这平坦的道路，抱着那万分之一了悟的希望。追随幽隐之人留下的踪迹，他们都具有不世出的才调。

附：谢晋嘉和作

旦暮逐车尘，地偏乡十室。
野水横修坰，涉逾幸轻毕。
竦肃叩幽栖，阇黎龙象质。
清声动帝畿，妙谛钦圆密。

凤仪非世有，爽朗并秋日。
要言信不烦，玄义嗟难悉。
通明空四大，虚静止祥吉。
江山毓物华，灵秀无俦匹。
古刹遗残砖，勾稽辨一一。
归去数回望，行云没复出。

西势竹叶肥大，晋嘉于甘露寺泼墨写之，图成因题。

暮雨催诗①急，江风拂我衣。
山寒人自瘦，地暖竹能肥。
润叶和甘露②，疏钟③隐翠微④。
随缘⑤有墨戏⑥，不必更言归。

注释：

① 催诗：形容诗性大发。唐·杜甫《携妓纳凉晚际遇雨》诗："片云头上黑，应是雨催诗。"
② 甘露：此词语意双关。既指润叶的甘美露水，又指诗人身处的甘露古寺。
③ 疏钟：稀疏的钟声。清·陈廷敬《送少师卫公致政还曲沃》诗："梦绕细旃闻夜雨，春回长乐远疏钟。"
④ 翠微：指青翠掩映的山腰幽深处。《尔雅·释山》："未及上，翠微。"郭璞注："近上旁陂。"郝懿行义疏："翠微者……盖未及山顶屏颜之间，葱郁菶菶，望之滃滃青翠，气如微也。"
⑤ 随缘：佛教语。谓佛应众生之缘而施教化。缘，指身心对外界的感触。南朝·宋宗炳《明佛论》："然群生之神，其极虽齐，而随缘迁流，成麤妙之识，而与本不灭矣。"
⑥ 墨戏：随兴而成的写意画。《宣和画谱·墨竹诗意图》："阎士安，陈国宛丘人，家世业医，性喜作墨戏，荆榾枳棘，荒崖断岸，皆极精妙。"

浅解：

此为题画诗，诗歌描述了谢公墨竹画作中的景象，也借画作来反映现实中西势山中之美景，在一个景色优美如在画中的环境里欣赏友人惟妙惟肖的墨竹画作，现实与画作已经让人无法分清了。

简译：暮雨撩动了我的诗情，江风吹拂着我的衣裳。山寒水冷人自消瘦，大地温暖竹子肥大。周围的甘露滋润着竹叶，山寺的钟声从山之幽深处隐约传出。有随兴而成的写意墨竹画相伴，不必着急想着归去。

附：谢晋嘉和作

　　与宗颐甫自西势归，复同访甘露寺，僧仁空出纸笔索诗画以贻仁闻上人。为写一竿，宗颐诗立成，用次其韵。

梵宇留行迹，车尘尚满衣。
川原涵雨湿，竹树入春肥。
绘事惭高雅，诗心际隐微。
萧然忘物我，寂坐待僧归。

琪樹盡玄英神趣豈山水杖策且邅征

白山集和謝靈運淨土詠

癸巳遇筆

直是玻璃國
何須出四城
共風與連韻
游聖澄無生
碧虛翠青色

白山集

乙巳岁暮,于役法京。开春为阿尔卑斯山之游,聊乘日车,以慰营魂,更狂顾南行,瞰海忘忧。行箧惟携大谢诗,爱依其韵,浃旬之间,得诗三十六首,都为一集。以山居所作独多,命曰白山。昔东坡寓惠州,遍和陶公之句。山谷谓:"彭泽千载人,东坡百世士。"余何人斯,敢攀曩哲,特倦览瀛壖,登高目极,不觉情深,未能阁笔。萧子显云:"开花落叶,有来斯应,每不能已;虽在名未成,而求心已足。"今之驱染烟墨,摇曳纸札,踵武前修,亦此意也。

一九六六年三月宗颐记于巴黎。

戴密微①教授赴日，临行贻书，谓唯汉土之人最知山水，以余将有 Alpes 之游也。深感其意，赋诗却寄，兼简京都故人。　用大谢送孔令韵②

廿载居南陬③，如蝉不知雪④。
西来为看山⑤，茂赏欣同洁。
感公磊落⑥姿，励我俶傥⑦节。
奇秀郁高文⑧，区宇⑨仰鸿哲⑩。
妙智出天全⑪，净地⑫无亏缺。
丘壑伫玄览⑬，禅藻⑭资繁悦。
东征俄顷间，朝日辉岩列。
遥知盍簪⑮处，雅奏唱方阕⑯。
洛中旧游地，石满古车辙。
楼台烟雨中，佳景天然别。
文章俟洪炉，饮墨惭幽劣⑰。

注释：

① 戴密微：(Paul Demiéville，1894—1979)，法国著名汉学家，敦煌学重要学者，法兰西学院院士。戴密微学识渊博，治学严谨，兴趣广泛，在中国哲学，尤其是佛教、道教、敦煌学、语言学、中国古典文学等方面都有杰出成就，并因此在汉学界享有盛誉。他从研究敦煌经卷始，继之及于禅宗、禅意诗、文人诗。尤其是评介中国古典诗歌深入细致，推动了法国中国文学研究的发展。著述极为丰富，专著、论文及书评约 300 余种。
② 大谢送孔令韵：南朝·宋·谢灵运《九日从宋公戏马台集送孔令》诗韵。
③ 南陬：南部区域，此指中国南方。
④ 如蝉不知雪：蝉于夏秋间由幼虫蜕化而成，绝大多数存活期在半个月以内，最短的只有可怜的3天。此处借喻，暗用了《庄子·秋水》："井蛙不可以语于海者，拘于虚也；夏虫不可以语于冰者，笃于时也。"形象说明了诗人不知雪的事实。
⑤ 山：即 Alpes，阿尔卑斯山脉。欧洲最高大的山脉。阿尔卑斯山脉遍及下

列6个国家的部分地区：法国、意大利、瑞士、德国、奥地利和斯洛文尼亚；仅有瑞士和奥地利可算作是真正的阿尔卑斯型国家。长约1200公里，最宽处201公里以上，是西欧自然地理区域中最显要的景观。

⑥磊落：形容胸怀坦荡。《隶释·汉幽州刺史朱龟碑》："建弘远之议，碌落焕炳。"洪适释："碑以碌落为磊落。"

⑦俶傥：豪爽洒脱。《魏书·阳尼传》："性俶傥，不拘小节。"

⑧高文：指优秀诗文。亦用作对对方诗文的敬称。晋·葛洪《抱朴子·喻蔽》："格言高文，岂患莫赏而减之哉。"

⑨区宇：境域；天下。唐·元稹《贺诛吴元济表》："威动区宇，道光祖宗。"

⑩鸿哲：识见高超的人。梁启超《小说与群治之关系》："大圣鸿哲数万言谆诲之而不足者，华士坊贾一二书败坏之而有余。"

⑪天全：谓天然浑成，无斧凿雕饰之迹。金·王若虚《滹南诗话》卷中："〔东坡〕集中，次韵者几三分之一，虽穷极技巧，倾动一时，而害于天全多矣。"

⑫净地：没有人工开发过的土地。

⑬玄览：远见；深察。晋·陆机《文赋》："伫中区以玄览，颐情志于典坟。"

⑭禅藻：僧人的诗歌合集，此指长期在佛典熏陶下形成的悟性。

⑮盍簪：《易·豫》："勿疑，朋盍簪。"王弼注："盍，合也；簪，疾也。"陆德明释文："簪，虞作戠。戠，丛合也。"孔颖达疏："群朋合聚而疾来也。"后以指士人聚会。

⑯阕：乐终。《礼记·郊特牲》："宾入大门而奏《肆夏》，示易以敬也，卒爵而乐阕。"

⑰文章俟洪炉，饮墨惭幽劣：唐·卢纶《敬酬大府二十四舅览诗卷因以见示》诗："顾己文章非酷似，敢将幽劣俟洪炉。"洪炉：犹大才；大成就。幽劣：低劣；微贱。

浅解：

此诗为赠诗，诗中借大自然各种状物、景象的浑然天成来褒扬戴密微诗文的造诣，表达了饶公对Alpes之游的期待以及对山水之情的眷恋，同时寄托了饶公对故友的思念以及时光易逝的感叹之情。

简译：二十几年居于南方，就像夏蝉一样不识雪花模样。来到西方游山沥水，共同激赏这洁净之境。感叹戴公胸怀坦荡的风姿，激励我豪爽洒脱而不拘小节。奇山秀石积郁着优秀的诗文，天下都敬仰您这位卓尔不凡的能人。高妙的才智出自浑然天成，净土从无亏缺。伫立山中玄览奇观，佛祖的荫庇使之明媚繁悦。俄顷之间向东徐行，朝日的光辉披洒这山岩。遥知朋友相聚之处，清商雅奏唱方终。河洛之中旧游之地，道上的碎石已覆盖着远古的车痕。楼台矗立在烟雨之中，此等佳景有着天然之别。好文章要等待您这样的大才来写，我为自己舞文弄墨尽显低微而感到惭愧不安。

Mont-Blanc　用入华子冈韵[1]

漉沙用构白[2]，著粉堆冰山。
寒飚崩崖吼，哄日明危泉。
雕透伤斧刃，吟啸[3]思前贤。
坤轴[4]昔曾折，天衢[5]若可阡。
硍硍[6]惊走石，悄悄飞冷烟。
今古一成纯[7]，谁复较蹄筌[8]。
群山此为君，云衣[9]万壑传。
象冥定天秩[10]，理幽分化前。
只愁月色孤，猿狖[11]啼潺湲[12]。
艰险骇将压，余悸讶同然[13]。

Byron 句云"Mont-Blanc is the monarch of mountain … in a robe of clouds, with a diadem of snow." Chênedolle 亦云"Voila donc ce Mont-Blanc monarque des montagnes."

Shelly："Ye toppling crage of Ice! Ye avalanches, whom a breath drawns down. In mountains overwhelming. come and crush me."

注释：

①入华子冈韵：南朝·宋·谢灵运《入华子冈是麻源第三谷》诗韵。
②漉沙用构白：《南齐书·张融传》中有《海赋》一篇："若有漉沙构白，熬波出素。"
③吟啸：高声吟唱；吟咏。晋·葛洪《抱朴子·畅玄》："吟啸苍崖之间，而万物化为尘氛。"
④坤轴：古人想象中的地轴。晋·张华《博物志·地》："昆仑山北地转下三千六百里，有八玄幽都，方二十万里。地下有四柱，四柱广十万里，地有三千六百轴，犬牙相举。"宋·辛弃疾《满江红·和傅岩叟香月韵》："根老大，穿坤轴。枝夭矫，蟠龙斛。"
⑤天衢：天空广阔，任意通行，如世之广衢，故称天衢。南朝·梁·刘勰

《文心雕龙·时序》:"驭飞龙于天衢,驾骐骥于万里。"

⑥硠硠:石相击声。唐·柳宗元《晋问》:"罗列而伐者……声振连峦,梯填层溪。丁丁登登,硠硠稜稜,若兵车之乘凌。"

⑦一成纯:《庄子·齐物论》:"众人役役,圣人愚芚,参万岁而一成纯。万物尽然,而以是相蕴。"

⑧蹄筌:语本《庄子·外物》:"筌者所以在鱼,得鱼而忘筌;蹄者所以在兔,得兔而忘蹄;言者所以在意,得意而忘言。"蹄,兔置;筌,鱼笱。谓语言蹄筌都是有形的迹象,道理与猎物才是目的。后常以"蹄筌"指达到某种目的的手段,或反映事物的迹象。

⑨云衣:指云气。《楚辞·刘向〈九叹·远逝〉》:"游清灵之飒戾兮,服云衣之披披。"王逸注:"上游清冥清凉之处,被服云气而通神明也。"

⑩天秩:上天规定的品秩等级。谓礼法制度。《书·皋陶谟》:"天秩有礼。"孔颖达疏:"天又次叙爵命,使有礼法。"

⑪猿狖:泛指猿猴。《楚辞·九章·涉江》:"深林杳以冥冥兮,乃猿狖之所居。"

⑫潺湲:指流水。南朝·宋·谢灵运《入华子冈是麻源第三谷》诗:"且申独往意,乘月弄潺湲。"

⑬同然:犹相同。《孟子·告子上》:"心之所同然者何也?谓理也,义也。"

浅解:

Mont-Blanc:勃朗峰,意为白色之山,因又谓:白朗峰。是阿尔卑斯山的最高峰,位于法国的上萨瓦省和意大利的瓦莱达奥斯塔的交界处。2007年9月15日录得勃朗峰的最新高度为海拔4810.90米,阿尔卑斯山脉最高峰,也是西欧第一高峰。饶公用鲜明的颜色,形象的比喻以及鲜活的拟人手法突显Mont-Blanc的白、寒、危、险、纯、孤等特点,让人身临其境,体验那惊险的纯然美景,感叹自然的鬼斧神工。

简译:漉漉沙丘建构白色之境,附着粉黛堆砌眼前冰山。寒风以崩崖坠峰之势怒吼,白日映照险峻湍急的河流。如此精美的雕饰使斧刃损坏,吟啸徐行思量前贤。地轴昔日为之折断,天空似乎可以触摸得到。沙石硠硠惊走于山地,冷烟悄悄弥漫着天际。古今铸就这精粹纯美的天地,谁还会计较用蹄还是用筌来达到最终目的。群山以此为君主,云气传播于万窍之中。天象冥冥使万物井然有序,事理幽奥让人仿佛身处宇宙分化之前。只愁此处唯有孤单的月色伴人,猿猴凄鸣于流水之旁。惊骇这艰险的山峦似乎要将人压倒,令我们感到心有余悸。

宿 Col de Voza　用登石门最高顶韵①

一山惟白晓，孀娥②昔所栖。
酸风③欲蚀人，阴气灭前溪。
峨峨④千丈冰，凿涧复填阶。
天崩地坼⑤后，鬼雨⑥夜凄迷。
昨来沿何径？晨兴没故蹊⑦。
星痕方变色，霜颜如带啼。
风幔⑧不解语，惜无佳人携。
寒草偏留情，枯尽复生荑。
况乃⑨积香雪，耀眼有珠排。
何须回日驭⑩，且倚入云梯。

注释：

①登石门最高顶韵：南朝·宋·谢灵运《登石门最高顶》诗韵。
②孀娥：指嫦娥。宋吴潜《糖多令·答和梅府教》词："想孀娥，自古多愁。安得仙师呼鹤驾，将我去，广寒游。"
③酸风：指刺人的寒风。唐·李贺《金铜仙人辞汉歌》诗："魏官牵车指千里，东关酸风射眸子。"
④峨峨：高貌。《文选·〈楚辞·招魂〉》："增冰峨峨，飞雪千里些。"吕向注："峨峨，高皃。"
⑤天崩地坼：天崩塌，地裂陷。多比喻巨大的灾难、重大的事变或强烈的声响。《战国策·赵策三》："天崩地坼，天子下席。"
⑥鬼雨：凄凉的阴雨。唐·李贺《感讽》诗之三："南山何其悲，鬼雨洒空草。"
⑦故蹊：原路；旧路。南朝·宋·谢灵运《登石门最高顶》诗："来人忘新术，去子惑故蹊。"
⑧风幔：挡风的帷幕。唐·杜甫《客旧馆》诗："风幔何时卷，寒砧昨夜声。"

⑨况乃：何况；况且；而且。《后汉书·王符传》："以罪犯人，必加诛罚，况乃犯天，得无咎乎？"
⑩回日驭：却日回行。语出《淮南子·览冥训》："鲁阳公与韩构难，战酣日暮，援戈而挥之，日为之反三舍。"日返三舍，回日也。晋·郭璞《游仙诗》之四："愧无鲁阳德，回日向三舍。"日驭：太阳。日形如轮，周行不息，故称。隋·卢思道《从驾经大慈照寺》诗："日驭非难假，云师本易凭。"

浅解：

本诗描写了Mont-Blanc中Col de Voza的景象：终年冰雪覆盖，寒气逼人，却清凉脱俗，美景怡人，更让人流连忘返。

简译：洁白明亮的山峦，宛若当年嫦娥居住的地方。刺骨的寒风侵蚀着游人，阴冷的空气使前方的溪流凝固。高大嵯峨千里冰封，凿涧疏泉冰雪填满台阶。天崩地坼之后，凄冷阴雨暗夜凄迷。昨天前来沿何路径？今晨的新雪又淹没原来的道路。天空的点点星痕刚刚换了颜色，如霜的容貌似带啼妆。挡风的帷幕不解人语，可惜身边无佳人相伴。傲霜的草儿偏偏遍地留情，于枯荑之中又生繁华。况且这里积满香雪，耀眼犹如珍珠般排列。何须却日回行，且倚这入云之梯登向高处。

初入山　用过白岸亭韵①

渐春山恋人，延我到萝屋②。
秋毛经冬骨③，飘叶复槁木④。
几曾历沧桑，谁为剖心曲⑤。
春来山如笑，与我相倾属⑥。
敢惮千里遥，呦呦思鸣鹿⑦。
天长况梦短，有生悲无乐。
青山纵不语，亦自感休戚⑧。
此情可成丹⑨，我欲问抱朴⑩。

注释：

①过白岸亭韵：南朝·宋·谢灵运《过白岸亭》诗韵。
②萝屋：藤蔓作的屋子，泛指简易的房子，清修之地。
③秋毛经冬骨：指季节的变化。北宋·韩拙《山水纯全集》中云："梁元帝云：木有四时，春英夏荫，秋毛冬骨"。
④槁木：枯木。《礼记·乐记》："故歌者上如抗，下如队，曲如折，止如槁木。"孔颖达疏："止如槁木者，言音声止静感动人心，如似枯槁之木止而不动也。"
⑤心曲：内心深处。《诗·秦风·小戎》："言念君子，温其如玉。在其板屋，乱我心曲。"郑玄笺："心曲，心之委曲也。"朱熹集传："心曲，心中委曲之处也。"
⑥倾属：倾心向往。《隋书·观德王杨雄传》："雄宽容下士，朝野倾属。高祖恶其得众，阴忌之，不欲其典兵马。"
⑦呦呦思鸣鹿：鹿鸣声。《诗经·小雅·鹿鸣》："呦呦鹿鸣，食野之苹。我有嘉宾，鼓瑟吹笙。"
⑧休戚：喜乐和忧虑。亦泛指有利的和不利的遭遇。《国语·周语下》："晋孙谈之子周（晋悼公）适周，事单襄公……晋国有忧，未尝不戚；有庆，未尝不怡……为晋休戚，不背本也。"

⑨成丹：已炼成的仙丹。《太平广记》卷三引《汉武帝内传》："后三年，吾必欲赐以成丹半剂，石象散一具。"
⑩抱朴：抱朴是一个道教术语。源见于《老子》"见素抱朴，少私寡欲"。朴指平真、自然、不加任何修饰的原始。抱朴即道家、道教思想中追求保守本真，怀抱纯朴，不萦于物欲，不受自然和社会因素干扰的思想。

浅解：

面对四时更替、秋毛冬骨而成槁木的山景，饶公触景生情，突然悲从中来，感叹岁月易逝，人生苦短。表达自己向往保守本真，怀抱纯朴，不萦于物欲，不受各种外界因素干扰的平和心态。

简译：春山如恋人般温柔，延请我进萝屋休憩。秋毛冬骨四季变化，飘叶相竟枯萎。几曾经历沧桑岁月，谁来慰藉我内心深处的烦愁。春山澹冶如笑，与我倾心相属。千里虽遥岂敢惮行，思念远方呦呦鹿鸣之声。天虽长而梦却短，人生悲多而乐少。青山纵然默默不语，亦能从中体会它的喜乐忧虑。此情是否可以修炼成丹，我也向往那怀抱纯朴的境地。

望雾中 Chamonix　用白石岩韵①

入峡景频变，微澌②绕砚③生。
云中万重山，寒调④触深情。
嵌空太古雪⑤，曾蕴无穷龄。
于兹悟画理⑥，阴凹⑦费经营⑧。
疾风拂千里，长涧落遥汀。
为我分一奇，如气出幽并⑨。
云头供吞吐⑩，峰腰作宾萌⑪。
山形笔笔异，飞白⑫孰与京。
待招洪谷子⑬，商略⑭倾微诚⑮。

注释：

①白石岩韵：南朝·宋·谢灵运《白石岩下径行田诗》诗韵。
②微澌：细小的流水。唐·曹松《信州闻通寺题僧砌下泉》诗："耗痕延黑藓，净罅吐微澌。"
③砚：《说文》："石滑也。"段玉裁注：谓石性滑利也。
④寒调：唱腔的一种，唱来如泣如诉，如哀如叹，别具一格，极富个性。此指山中的格调。
⑤嵌空太古雪：嵌空，玲珑。唐·杜甫《铁堂峡》诗："修纤无垠竹，嵌空太始雪。"仇兆鳌注："嵌空，玲珑貌。"
⑥画理：绘画的原理。明·何景明《吴伟飞泉画图歌》诗："吴生跌宕得画理，潦草落笔皆可喜。"
⑦阴凹：作画时以淡墨描绘洪梁山头阴暗之处。
⑧经营：指艺术构思。南朝·梁·刘勰《文心雕龙·丽辞》："至于诗人偶章，大夫联辞，奇偶适变，不劳经营。"
⑨幽并：幽州和并州的并称。约当今河北、山西北部和内蒙古、辽宁一部分地方。其俗尚气任侠。因借指豪侠之气。南朝·宋·鲍照《拟古》诗之三："幽并重骑射，少年好驰逐。"

⑩吞吐：吞进和吐出。比喻出纳、隐现、聚散等变化。南朝·宋·鲍照《登大雷岸与妹书》："吞吐百川，写泄万壑。"
⑪宾萌：客民。《吕氏春秋·高义》："瞿度身而衣，量腹而食，比于宾萌，未敢求仕。"高诱注："宾，客也；萌，民也。"
⑫飞白：中国画中一种枯笔露白的线条。南朝·宋·刘义庆《世说新语·巧艺》："顾长康好写起人形，欲图殷荆州。殷曰：'我形恶，不烦耳。'顾曰：'明府正为眼尔，但明点童子，飞白拂其上，使如轻云之蔽日。'"
⑬洪谷子：唐末五代最具影响的山水画家荆浩。大约卒于五代后唐（923—936）年间。出生地过去一直误为是山西沁水，实为河南济源。士大夫出身，后梁时期因避战乱，曾隐居于太行山洪谷，故自号"洪谷子"。荆浩不仅创造了笔墨并重的北派山水画，被后世尊为北方山水画派之祖，还为后人留下著名的山水画理论《笔法记》。
⑭商略：商讨。晋·范宁《〈谷梁传集解〉序》："于是乃商略名例，敷陈疑滞，博示诸儒异同之说。"
⑮微诚：微小的诚意。常用作谦词。晋·陆机《谢平原内史表》："臣之微诚，不负天地。"

浅解：

　　Chamonix，夏蒙尼。地处阿尔卑斯山麓，勃朗峰以北，海拔1050米的风景旖旎，色彩斑斓的小镇，法国唯一一个高山滑雪胜地。饶诗突发奇想，以作画的方式将眼前的山景勾勒出来。大自然"阴凹费经营"，使得"山形笔笔异"，即使洪谷子再世来到此地也会为之一振，重新思量山水画的创作原理了。此诗构思奇特，异想天开，让人领略Chamonix奇秀之景的同时，感叹诗人的高超的写作技巧，超强的想象力以及细腻的情感寄托。

　　简译：进入峡谷中景物千变万化，细流环绕光滑的石头而生。云雾遮掩着万重山峦，凄寒的格调撩动着深深的情思。嵌空的太古之雪，积蕴无穷的岁月痕迹。从中体悟绘画的原理，阴凹细微之处煞费作画者之苦心。疾风轻拂千里遥地，长长的涧水泻落到遥远的汀洲。让我分得大自然的奇秀之美，如豪侠之气出于幽并。山端上云雾吞吐，山腰上宾客云集。山峰形状各异，天然枯笔露白的线条谁能够超过呢？待我将洪谷子招来此处，和他重新讨论山水画创作的原理。

山中滑雪　用池上楼韵①

晨风倏成阵，绝峤弄哀音。
有怀②可容冰，无水恐恒沉③。
鞋湿几顿踬④，弥知筋力任。
茫茫白间黑，前路有疏林。
髡枝⑤不著花，清致⑥足窥临⑦。
岭云披絮帽⑧，亦复忘崎嵚⑨。
短景⑩忽参差，乱山起层阴⑪。
行行⑫何所慕，旷野渺霜禽⑬。
但未忍黄昏，夕阳动凄吟⑭。
云外山河远，客子⑮难为心。
乃知行路难⑯，嗟叹⑰直至今。

注释：

①池上楼韵：南朝·宋·谢灵运《登池上楼》诗韵。
②有怀：犹有感。晋·夏侯湛《东方朔画赞》："观先生之祠宇，慨然有怀，乃作颂焉。"
③无水恐恒沉：南朝·梁·庾信《小园赋》："虽无门而长闭，实无水而恒沉。"
④顿踬：颠仆，行路颠蹶。汉·焦赣《易林·小过之剥》："登高斩木，顿踬蹈险。车倾马疲，叔伯嗟嘘。"
⑤髡枝：修剪树枝。此指秃枝。
⑥清致：清雅的风度；美好的情趣。宋·张道洽《咏梅》诗之二："才有梅花便不同，一年清致雪霜中。"
⑦窥临：临窗眺望。谢灵运《登池上楼》诗："衾枕昧节候，褰开暂窥临。"
⑧岭云披絮帽：白云宛如给山头戴着絮帽。宋·苏轼《新城道中二首》诗："岭上晴云披絮帽，树头初日挂铜钲。"
⑨崎嵚：形容山路险阻不平。

⑩短景：日影短。谓白昼不长或将尽。北周·庾信《和何仪同讲竟述怀》诗："秋云低晚气，短景侧余晖。"

⑪层阴：指密布的浓云。唐·李商隐《写意》诗："日向花间留返照，云从城上结层阴。"

⑫行行：不停地前行。《古诗十九首·行行重行行》诗："行行重行行，与君生别离。"

⑬霜禽：霜鸟。指白鸥、白鹭等。唐·孟郊《立德新居》诗："霜禽各啸侣，吾亦爱吾曹。"

⑭凄吟：痛苦的呻吟。

⑮客子：离家在外的人。汉·王粲《怀德》诗："鹳鹉在幽草，客子泪已零。"

⑯行路难：行路艰难。亦比喻处世不易。唐·杜甫《宿府》诗："风尘荏苒音书绝，关塞萧条行路难。"

⑰嗟叹：吟叹；叹息。《礼记·乐记》："言之不足，故长言之。长言之不足，故嗟叹之。嗟叹之不足，故不知手之舞之足之蹈之也。"

浅解：

饶公在诗中描述了山中滑雪的所见所感，从崎岖的道路看到了人生的各种坎坷，对黄昏之景感叹自身的年老力衰，行路难。人生处世实属不易，游子羁旅他乡实属无奈，对人生苦难的嗟叹直至今天我们仍然无法摆脱，这便是人生！

简译：清晨突然吹起了阵阵寒风，在悬崖峭壁间制造着哀音。心中的热忱可以融化冰雪，无水则恐被淹没。鞋子湿透行路颠蹶，方知自己筋力已衰。白茫茫天地间黑白相间，原来是前路稀疏的山林。单薄的枝叶不着花色，清雅的旨趣让人不由自主地抬头眺望。岭云宛如给山头戴着絮帽，此等美景让人忘却山路的崎岖。夜幕降临天地悄然变化，纷乱的山头浓云密布。这一路不停地行为的是什么呢？旷野中的霜禽是多么渺小啊！不忍看到这黄昏之景，面对夕阳我不禁吟起了哀伤的诗句。云外山河征途遥远，羁旅他乡的游客内心苦痛。乃知人生处世实为不易，那千古之叹至今仍在继续。

踏雪归来　用还湖韵①

谢公②茂形外，天趣属清晖③。背流④欲安之，迷岸终识归⑤。山行雪淹膝，颓阳⑥隐翠微⑦。朝来云懵懂⑧，夕返霰纷霏⑨。河山自匪碍⑩，（五灯会元语。）烟水共无依。畏寒鸟飞绝，趁暖风墐扉⑪。去国⑫梦魂⑬远，入春鸿燕⑭违。物色⑮多变化，理一可类推。

注释：

①还湖韵：南朝·宋·谢灵运《石壁精舍还湖中作诗》诗韵。
②谢公：指谢灵运。
③清晖：明净的光辉、光泽。南朝·宋·谢灵运《石壁精舍还湖中作》诗："昏旦变气候，山水含清晖。"
④背流：逆流，洄流。南朝·宋·谢灵运《会吟行》诗："连峰竞千仞，背流各百里。"
⑤迷岸终识归：迷岸，迷途。南朝·梁简文帝《奉清上开讲启》："是以背流知反，迷岸识归。"
⑥颓阳：落日。《文选·谢瞻〈王抚军庾西阳集别作〉诗》："颓阳照通津，夕阳暧平陆。"吕延济注："颓阳，落日也。"
⑦翠微：指青翠掩映的山腰幽深处。《尔雅·释山》："未及上，翠微。"郭璞注："近上旁陂。"郝懿行义疏："翠微者……盖未及山顶屏颜之间，葱郁蓊葐，望之浴浴青翠，气如微也。"唐·李白《赠秋浦柳少府》诗："摇笔望白云，开帘当翠微。"
⑧懵懂：模糊不清。南朝·梁·江淹《贻袁常侍》诗："铄铄雾上景，懵懵云外山。"
⑨纷霏：纷纷飞散。南朝·宋·谢灵运《撰征赋》："冒沉云之晻蔼，迎素雪之纷霏。"
⑩河山自匪碍：《五灯会元》卷第十二："临终画一圆相，又作偈献师：'世界无依，山河匪碍。大海微尘，须弥纳芥。拈起襆头，解下腰带。若觅死生，问取皮袋。'"
⑪墐扉：闭户。《礼记·月令》："（季秋之月）蛰虫咸在内，皆墐其户。"郑

玄注："墐，为涂闭也。"
⑫去国：离开故乡。宋·苏轼《胜相院经藏记》："有一居士，其先蜀人……去国流浪，在江淮间。"
⑬梦魂：古人以为人的灵魂在睡梦中会离开肉体，故称"梦魂"。唐·刘希夷《巫山怀古》诗："颓想卧瑶席，梦魂何翩翩。"
⑭鸿燕：鸿雁和燕子。两者均为候鸟。于长江一带，前者秋来春去，后者秋去春来。清·方文《芜阴送钱既白游太湖》诗："我方来尔邑，尔复去吾乡。交错如鸿燕，拼飞为稻粱。"
⑮物色：景色；景象。南朝·宋·鲍照《秋日示休上人》诗："物色延暮思，霜露逼朝荣。"

浅解：

饶诗从自然界中的各种变化引申至人生变数之无法预料。告诫众人要调整好心态，以乐观积极向上的精神迎接人生的各种转变。必须"迷岸终识归"，"趁暖风堇扉"，在逆境中安然对待，做好迎接挑战的准备，终究能够达到自己期望的结果。自然有着自己运行的规律，我们要掌握这些规律，才能够更好的适应自然，适应社会。

简译：谢公以形外之神为美，其自然的乐趣属于清晖之山水。逆流而上要去往哪里？迷途终究会找到归路。山里前行大雪淹没膝盖，落日时分众山掩映于幽深之处。朝早来时云雾蒙蒙，夜幕迟归已是飞雪飘洒。河山自然无障无碍，烟水同样无依无主。畏惧寒冷的飞禽早已离开，趁暖风之时将门窗紧闭。离开家乡漂泊遥远他方，春来之时鸿燕交错归回。天地间景随时迁，万物之理可依此类推。

雪意　用岭门山韵①

垂老②不废诗，所怕行作吏③。
前藻④试商确⑤，逸响⑥差可嗣。
萧寥⑦临皋壤⑧，沉沉⑨会雪意。
飞琼⑩时起舞，搅碎故乡思。
暗水⑪情微通，浮岚⑫痴可喜。
此间无古今，昏旦气候异⑬。
光届岭生泽，地滑步增跂。
凝愁⑭翠欲拾，扶梦烟如芷⑮。
园林粲皓然⑯，贞白明吾志。

（平生所慕为陶贞白一流。其言"人生数纪之内，识解不能周流，天壤区区，惟恣五欲，实可愧耻。自云博涉，患未能精，而苦恨无书。"余之凡鄙，其病正同，然西来读书，流览图卷，所好有同然也。）

注释：

①岭门山韵：南朝·宋·谢灵运《游岭门山诗》诗韵。
②垂老：将近老年。唐·杜甫《垂老别》诗："四郊未宁静，垂老不得安。"
③行作吏：做官。三国魏·嵇康《与山巨源绝交书》："游山泽，观鱼鸟，心甚乐之。一行作吏，此事便废。"
④前藻：指前人的诗文。《宋书·谢灵运传论》："若夫敷衽论心，商榷前藻，工拙之数，如有可言。"
⑤商确：商讨；斟酌。南朝·梁·钟嵘《〈诗品〉总序》："观王公搢绅之士，每博论之余，何尝不以诗为口实，随其嗜欲，商确不同。"
⑥逸响：雄浑奔放的诗文。《文选·沈约〈宋书谢灵运传论〉》："缀平台之逸响，采南皮之高韵。"李善注："逸响，谓司马相如之文。"
⑦萧寥：寂寞冷落。五代·徐铉《题雷公井》诗："捃籡愚公谷，萧寥羽客

家。"
⑧皋壤：泽边之地。《庄子·知北游》："山林与，皋壤与，使我欣欣然而乐与！"
⑨沉沉：形容心事沉重。唐·王建《将归故山留别杜侍御》诗："沉沉百忧中，一日如一生。"
⑩飞琼：指飘飞的白雪。宋·辛弃疾《满江红·和范先之雪》词："天上飞琼，毕竟向人间情薄。"
⑪暗水：伏流。潜藏不显露的水流。唐·李百药《送别》诗："夜花飘露气，暗水急还流。"
⑫浮岚：飘动的山林雾气。宋·欧阳修《庐山高赠同年刘中允归南康》诗："欲令浮岚暖翠千万状，坐卧常对乎轩窗。"
⑬昏旦气候异：南朝·宋谢灵运《石壁精舍还湖中作》诗："昏旦变气候。"
⑭凝愁：凝聚愁情。宋·柳永《八声甘州》词："争知我，倚阑干处，正恁凝愁。"
⑮芘：通"庇"。荫蔽；庇护。唐·柳宗元《为韦京兆祭杜河中文》："余弟宗卿，获芘仁宇。"
⑯皓然：洁白貌。《列子·汤问》："火浣之布，浣之必投于火。布则火色，垢则布色，出布而振之，皓然疑乎雪。"

浅解：

饶诗之"雪意"，是一种远离世俗、无今无古，周流宇宙的冰雪情怀。此诗即皆用飞雪之意表达饶公对独立自由纯洁的生命精神的追求。陶贞白，南朝高隐陶弘景之号。贞白之所以为选堂平生所倾慕，在于他站在宇宙生命观的高度，否定了"惟恣五欲"的人生选择，表达了对博学而精粹的学术的追求。自由自在隐逸读书的高情，其间蕴含着远离政治不求功用的价值取向，这与饶公高迈独立的人格正好异代同鸣。

简译： 垂暮之年不废诗词，平生最怕当官行吏。商讨前人所作的诗歌，雄浑奔放我还差能发扬传承。孤寂冷漠地站在河泽之边，心事沉沉地感悟飞雪之意。飘飞的白雪翩翩起舞，搅乱我对故乡的思念之情。潜藏山中的水流略懂情义，飘动山林的雾气善解喜意。在雪境中没有古今之分，早晚时分气候迥异。阳光普照雪岭散发着光泽，地滑只能加快行走的脚步。凝愁翠亦同拾，扶梦如烟庇护。园林鲜亮焕白，贞白能够理解我的志向。

山中见月　用出西射堂韵①

昔年捣药窟②，寂寞抱高岑③。
得地恐石田④，窥天只泥沉。
初阳不到处，终古惟穷阴⑤。
劳君苦登顿⑥。芳意⑦一何深。
人力真胜天，繁星复如林。
形与影竞驰，何以宁此心。
已知即无知，所尚在灵襟⑧。
空山不见人⑨，有月惜无琴。

注释：

①出西射堂韵：南朝·宋·谢灵运《晚出西射堂》诗韵。
②捣药窟：玉兔捣药，道教掌故之一，见于汉乐府《董逃行》。相传月亮之中有一只兔子，浑身洁白如玉，所以称作"玉兔"。玉兔拿着玉杵，跪地捣药，成蛤蟆丸，服用此等药丸可以长生成仙。久而久之，玉兔便成为月亮的代名词。
③高岑：高山。《文选·王粲〈登楼赋〉》："平原远而极目兮，蔽荆山之高岑。"李善注："山小而高曰岑。"
④石田：多石而不可耕之地。亦喻无用之物。《左传·哀公十一年》："得志于齐，犹获石田也，无所用之。"
⑤穷阴：指极其阴沉的天气。唐·李华《吊古战场文》："至若穷阴凝闭，凛冽海隅，积雪没胫，坚冰在须。"
⑥登顿：上下；行止。《文选·谢灵运〈过始宁墅〉诗》："山行穷登顿，水涉尽洄沿。"李周翰注："登顿，谓上下也。"
⑦芳意：指春意。唐·徐彦伯《同韦舍人元旦早朝》诗："相问韶光歇，弥怜芳意浓。"
⑧灵襟：胸怀。唐太宗《初春登楼即目观作述怀》诗："凭轩俯兰阁，眺瞩散灵襟。"

⑨空山不见人：空寂的山中，看不见人。唐·王维《鹿柴》诗："空山不见人，但闻人语响。"

浅解：

　　此诗借景抒情，诗中前部分，以山中的寂月，土地之贫瘠，描写自然环境的恶劣和人力的艰辛。后半部分一转笔锋，从消沉过渡为乐观，认为"人力真胜天"，已知与无知的区别，关键取决于人心，相信通过人们的努力，任何困难都可以被克服。

　　简译：从前捣药修炼之地，寂寞萦绕着高山。地幅辽阔却多石而不可耕，堆积其中的唯有泥土沉淀。初阳照射不到那里，终日阴沉萧寥。山路崎岖劳君登顿，芳意究竟有多深啊！人力真的可以胜天，繁星如同茂密的森林。形影相随相互竞驰，怎样才能使心里安宁呢？已知即无知，体会其中的奥理取决于自己的胸怀。空寂的山中没有人烟，如此的月色可惜没有琴可以清奏一曲。

向喜诵"空山多积雪,独立君始悟"句。
面此穷谷,共赏初晴,慨然援笔。　用石鼓山韵①

去国②日已久,神与遥山接。
每岁望中原,一发渺难涉。
积雪满江海,未辞远攀蹑③。
独立知朝彻④,于道倘有协。
苕发觉春宽,楼高惊梦狭。
百年几青兕⑤,万壑皆白叠⑥。
枯杨初生稊⑦,苍松不凋叶。
爱憎已齐丧,阴阳聊可燮。
兹焉憯忘情,贞观⑧自云惬。

注释:

①石鼓山韵:南朝·宋·谢灵运《登上戍石鼓山》诗韵。
②去国:详见《踏雪归来》⑫注。
③攀蹑:攀援;攀登。宋·郭彖《睽车志》卷三:"一径极高峻,乃攀蹑而登。"
④朝彻:谓突然间悟达妙道。《庄子·大宗师》:"吾独守而告之,三日而后能外天下;已外天下矣,吾又守之,七日而后能外物;已外物矣,吾又守之,九日而后能外生;已外生矣,而后能朝彻。"陆德明释文:"郭司马云:朝,旦也;彻,达妙之道。"
⑤青兕:青兕牛。古代犀牛类兽名。一角,青色,重千斤。《楚辞·招魂》:"君王亲发兮惮青兕。"王逸注:"言怀王是时亲自射兽,惊青兕牛而不能制也。"洪兴祖补注:"《尔雅》:兕,似牛。注云:一角,青色,重千斤。"
⑥白叠:布名。用棉纱织成。《史记·货殖传》:"榻布皮革千石。"《集解·汉书·音义》:"榻布,白叠也。"《正义》:"白叠,木棉所织,非中国有也。"

⑦生稊：草木再发新芽。《易·大过》："枯杨生稊，老夫得其女妻。"王弼注："稊者，杨之秀也。"
⑧贞观：以正道示人。贞，正，常。观，示。《易·系辞下》："天地之道，贞观者也。"韩康伯注："天地万物莫不保其贞以全其用也。"孔颖达疏："天覆地载之道以贞正得一，故其功可为物之所观也。"陈梦雷浅述："观，示也。天地常垂象以示人，故曰贞观。"

浅解：

在序言中，饶公言己"向喜诵'空山多积雪，独立君始悟'句"。盖此句胸次清雅高旷，有宁静澹泊之想，契合了他那一份自足而独立的人格追求。此诗借登山之意，以表诗人追求澹泊恬静的心境。

简译：离家羁旅已多年，精神仍与故乡的遥山相接。年年眺望中原之地，更觉得归期遥遥无期。积雪填满江海，不辞辛苦前来攀登。独立其中悟达妙道，似乎得到了天地的相助。花开始觉春天的来临，楼高突然感到梦境的狭隘。百年之中几现青咒，万壑披雪皆如棉花般软白。枯萎的杨树再发新芽，苍松也不再凋叶。这里已经无爱无憎，阴阳得到了调和。突然间感到内心平静恬淡，恢弘正道自然让人心里畅快。

咏白桦 bouleau　用种桑韵①

弱质②甘犯寒③，何曾费攘剔④。
长伴风中松，冰砌日绁绩⑤。
霜皮⑥薄如纸，妆点⑦嗟何益。
苍鬟覆翠靥⑧，惊沙⑨缝破隙⑩。
幺凤⑪空山冷，憔悴护春场⑫。
孤蟾⑬余朗照⑭，稍稍明心迹⑮。
江南乞移根⑯，聊用慰远役。

注释：

①种桑韵：南朝·宋·谢灵运《种桑诗》诗韵。
②弱质：衰弱的体质。南朝·宋·谢灵运《山居赋》："弱质难恒，颓龄易丧，抚鬓生悲，视颜自伤。"
③犯寒：冒着寒冷。宋·惠洪《十月桃》诗："雪中桃花夜来折，儿稚犯寒争欲摘。"
④攘剔：谓剪除繁冗部分。语本《诗·大雅·皇矣》："攘之剔之，其檿其柘。"朱熹集传："攘剔，谓穿剔去其繁冗使成长也。"南朝·宋·谢灵运《种桑》诗："诗人陈条柯，亦有美攘剔。"
⑤绁绩：缀织，抽丝，纺绩。
⑥霜皮：苍白的树皮。唐·杜甫《古柏行》诗："霜皮溜雨四十围，黛色参天二千尺。"仇兆鳌注："霜皮溜雨，色苍白而润泽也。"
⑦妆点：谓点缀。唐·冯贽《云仙杂记·白羊妆点芳草》："午桥庄小儿坡，茂草盈里。晋公每使数群羊散于坡上，曰：'芳草多情，赖此妆点。'"
⑧翠靥：古代贵族妇女的面饰。用绿色"花子"粘在眉心，或制成小圆形贴在嘴边酒窝地方。后蜀·顾敻《虞美人》词："迟迟少转腰身袅，翠靥眉心小。"
⑨惊沙：亦作"惊砂"。指狂风吹动的沙砾。南朝·宋·鲍照《芜城赋》："棱棱霜气，蔌蔌风威。孤蓬自振，惊砂坐飞。"

⑩破隙：缝隙；裂缝。宋·梅尧臣《九月二十四日大风》诗："惊沙入破隙，危叶堕绿枝。"

⑪么凤：一种已经灭绝的禽鸟。四川金川（在成都西北，属今阿坝藏族自治州）一带，栖息着么凤，么凤大约仅有黄豆粒大小，暮春到夏季时，常飞扑在林间或者花丛之间。因为金川天寒，当秋天来临时，它们就飞入山洞里过冬。

⑫春场：田畔。《诗·小雅·信南山》："疆场翼翼，黍稷或或。"郑玄笺："场，畔也。"

⑬孤蟾：指月亮。《宋史·乐志十五》："残霞弄影，孤蟾浮天外，行人触目是消魂。"

⑭朗照：明亮的光。宋·潘阆《岁暮自桐庐归钱塘晚泊渔浦》诗："新月无朗照，落日有余晖。"

⑮心迹：思想与行为。南朝·宋·谢灵运《斋中读书》诗："昔余游京华，未尝废丘壑；矧乃归山川，心迹双寂漠。"

⑯移根：犹移植。北周·庾信《枯树赋》："昔之三河徙植，九畹移根。"

浅解：

此诗吟咏了一种傲霜的植物：白桦。白桦既像梅那样傲霜斗雪，又像竹那样高风亮节，最可贵的是舍弃满身金黄，落得清秀洁白，正是饶公人生追求的生命精神。

简译： 体质虚弱却甘愿抵御严寒，何曾需要人工为之栽剪。长伴随松树在寒风中成长，在冰雪中生长。苍白的树皮薄如纸片，装饰点缀有何益处？白色已经覆盖原有的翠绿，扬起的沙砾填补其中的裂缝。么凤归洞空山冷寂，憔悴地守护着无人的田畔。孤月闪着明亮的余光，稍稍能够明了我的心迹。乞求将之移植江南，慰藉远役他方那些苦闷的心灵。

旅窗晓望　用东山望溟海韵①

冬山睡态足，雪飞皑悠悠。
玄裾②牵云带，林路塞藂③忧。
枯松如挟纩④，层冰覆高丘。
汹穆⑤连九垓⑥，浑茫⑦迷十洲⑧。
毫末⑨劲飚生，几席岩气流。
东风欲解冻，西日忽我遒。
碧空自澄远，昭旷⑩应所求。

注释：

①东山望溟海韵：南朝·宋·谢灵运《郡东山望溟海诗》诗韵。
②玄裾：《南齐书·卷四十一·列传第二十二·张融、周颙》："袖轻羽以衣风，逸玄裾于云带。"
③藂：古同"丛"。聚集。
④挟纩：披着绵衣。亦以喻受人抚慰而感到温暖。《左传·宣公十二年》："申公巫臣曰：'师人多寒。'王巡三军，拊而勉之，三军之士皆如挟纩。"杜预注："纩，绵也。言说（悦）以忘寒。"
⑤汹穆：深微貌。《史记·屈原贾生列传》："汹穆无穷兮，胡可胜言！"司马贞索隐："汹穆，深微之貌。"张守节正义："汹音勿。"
⑥九垓：亦作"九畡"、"九陔"。中央至八极之地。《国语·郑语》："王者居九畡之田，收经入以食兆民。"韦昭注："九畡，九州之极数。"亦作"九阂"、"九陔"。
⑦浑茫：模糊；不分明。清·姚鼐《米友仁〈楚江风雨图卷〉》诗："波翻雨横客登楼，天地浑茫不知处。"
⑧十洲：道教称大海中神仙居住的十处名山胜境。亦泛指仙境。《海内十洲记》："汉武帝既闻王母说八方巨海之中有祖洲、瀛洲、玄洲、炎洲、长洲、元洲、流洲、生洲、凤麟洲、聚窟洲。有此十洲，乃人迹所稀绝处。"
⑨毫末：毫毛的末端。比喻极其细微。《老子》："合抱之木，生于毫末；九

层之台，起于累土。"
⑩昭旷：犹言开朗豁达。汉·邹阳《狱中上书自明》："秦信左右而亡，周用乌集而王，何则？以其能越拘挛之语，驰域外之义，独观于昭旷之道也。"南朝·宋·谢灵运《富春渚》诗："怀抱既昭旷，外物徒龙蠖。"

浅解：

此诗饶公以远眺的方式写雪景，生动再现阿尔卑斯山脉的雪中景物。而且，饶公还从冰天雪地之中发现万物苏醒的迹象："毫末劲飔生，几席岩气流。东风欲解冻，西日忽我道。"因景入情，再次阐发自己内心的澄净以及对豁达心境的追求。

简译：冬天的山川睡态惺忪，皑皑白雪悠悠飞扬。如衣襟般轻拂天边的云朵，茂密的林荫小路塞聚忧郁。枯松如同披着薄薄的棉衣，层层冰雪覆盖着高丘。深微迷茫连及九垓，朦朦胧胧使十洲迷离。细微之处劲风衍生，几席之间岩气流动。东风欲将天地解冻，西日变得如此耀眼。碧空自可澄远，开朗豁达之境正是我所要追求的。

雪消后作　用游南亭韵①

精灵②自来去，云水③日奔驰。
寒宵④人慵起，小星⑤列半规⑥。
春风镇相识，徘徊远路歧。
有泪珠沉海，断肠花发池。
逴逴⑦严冬尽，叠叠⑧好春移。
销魂⑨几阵雨，漫山玉箸⑩垂。
岭日生残夜⑪，钟情长若斯⑫。
藏花护玉⑬意，一片白盈崖。
冷入相思骨，说与何人知。

注释：

①游南亭韵：南朝·宋·谢灵运《游南亭》诗韵。
②精灵：精灵之气。古人认为是形成万物的本原。《易·系辞上》"精气为物，游魂为变"，唐·孔颖达疏："阴阳精灵之气，氤氲积聚而为万物也。"
③云水：云与水。唐·杜甫《题郑十八著作丈故居》诗："台州地阔海冥冥，云水长和岛屿青。"
④寒宵：寒夜。唐·杜甫《阁夜》诗："岁暮阴阳催短景，天涯霜雪霁寒宵。"
⑤小星：小而无名的星。《诗·召南·小星》："嘒彼小星，三五在东。"毛传："小星，众无名者。"
⑥半规：半圆形。此指月亮。南朝·宋·谢灵运《游南亭》诗："密林含余清，远峰隐半规。"
⑦逴逴：《楚辞·九辩》："春秋逴逴而日高兮，然惆怅而自悲。"王逸注："年齿已老，将晚暮也。"
⑧叠叠：形容侃侃而谈的情状。东晋·谢尚《谈赋》："斐斐叠叠，若有若无。理玄旨邈，辞简心虚。"
⑨销魂：形容极其哀愁。南朝·梁·江淹《别赋》："黯然销魂者，唯别而已

矣。"
⑩玉箸：喻眼泪。南朝·梁·简文帝《楚妃叹》诗："金簪鬓下垂，玉筯衣前滴。"
⑪残夜：夜将尽时。唐·王湾《次北固山下》诗："海日生残夜，江春入旧年。"
⑫若斯：如此。汉·王延寿《鲁灵光殿赋》："苟可贵其若斯，孰亦有云而不珍。"
⑬藏花护玉：宋·王沂孙《无闷》："冻云一片，藏花护玉，未教轻坠。"

浅解：

深夜的黑暗引人无限遐想，愁苦之情涌上心头，慢慢占据了诗人的整个心灵，天地万物也为之通情，正如王国维所说的"一切景语皆情语。"饶公要抒发的是游子的彷徨之意。所选择的自然景物也是那样愁苦，任何一漂泊在外的人，见此情此景，都会心情沉重，泪流满面，起归家之意。

简译：精灵之气氤氲积聚，云水日日奔驰不停。寒夜里的人慵懒而起，点点小星簇拥着半轮明月。旧曾相识的春风，徘徊在远方迷失了道路。晶莹的泪如珍珠般沉入大海，断肠花绽放于池台之旁。冬天日渐离我们远去，在清淡中春天不觉就过去了。天空忽然下起几阵销魂之雨，满山宛如泣泪涟涟。岭日从残夜中生出，造化如此钟情。含苞待放的花儿点缀如玉般的雪花，悬崖峭壁间白茫茫的一片。我的相思冷沁心骨，欲同谁诉说这份真情实感呢？

和岩上宿①

修林②无静柯,且从岩下歇。
清川见停流,断壑窥圆月。
暝色③满高楼,朔风④何凓发⑤。
上神知乘光⑥,清徽⑦悟超越。
逃泽不乱群⑧,直木恶先伐⑨。
霞采倘可咽⑩,胜赏出穷发⑪。

注释:

①和岩上宿:和南朝·宋·谢灵运《石门岩上宿》诗韵。
②修林:修,长。茂密高大的树林竹林。
③暝色:暮色;夜色。南朝·宋·谢灵运《石壁精舍还湖中作》诗:"林壑敛暝色,云霞收夕霏。"
④朔风:北风,寒风。三国·魏·曹植《朔方》诗:"仰彼朔风,用怀魏都。"
⑤凓发:风寒冷。《诗·豳风·七月》:"一之日凓发,二之日栗烈,无衣无褐,何以卒岁。"毛传:"凓发,风寒也。"马瑞辰通释:"《说文》:'浑,浑泼,风寒也。'……浑泼盖本字,《毛诗》作凓发,叚借字也。"
⑥上神知乘光:上神,神灵;天神。《礼记·礼运》:"修其祝嘏,以降上神与其先祖。"孔颖达疏:"上神谓在上精魂之神,即先祖也。指其精气,谓之上神;指其亡亲,谓之先祖。协句而言之,分而为二耳。皇氏熊氏等云:'上神谓天神也。'"上神乘光,庄子《外篇·天地》:"'愿闻神人。'曰:'上神乘光,与形灭亡,是谓照旷。致命尽情,天地乐而万事销亡,万物复情,此之谓混溟。'"
⑦清徽:犹清操。《晋书·宗室传论》:"〔安平〕清徽至范,为晋宗英。"
⑧乱群:惑乱百姓。三国·蜀·诸葛亮《论来敏》:"来敏乱群,过于孔文举。"
⑨直木恶先伐:直:挺直。挺直成材的树木,最先被砍伐。比喻有才能的人会遭到迫害。《庄子·山木》:"是故其行列不斥,而外人卒不得害,是以

免于患。直木先伐，甘井先竭。"
⑩霞采倘可咽：霞采，彩霞。隋·薛道衡《重酬杨仆射山亭》诗："朝朝散霞彩，暮暮澄秋色。"霞采倘可咽，南朝·齐·谢朓《思归赋》："况朝霞之采可咽，琼扉之饰方宣，养以虚白之气，悟以无生之篇。"
⑪穷发：极北不毛之地。《庄子·逍遥游》："穷发之北有冥海者，天池也。"成玄英疏："地以草为毛发，北方寒沍之地，草木不生，故名穷发，所谓不毛之地。"南朝·宋·谢灵运《游赤石进帆海》诗："周览倦瀛壖，况乃凌穷发。"

浅解：

此诗从岩上歇息取景，描绘了阿尔卑斯山脉凄冷的夜景。彰显了自己不与凡俗同流的高贵品格，对隐逸山林的向往以及对世俗险恶的厌恶之情。

简译：茂密高大的树林没有静柯，姑且就在这岩石之下歇息。寂静的山川泉流停滞，从那壑谷隙缝中窥探空中的圆月。夜色弥漫整座高楼，北风无比的寒冷。上神能够使自然与道合真，高尚清徽悟出空色两忘浑然融化的境界。有才能的人会遭到恶人的迫害，不如逃于泽地不"惑乱"百姓。何况朝霞之采还可吞咽，到此正可赏阅无人烟之地的美景。

和 咏 冬①

徒怀琬琰②心，雾蠽复烟灭。
素绨③结红冰④，敢劳纤手⑤切。
谁觅一丸泥⑥，封闭千堆雪。
颜借香醪朱，态比新月洁。
茫然惊梦破，终复迷来辙。

注释：

①咏冬：南朝·宋·谢灵运《咏冬诗》。
②琬琰：泛指美玉。《楚辞·远游》："吸飞泉之微液兮，怀琬琰之华英。"洪兴祖补注："琬音宛，琰音剡，皆玉名。"
③素绨：素绨是铜氨丝与蜡纱交织的平素绨类丝织物。经线为铜氨丝，纬线为蜡棉纱，平纹组织织物质地粗厚紧密，织纹简洁清晰，光泽柔和，宜作男女袄料等。
④红冰：喻泪水。五代·王仁裕《开元天宝遗事红冰》："杨贵妃初承恩召，与父母相别，泣涕登车，时天寒，泪结为红冰。"
⑤纤手：柔细的手。汉昭帝《淋池歌》诗："秋素景兮泛洪波，挥纤手兮折芰荷。"
⑥一丸泥：一块泥。《列仙传》："时人言，得回一丸泥涂门，户终不可开。"

浅解：

此诗采用侧面描写，将雪景比作琬琰琼玉之心，与皎洁新月媲美的美人，形象生动地描绘了冬天的景色。亦让诗人最终沉迷在了这片美丽的冬景之中无法自拔。诗歌轻松且愉快，美丽而动人。

简译：徒怀琬琰之华英，云雾变化即随之烟灭。大自然历经千辛万苦编制的"素绨似乎还结着泪水"，何忍将纤细的双手缔造的这一切切断。谁能寻得一块泥土，将眼前千堆冰雪封闭起来。面容借香酒之力而变红，优美的神态堪比皎洁的新月。在茫然之中醉梦惊醒，最终迷失了向来的车迹。

和净土咏①

直是玻璃国②，何须出四城。
共风与连韵，游圣③证无生④。
碧虚⑤望晴色，琪树⑥尽玄英。
神趣⑦岂山水，杖策⑧且遐征⑨。

注释：

①净土咏：南朝·宋·谢灵运《净土咏》。
②玻璃国：此指雪山如同玻璃般的王国。
③游圣：游于圣人之门。语出《孟子·尽心上》："孔子登东山而小鲁，登泰山而小天下，故观于海者难为水，游于圣人之门者难为言。"
④无生：佛教语。谓没有生灭，不生不灭。唐·王维《登辨觉寺》诗："空居法云外，观世得无生。"
⑤碧虚：碧空；青天。南朝·梁·吴均《咏云》诗："飘飘上碧虚，蔼蔼隐青林。"
⑥琪树：仙境中的玉树。《文选·孙绰〈游天台山赋〉》："建木灭景于千寻，琪树璀璨而垂珠。"吕延济注："琪树，玉树。"
⑦神趣：神韵趣旨。明·何景明《画鹤赋》："倚粉壁而骈颈，引青林之双步，岂偶尔而髣髴，真天然之神趣。"
⑧杖策：拄杖。《庄子·让王》："〔大王亶父〕因杖筴而去，民相连而从之。遂成国于岐山之下。"成玄英疏："因拄杖而去。"
⑨遐征：远行；远游。汉·繁钦《与魏文帝笺》："咏北狄之遐征，奏胡马之长思。"

浅解：

　　此诗前半部分写雪景，感叹雪地的纯美宛若仙境。后半部分阐发自己无畏艰险"杖策"、"遐征"的志气，从中可见饶公独立之精神。

　　简译：这如同玻璃般美丽的雪之国度，如此净土何须再到他方寻觅。诗情画意风连韵生，游于圣人之门求证不生不灭之境。望见碧空的晴色，琪树上长满了玄英。神韵趣旨岂止在这山水之间，且让我拄杖踏上更远的征途。

和石壁立招提①

偷来五岳图②，兼天③净未已④。
远霭在空濛，穷照到无始⑤。
毋劳大匠⑥斲，登高损屐齿。
悲风⑦千里来，深谷寒云起。
虚室既生白⑧，河清应可俟⑨。
须弥⑩旧有山，祇洹⑪今无轨。
何缘⑫露电⑬叹，已入冰壶⑭里。
欲观空非空，须尽理外理。

注释：

①石壁立招提：南朝·宋·谢灵运《石壁立招提精舍》。
②五岳图：即五岳真形图。道教符箓，据称为太上道君所传，有免灾致福之效。今河南登封县嵩山中岳庙内存有此图的碑刻。《续谈助》卷四引《汉孝武内传》："〔汉武帝〕先承王母言，以五岳图授董仲君；又承上元夫人言，以五帝六甲灵飞十二事授李少君。"
③兼天：连天。唐·杜甫《秋兴》诗之一："江间波浪兼天涌，塞上风云接地阴。"
④未已：不止；未毕。《诗·秦风·蒹葭》："蒹葭采采，白露未已。"
⑤无始：没有起始。南朝·齐·明僧绍《正二教论》："而道常出乎无始，入乎无终。"
⑥大匠：技艺高超的木工。《老子》："夫代司杀者杀，是谓代大匠斲。夫代大匠斲者，希有不伤其手矣。"
⑦悲风：凄厉的寒风。《古诗十九首·去者日以疏》："白杨多悲风，萧萧愁杀人。"
⑧虚室既生白：谓人能清虚无欲，则道心自生。《庄子·人间世》："瞻彼阕者，虚室生白，吉祥止止。"司马彪注："室比喻心，心能空虚，则纯白独生也。"

⑨河清应可俟：语本《左传·襄公八年》："子驷曰：《周诗有之曰：'俟河之清，人寿几何？'"
⑩须弥：须弥山。梵语 sumeru 的译音。有"妙高"、"妙光"、"安明"、"善积"诸义。原为古印度神话中的山名，后为佛教所采用，指一个小世界的中心。山顶为帝释天所居，山腰为四天王所居。四周有七山八海、四大部洲。《释氏要览·界趣》："《长阿含》并《起世因本经》等云：四洲地心，即须弥山。此山有八山绕外，有大铁围山，周回围绕，并一日月昼夜回转照四天下。"
⑪祇洹：即祇园。"祇树给孤独园"的简称。梵文的意译。印度佛教圣地之一。相传释迦牟尼成道后，憍萨罗国的孤独长者用大量黄金购置舍卫城南祇陀太子园地，建筑精舍，请释迦说法。祇陀太子也奉献了园内的树木，故以二人名字命名。玄奘去印度时，祇园已毁。后用为佛寺的代称。北周·庾信《王张寺经藏碑》："舍卫之国，祇洹之园。"
⑫何缘：怎么；为什么。《晋书·桓冲传》："冲性俭素，而谦虚爱士。尝浴后，其妻送以新衣，冲大怒，促令持去。其妻复送之，而谓曰：'衣不经新，何缘得故！'冲笑而服之。"
⑬露电：朝露易干，闪电瞬逝。比喻迅速逝去或消失。语本《金刚般若波罗蜜经》："一切有为法，如梦幻泡影，如露亦如电，应作如是观。"
⑭冰壶：盛冰的玉壶。常用以比喻品德清白廉洁。语本《文选·鲍照〈白头吟〉》："直如朱丝绳，清如玉壶冰。"李周翰注："玉壶冰，取其洁净也。"

浅解：

此诗从不同的角度阐发了顿悟解脱的佛理，乐观地认为"虚室既生白，河清应可俟。"与其感叹时光易逝，不如泰然面对，领悟"理外理"，进入清虚无欲的"空非空"之境。诗歌清静恬淡，自然高雅。

简译：偷来了五岳真形图，天地间澄净一片。远远的云霭虚无缥缈，穷形尽照直到无始之境。不用劳烦技艺高超之大匠斲琢，登此高山就会将屐底之齿磨损。凄厉的寒风千里袭来，幽深的山谷寒云升起。人能清虚无欲则道心自生，黄河水清之日是可以等到的。须弥旧曾有山，祇园今已人烟罕至。何以感叹时光稍纵即逝，此心如玉壶之冰般洁净。想要体悟空非空的真谛，需要懂得理外之理。

和望石①门 此诗康乐集不载,见陈舜俞庐山记。吴其昱辑出。

若华②晖石林,惠气③生岳趾。
聊为歌白雪④,妩媚照千里。
伊昔⑤王安道⑥,拂衣⑦华山里。
我今貌⑧兹山,清兴⑨逐风起。
相去千载遥,禅味倘相似。

王履入华山为图四十诗一百二十首,见明史方技传。

注释:

①鲍照《望石门》,陈舜俞《庐山记》载作灵运诗。于"鸡鸣清涧中"句前,只"明发振雪冠"四句,至"参差悉相似"句止,见《副刊·陈记》此首系据《庐山小志》录存。
②若华:古代神话中若木的花。《楚辞·天问》:"羲和之未扬,若华何光?"
③惠气:和顺之气。《楚辞·天问》:"伯强何处?惠气安在?"王夫之注:"惠,顺也,南方和顺之气。"
④白雪:战国时楚国的高雅歌曲。《文选·宋玉〈对楚王问〉》:"其为《阳春》、《白雪》,国中属而和者不过数十人而已。"
⑤伊昔:从前。《文选·陆机〈答贾长渊〉》诗:"伊昔有皇,肇济黎蒸。"李善注:"《尔雅》曰:'伊,惟也。'郭璞曰:'发语辞也。'"
⑥王安道:王履(1332—1391),字安道,号畸叟,又号抱独老人,昆山(今江苏省昆山县)人,明朝著名诗人,医学家、书画家,洪武十六年(1383)游华山绝顶,作山水写生画《华山图册》。
⑦拂衣:提起或撩起衣襟。《左传·襄公二十六年》:"〔叔向〕曰:'奸以事君者,吾所能御也。'拂衣从之。"杜预注:"拂衣,褰裳也。"
⑧貌:描绘。唐·杜甫《丹青引赠曹将军霸》:"即今漂泊干戈际,屡貌寻常行路人。"
⑨清兴:清雅的兴致。唐·王勃《山亭夜宴》诗:"清兴殊未阑,林端照初景。"

浅解：

　　此诗以简单的笔调，展现了眼前山川的和顺及清雅，更多地谈及自身热忱于山林的感触：无论是何时何地，何种心境，在登顶名山的那一刻，感受都是相似的，那种安稳寂静的禅趣油然而生，令人赏心悦目。

　　简译：若木之花晖映山中石林，和顺之气升起于山底之下。且让我唱起高雅的《白雪》之歌，妩媚之意传遍千里。昔日王安道，拂衣游历于华山之中。我今亦来描绘此山，清兴雅致逐风而起。此时与王安道登华山相去千年，但那种山所特有的禅味依然相似。

和江中孤屿①

抽青②还配白，冰谷此周旋③。
霜雪非不流，得地终遐延④。
泪涛安可凝，犹欲涨平川。
情云心上飞，如花散绮鲜。
惟山为表灵⑤，将诗万口传。
一日抵千秋⑥，且结东西缘。
莫信蒙庄⑦语，养生始尽年⑧。

注释：

①江中孤屿：南朝·宋·谢灵运《登江中孤屿》。
②抽青：草木发芽变绿。宋皙《补亡诗》："木以秋零，草以春抽。"
③周旋：谓辗转相追逐。《左传·僖公二十三年》："若不获命，其左执鞭弭、右属櫜鞬，以与君周旋。"杜预注："周旋，相追逐也。"
④遐延：绵长。唐·罗隐《两同书·厚薄》："夫松柏之性，非不贞矣，终以速朽；冰雪之性，非不液矣，竟以遐延。"
⑤表灵：显灵。南朝·宋·谢灵运《登江中孤屿》诗："表灵物莫赏，蕴真谁为传。"
⑥千秋：千年。形容岁月长久。旧题·汉·李陵《与苏武》诗："嘉会难再遇，三载为千秋。"
⑦蒙庄：指庄周。唐·刘禹锡《伤往赋》："彼蒙庄兮何人！予独累叹而长吟。"
⑧养生始尽年：《庄子·养生主》："吾生也有涯，而知也无涯；以有涯随无涯，殆已！已而为知者，殆而已矣。为善无近名，为恶无近刑；缘督以为经。可以保身，可以全生，可以养亲，可以尽年。"

浅解：

此诗承接谢诗之境，书写眼前春意黯然而冰雪迟迟未曾融化的特殊景象，感叹美好的东西未必能够及时地被发现。劝告怀才不遇的人要安心处世，只要"情云心上飞，如花散绮鲜。"斗志不灭，迟早会有成功一日的到来。结句反驳谢诗：切莫听信蒙庄所说的唯有领悟了安期生的长生之道，方可以安心养生、以终天年。

简译：草木发芽变绿了雪花依附其上，冰冻的山谷仍旧与春天周旋相逐。霜雪并非没有融化，只是冰冻三尺，非一日之寒。泪涛汹涌安可凝固，似乎要淹没广阔的平地。情云在心中流淌，像花儿一样绽放香鲜艳丽。只有山川显灵了，将诗歌传诵千里。一日的时间便可抵千年，使东西方结下缘分。不要轻信庄子所说的，养生方可终其天年。

山中读谢客诗　用南楼韵①并简戴老扶桑

　　文章藉神来,能事②岂相迫。雪山供眼前,寝馈③异方客。潜蓄④观岚籁,沉吟坐向夕⑤。正觉⑥惟安忍⑦,何往非所适。谢公外死生⑧,修短⑨安足⑩戚。(谢诗云:"送心正觉前。")赏心乏良知⑪,美人千里隔。建言⑫空安排,妙句屡堪摘。沉照⑬通道情⑭,拯溺⑮伤崩析⑯。悠悠谁与论,嘉海⑰俟良觌⑱。

注释:

① 南楼韵:南朝·宋·谢灵运《南楼中望所迟客》诗韵。
② 能事:所擅长之事。晋·葛洪《抱朴子·行品》:"士有谋猷渊邃,术略入神,智周成败,思洞幽玄,才兼能事,神器无宜,而口不传心,笔不尽意,造次之接,不异凡庸。"
③ 寝馈:寝食;吃住。清·龚自珍《跋宋拓兰亭定武本》:"合以子敬《洛神》,两本并度并临,终身弗离,王侯可让也,寝馈可废也。"
④ 潜蓄:暗中积聚。《辽史·后妃传·天祚文妃萧氏》:"亲戚并居分藩屏位,私门潜畜分爪牙兵。"按,陈衍《辽诗纪事》作"潜蓄"。
⑤ 向夕:傍晚;薄暮。晋·陶潜《岁暮和张常侍》诗:"向夕长风起,寒云没西山。"
⑥ 正觉:精神的自我完满。
⑦ 安忍:《地藏卜轮经》有:安忍不动犹如大地,静虑深密犹如地藏。
⑧ 外死生:即超越了生与死,跟"无终始者"同义。
⑨ 修短:指人寿的长短。《汉书·谷永传》:"加以功德有厚薄,期质有修短。"
⑩ 安足:何足,不足。
⑪ 赏心乏良知:南朝·宋·谢灵运《游南亭》诗:"我志谁与亮,赏心惟良知。"
⑫ 建言:指古语或古谚。《老子》:"故建言有之:明道若昧,进道若退,夷道若类。"
⑬ 沉照:犹晦明。喻沉沦与显达。唐·戴叔伦《同克州张秀才过王侍御参谋

宅赋十韵》诗："秉心转孤直，沉照随可否。"

⑭道情：修道者超凡脱俗的情操。《世说新语·文学》"汰法师"刘孝标注引《安法师传》："竺法汰者，体器弘简，道情冥到。"

⑮拯溺：救援溺水的人。引申指解救危难。《邓析子·无厚》："不治其本，而务其末，譬如拯溺而硾之以石，救火而投之以薪。"

⑯崩析：分裂瓦解。《汉书·谷永传》："秦居平土，一夫大呼而海内崩析者，刑罚深酷，吏行残贼也。"

⑰嘉诲：敬称别人对自己的教诲。晋·潘岳《答挚虞·新婚箴》："敬纳嘉诲，敢酬德音。"

⑱良觌：良晤。南朝·宋·谢灵运《南楼中望所迟客》诗："搔首访行人，引领冀良觌。"

浅解：

此诗通过对眼前景象的描写，体悟安忍之道的难得，借此对谢灵运能够"外死生"，安然处世超凡脱俗大加赞赏。伫望知音朋友来此相会，一起体验这其中所带来的妙趣。诗中亦体现饶公对友人入骨的思念，相怜相惜的纯真友情。

简译：诗文创作借助灵感而来，这些特长岂是相逼迫能获得的。雪山屹立在眼前，到此游览的旅客寝馈其中。观山中之潜蓄岚籁，令人沉吟回味直至夜幕降临。获取正觉须懂得安忍之道，如此则何往而不至。谢公能够超越死与生，寿命的长短又何足悲戚。我所缺乏的是能够彼此赏心的良知嘉友，我所思的"美人"还相隔千里。古语替我连通安排，妙句成诗屡能摘取。奥义晦明与修道者超凡脱俗的情操相通，解救危难让人逃离分裂瓦解。谁能与我探讨这深远的义理，期盼在这良辰美景相聚敬听知己的教诲。

发 Frejus　用入南城韵①

此心如白纸，五色休迷目②。
乘化③看云飞，酣眠④乐水宿⑤。

注释：

①入南城韵：南朝·宋·谢灵运《初入南城诗》韵。
②五色休迷目：《老子》："五色令人目盲。"五色：指青、赤、白、黑、黄五种颜色。
③乘化：顺随自然。化，造化。晋·陶潜《归去来兮辞》："聊乘化以归尽，乐夫天命复奚疑。"
④酣眠：酣睡。唐·袁郊《甘泽谣·红线》："某发其左扉，抵其寝帐。见田亲家翁正于帐内，鼓跌酣眠。"
⑤水宿：谓栖息于水边。

浅解：

（Frejus），弗雷瑞斯，法国普罗旺斯—阿尔卑斯—蓝色海岸大区瓦尔省的一个镇。此诗描写了人生的一种追求：淡泊名利，清静无为。要人们对外部环境事物要采取安和的态度。安者，对外界各种事物的刺激顺其然而适应；和者，对外界事物的反应要顺之而去。

简译：此心犹如一张白纸，五色休让我双眼迷糊。顺随自然看云自在飞翔，酣睡于静水之旁。

地中海晚眺，Nice 作。　用始宁别墅韵①

一望青未了，方知物不迁。
沙际②远分星③，栏外足忘年④。
沧海波不兴，抱蜀⑤意弥坚。
小立不易方⑥，自得静者便。
翔鸥下千万，浩荡没前山。
去者入微渺⑦，来者自洄沿⑧。
夕阳譬回甘⑨，余味正缠绵。
放眼任张弛，清影落漪涟。
丧我⑩要无功，观海须造颠。
六龙⑪骛不息，万化⑫纷周旋。
力命⑬休相争，海若⑭久忘言。

注释：

①始宁别墅韵：南朝·宋·谢灵运《过始宁墅》诗韵。
②沙际：沙洲或沙滩边。唐·王维《泛前陂》诗："畅以沙际鹤，兼之云外山。"
③分星：与地上分野相对应的星次。《周礼·春官·保章氏》："以星土辨九州之地所封，封域皆有分星，以观妖祥。"
④忘年：忘记年月。《庄子·齐物论》："忘年忘义，振于无竟。"成玄英疏："夫年者，生之所禀也，既同于生死，所以忘年也。"
⑤抱蜀：抱持祠器。《管子·形势》："抱蜀不言，而庙堂既修。"又《形势解》："人主立其度量，陈其分职，明其法式，以莅其民，而不以言先之，则民循正。所谓'抱蜀'者，祠器也。故曰：'抱蜀不言，而庙堂既修。'"
⑥立不易方：《易传·大象》曰："雷风，恒，君子以立不易方。"
⑦微渺：微眇，精微要妙；幽微杳远。《管子·水地》："心之所虑，非特知于麤麤也，察于微眇，故修要之精。"
⑧洄沿：谓逆流而上与顺流而下。南朝·宋·谢灵运《过始宁墅》诗："山

行穷登顿，水涉尽洄沿。"

⑨回甘：回味甜美。谓滋味由涩变甜。清·陈田《明诗纪事丙签·王弼》："诗如回甘谏果，正味森森。"

⑩丧我：忘记自我。《庄子·齐物论》："南郭子綦隐机而坐，仰天而嘘，答焉似丧其耦。颜成子游立侍乎前，曰：'何居乎？形固可使如槁木，而心固可使如死灰乎？今之隐机者，非昔之隐机者也。'子綦曰：'偃，不亦善乎，而问之也。今者吾丧我，汝知之乎？女闻人籁而未闻地籁，女闻地籁而未闻天籁夫？'"

⑪六龙：指太阳。神话传说日神乘车，驾以六龙，羲和为御者。汉·刘向《九叹·远游》："贯澒蒙以东朅兮，维六龙于扶桑。"

⑫万化：万事万物；大自然。《申鉴·政体》："恕者仁之术也，正者义之要也，至哉，此谓道根，万化存焉尔。"

⑬力命：《列子·力命》："力谓命曰：'若之功奚若我哉？'命曰：'汝奚功于物而欲比朕？'力曰：'寿夭、穷达、贵贱、贫富，我力之所能也。'命曰：'彭祖之智不出尧舜之上，而寿八百；颜渊之才不出众人之下，而寿十八。仲尼之德不出诸侯之下，而困于陈、蔡；殷、纣之行，不出三仁之上，而居君位。季札无爵于吴，田恒专有齐国。夷齐饿于首阳，季氏富于展禽。若是汝力之所能，奈何寿彼而夭此，穷圣而达逆，贱贤而贵愚，贫善而富恶邪？'力曰：'若如若言，我固无功于物，而物若此邪，此则若之所制邪？'命曰：'既谓之命，奈何有制之者邪？朕直而推之，曲而任之。自寿自夭，自穷自达，自贵自贱，自富自贫，朕岂能识之哉？朕岂能识之哉？'"

⑭海若：传说中的海神。《楚辞·远游》："使湘灵鼓瑟兮，令海若舞冯夷。"王逸注："海若，海神名也。"洪兴祖补注："海若，庄子所称北海若也。"

浅解：

尼斯，Nice，是法国南部一个怀旧气氛极为浓郁的海岸城市。它面向地中海，是法国南部 Cote d Azur 省的首府。此诗写日暮黄昏之景，以通达虚静且又独立不移的人生态度对地中海晚景进行审美观照。诗中不仅仅是写地中海风平浪静的景象，而且寄寓着清净无为的意趣。整首诗，显示诗人是站在一个很高的人生高度，凭深厚的学养与宽广的胸襟，对自然景象进行富有意味的"眺望"。诗人在其学问修养中已然安顿好自身，已然没有了俗世的烦忧，因而自然地，在其艺术表现中就超越了暝色起愁落日生悲的古典抒情模式。

简译：远望青山一片无穷无尽，才知道人虽非而物不迁。沙洲分列远方的星次，栏外美景足以令人忘却年月。沧海水波不兴，抱持祠器意志更加坚定。立身于世而不改变作人的态度，自能体悟淡泊恬静的好处。千万翔鸥飞驰而下，浩浩荡荡遮蔽眼前山峦。离开的已经幽微杳远，到来的自然顺逆自如。夕阳犹如回甘，余味浓浓情意深厚。放眼尽情眺望，清朗的光影与水波辉映。忘记自我不以功为念，观于海者须登上巅峰。日神驾以六龙奔驰依旧不息，万事万物竞相追逐。力量与命运不要再相互争斗，海神早已忘言了。

罗马剧场废址，一世纪物。　用瞿溪山韵①

　　荒草闭颓墙，夕阳归断浦。风流②何所有，但成蝼蚁③户。歌台与舞榭④，零落委丘莽。百年积悲笑，一往那可睹。弛旆⑤终丧师⑥，骇钟⑦只戏鼓。雪岭忆驱象，夜山时叫虎。（Hannibal曾驱象阵越阿尔卑斯山。）霸图⑧叹瓜分，稻香犹著土。跋扈⑨空尔劳，毋为众生苦。

注释：

① 瞿溪山韵：南朝·宋·谢灵运《过瞿溪山饭僧》诗韵。
② 风流：犹遗风；流风余韵。《汉书·赵充国辛庆忌等传赞》："其风声气俗自古而然，今之歌谣慷慨，风流犹存耳。"
③ 蝼蚁：蝼蛄和蚂蚁。泛指微小的生物。《庄子·列御寇》："在上为乌鸢食，在下为蝼蚁食。"
④ 歌台与舞榭：表演歌舞的榭台。唐·蔡孚《奉和圣制〈龙池篇〉》诗："歌台舞榭宜正月，柳岸梅洲胜往年。"
⑤ 弛旆：解下旆旗。
⑥ 丧师：谓战败而损失军队，喻指衰落。《左传·隐公十一年》："犯五不韪，而以伐人，其丧师也，不亦宜乎。"
⑦ 骇钟：《周礼》曰："鼓皆骇。郑玄曰：雷击鼓曰骇。骇，古駴字。"
⑧ 霸图：称霸的雄图。《晋书·凉武昭王李玄盛传》："玄盛以纬世之量，当吕氏之末，为群雄所奉，遂启霸图。"
⑨ 跋扈：勇壮貌。《文选·张衡〈西京赋〉》："迺辛清候，武士赫怒，缇衣韎韐，睢盱跋扈。"张铣注："跋扈，勇壮貌。"

浅解：

　　亚历山大的罗马剧场兴建于公元2世纪，有14排白色大理石的座位，约能容纳800名观众，表演场地前过道上的马赛克地板还依稀可见。这里曾经是一个室内剧场，有圆形的屋顶，但现在只残存几根柱子，而城外还残留舞台和后台的遗迹。饶公从剧场现状感怀伤逝，曾经是称霸四方皇权象征的剧场在历史的消磨下也仅剩眼前的残垣断壁，千古兴亡百年悲笑，一代帝国的衰亡是历史的必然，在这种历史衰落中最值得同情的是那些饱受疾苦的黎民百姓。诗歌在感时伤世中传达出深重的世事无常盛衰难料的兴亡之感，从而让读者感受到一种"盛事不再"、"追怆感伤"的历史感。

简译：荒草遮蔽残破石墙，夕阳落入断浦之中。流风余韵哪里还能看到，这里早已成为蝼蚁安家之处。当年表演歌舞的楼台，今已零落成为荒丘草莽。千古兴亡百年悲笑，逝去的东西还能看得到吗。解下旆旗，骢钟鸣鼓，帝国衰败。站在雪岭之中回忆当年驱象之师，暗夜冷山时时传出老虎的吼叫。感叹称霸四方瓜分土地的雄图，稻穗的香气犹夹杂着土味。飞扬跋扈到头来只是徒劳而已，不要再让众生饱受痛苦了。

红岩 Cote d'Azur 地中海沿岸每见之，画家喜摹状焉。 用富春渚韵①

暧暧②丹树林，漠漠③苍山④郭。
我来嗟已晚，原隰⑤变绿薄。
圻岸屡土崩⑥，星石纷棋错⑦。
四海观尾闾⑧，九州此为壑。
登楼欲去梯，绘境欣可托。
舞卷去帆轻，烟消高柳弱。
神奥⑨各全想，扪酌⑩许偿诺。
伤嶷爱折楞⑪，契阔⑫悲濩落⑬。
呴濡⑭看巨鳞⑮，升沉念微蠖⑯。

注释：

①富春渚韵：南朝·宋·谢灵运《富春渚》诗韵。
②暧暧：迷蒙隐约貌。晋·陶潜《归园田居》诗之一："暧暧远人村，依依墟里烟。"
③漠漠：茂盛、浓郁貌。宋·王安石《驾自启圣还内》诗："纷纷瑞气随云汉，漠漠荣光上日旗。"
④苍山：青山。唐·杜甫《九成宫》诗："苍山入百里，崖断如杵臼。"
⑤原隰：广平与低湿之地，泛指原野。《书·禹贡》："原隰底绩，至于猪野。"
⑥土崩：比喻崩溃破败，无法收拾。《史记·平津侯主父列传》："臣闻天下之患在于土崩，不在于瓦解，古今一也。何谓土崩，秦之末世是也。"
⑦棋错：像棋子般错落分布。形容繁多。宋·欧阳修《戕竹记》："洛最多竹，樊圃棋错。"
⑧尾闾：古代传说中泄海水之处。《庄子·秋水》："天下之水，莫大于海，万川归之，不知何时止而不盈；尾闾泄之，不知何时已而不虚。"成玄英疏："尾闾者，泄海水之所也。"

⑨神奥：谓神秘深奥，不易窥见。晋·曹摅《思友人》诗："精义测神奥，清机发妙理。"

⑩扪酚：抚摸之意。

⑪伤巋爱折楞：晋·顾恺之《画云台山记》："撰譬如画山，迹利则想动，伤其所以巋。用笔或好婉，则于折楞不隽；或多曲取，则于婉者增折。"

⑫契阔：勤苦，劳苦。《诗·邶风·击鼓》："死生契阔，与子成说。"毛传："契阔，勤苦也。"

⑬濩落：原谓廓落。引申谓大而无用、沦落失意。唐·韩愈《赠族侄》诗："萧条资用尽，濩落门巷空。"

⑭呴濡：指吹泡吐沫。清·李斗《扬州画舫录·草河录下》："江南石工以高资盆增土迭小山数寸……其下空处有沼，畜小鱼，游泳呴濡，谓之山水点景。"

⑮巨鳞：大鱼。汉·扬雄《羽猎赋》："入洞穴，出苍梧；乘巨鳞，骑京鱼。"

⑯微蠖：尺蠖蛾的幼虫，生长在树上，颜色像树皮色，行动时身体一屈一伸地前进。

浅解：

Cote d'Azur，蓝色海岸，或称法属里维耶拉，地处地中海沿岸，属于法国东南沿海普罗旺斯－阿尔卑斯－蓝色海岸大区一部分，为自瓦尔省土伦与意大利接壤的阿尔卑斯省芒通（Menton）之间相连的滨海大片地区。"蔚蓝海岸"被认为是最奢华和最富有的地区之一，世界上众多富人、名人汇集于此。山水是自然形态的东西，将之化入诗文，不可避免地染上作者的主观色调，地中海沿岸的风光景物，在饶公豁达开朗、恬淡自然的心态影响下悄然发生变化，成为了另一番景象，眼前宛如变成了一幅优美的写意山水画，让人一下子胸怀开张，心地光明。然而，诗歌并未就此而驻笔，诗人进而将山水画技法描摹入诗，似乎在向人们阐释大自然是怎样细致雕琢眼前景物并将之纳入天然之画。整首诗情景理的圆融无碍，让人不禁感叹大自然的神奇，赞叹作者的用功之深。

简译：迷蒙隐现的丹红树林，茂盛地植根于苍山之边。我来此地嗟赞显然已晚，广阔低湿的原野已悄然披上一层绿色。曲折的海岸崩溃破败，星石像棋子般错落分布。这里是世界各地海洋泄水之处，大陆河流汇聚之地。攀登高楼欲将楼梯丢弃，如画般的境地足以使心灵有所依托。起舞飞扬去帆轻盈，烟雾消散高柳柔弱。神秘深奥凭君自己琢磨，达到"若可扣酌、有所期诺"的艺术效果。伤其所以巇而爱折楞不隽的画法，辛勤劳苦感叹沦落失意的境地。观看海中大鱼吹泡吐沫，树上蠖虫一屈一伸地前行。

Jardin des Feuillantines 访 Victor Hugo 故居　用初发石首城韵①

古来京洛②地，素衣③易变淄④。
独有江海人⑤，高唱秋怀诗⑥。
落日爱黄昏，玉碎悲素丝⑦。
割霜月如镰，南亩⑧更念兹。
山鬼⑨一何哀，歌断寒飔飔⑩。
声酸欧阳赋⑪，神泣鲍家辞⑫。
异曲各示工，萧条不同时，
我来庭户阒⑬，踯躅⑭欲安之。
风徽⑮感气类⑯，敢效青冥期⑰。
丧明伤西河⑱，指天⑲比南嶷。
清芬⑳不可接，怀贤增凄其㉑。
但看林木秀，飒飒朔风㉒欺。

　　Hugo 于此地写成 Les Fenilles d'Automne。其 Soleils couchants 屡云 "J'aime les soirs" 其丧子诗 Le pot casse 云 "toute la Chine est par terre en morceaux" 以汉瓷寄意。其 Booz Endormi 句云 "Quel dieu, quell moiss-mnneur de I'eternal été…cette faucille d'or dans le champ des etoiles." 其 Les Djinns 如欧阳修秋声赋。哭子诗起句 "O ciel" 屈子之指天为正，史公所谓人穷则呼天也。

注释：

①初发石首城韵：南朝·宋·谢灵运《初发石首城》诗韵。
②京洛：泛指国都。唐·张说《应制奉和》诗："总为朝廷巡幸去，顿教京洛少光辉。"
③素衣：白色丝绢中衣。《诗·唐风·扬之水》："素衣朱襮，从子于沃。"陈奂传疏："素衣，谓中衣也……孔疏云：'中衣，谓冕及爵弁之中衣，以素为之。'"

④淄:"淄"同"缁"。淄衣是指染黑、染污的衣服,下层官吏常穿。
⑤江海人:指浪迹四方,放情江海之人。南朝·宋·谢灵运《自叙》诗:"本自江海人,忠义感君子。"
⑥秋怀诗:抒发秋日的思绪情怀的诗体。
⑦素丝:比喻白发。唐·李贺《咏怀》之二:"日夕著书罢,惊霜落素丝。"
⑧南亩:谓农田。南坡向阳,利于农作物生长,古人田土多向南开辟,故称。《诗·小雅·大田》:"俶载南亩,播厥百谷。"
⑨山鬼:山神。《史记·秦始皇本纪》:"山鬼固不过知一岁事也。"
⑩飕飕:凉爽、微寒貌。唐·温庭筠·《罩鱼歌》:"风飕飕,雨离离。菱茭刺,鹇鹈飞。"
⑪欧阳赋:宋·欧阳修《秋声赋》。
⑫鲍家辞:南朝·宋·鲍照的辞赋。
⑬庭户阒:详见《印度大榕树》注⑥。
⑭踯躅:徘徊不进貌。《乐府诗集·杂曲歌辞十三·焦仲卿妻》:"踯躅青骢马,流苏金镂鞍。"
⑮风徽:谓以风范影响和传播。《魏书·李崇传》:"养黄发以询格言,育青襟而敷典式,用能享国长久,风徽万祀者也。"
⑯气类:意气相投者。语本《易·乾》:"同声相应,同气相求……则各从其类也。"
⑰青冥期:佛修十一个境界,分别是见佛期、开凡期、灵心期、无谷期、意散期、神心期、魂动期、太虚期、青灵期、青冥期、渡劫。
⑱丧明伤西河:原指孔子弟子子夏在西河丧子而哭瞎眼睛的事,此借指雨果丧子之痛。
⑲指天:战国·楚·屈原《离骚》:"指九天以为正兮,夫惟灵修之故也。"指天为正,表达自己对祖国对君王的赤诚忠心,并痛惜灵修(楚王)毁约和反复多变。
⑳清芬:喻高洁的德行。晋·陆机《文赋》:"咏世德之骏烈,诵先人之清芬。"
㉑凄其:凄凉悲伤。南朝·宋·谢灵运《初发石首城》诗:"钦圣若旦暮,怀贤亦凄其。"
㉒朔风:北风;指冬天的风。三国·魏·阮籍《咏怀》诗:"朔风厉严寒,阴气下微霜。"

浅解：

此诗为缅怀诗，维克多·雨果（Victor Hugo，1802年2月26日—1885年5月22日），法国浪漫主义作家，人道主义的代表人物，19世纪前期积极浪漫主义文学运动的代表作家，法国文学史上卓越的资产阶级民主作家，被人们称为"法兰西的莎士比亚"。其代表作有：长篇小说《巴黎圣母院》、《悲惨世界》、《海上劳工》、《笑面人》、《九三年》，诗集《光与影》。饶诗简略地介绍了雨果的主要创作以及人生经历，这个有着辉煌创作成就的大作家却有着极其苦痛的人生经历，多情遭弃，丧子之痛（雨果的两个儿子英年早逝，第一个女儿溺死，第二个女儿进了精神病院），晚年孤寂，精神出现了幻化，常与鬼魂交流等等，饶公表达了自己对雨果的所获得成就的崇敬以及人生凄惨经历的怜惜之情。

简译： 自古以来京洛之地，都没能逃脱兴衰的规律。唯有浪迹四方羁旅之人，高声歌唱秋怀之诗。落日偏爱黄昏，玉碎山崩悲催白发。镰刀般的月牙撕割天地间的霜雾，近处的农田更加思念他。山神们是多么的哀怨，歌曲唱罢寒风飕飕。声音酸楚情如秋声之赋，悲痛欲绝神似鲍家之辞。他们与雨果有异曲同工之妙，只是萧条异代不同时。我到来的时候户庭已无当年的盛貌。徘徊着欲往哪里去呢。其风范影响着意气相投之人，敢以仿效他的行为而达到青冥期。哭瞎眼睛感伤西河丧子之痛，指着老天哭喊这种人世间的不公之事。这些德行高洁的人已无法见到，缅怀贤人添增内心的凄凉悲伤。但看天地间秀美的繁荫，飒飒寒风步步入侵。

自白山造 Assy 山颠　用南山往北山韵①

来时飚回雪，去夕日沉峰。攀条②生别意，愁睨青青松。冰块久未消，水面浮玲珑。那知万山外，更有百丈瀼③。巉岩④四围⑤里，绝顶寻仙踪⑥。琉璃⑦开诡巧，连蜷⑧图灵容。高台何偃蹇⑨，安悼披蒙茸⑩。明神⑪将夕降，袅袅生和风。征今念独深，眷往情弥重。（山颠新建教堂，艺术品皆出新派名家之手。）驱车临崇冈，骋望⑫孰与同。怀哉⑬佳山水，不与世穷通。

注释：

① 南山往北山韵：南朝·宋·谢灵运《于南山往北山经湖中瞻眺》诗韵。
② 攀条：攀引或攀折枝条。《古诗十九首·庭中有奇树》："攀条折其荣，将以遗所思。"
③ 瀼：流水。
④ 巉岩：险峻的山岩。战国·楚·宋玉《高唐赋》："登巉岩而下望兮，临大阺之稽水。"
⑤ 四围：四面环绕。宋·周密《癸辛杂识续集下·西湖好处》："〔西湖〕青山四围，中涵绿水，金碧楼台相间，全似着色山水。"
⑥ 仙踪：仙人的踪迹。后蜀·顾夐《甘州子》词："曾如刘阮访仙踪，深洞客，此时逢。"
⑦ 琉璃：晶莹碧透之物。唐·杜甫《渼陂行》："琉璃汗漫泛舟入，事殊兴极忧思集。"
⑧ 连蜷：长曲貌。《楚辞·九歌·云中君》："灵连蜷兮既留，烂昭昭兮未央。"
⑨ 偃蹇：高耸貌。《楚辞·离骚》："望瑶台之偃蹇兮，见有娀之佚女。"王逸注："偃蹇，高貌。"
⑩ 蒙茸：指葱茏丛生的草木。宋·苏轼《后赤壁赋》："履巉岩，披蒙茸。"
⑪ 明神：明神，生产及收获之神，亦为道路和沙漠旅行者的守护神，可布特斯之主神，是一个很男性化的神。通常人们把蓠苣当成祭品献给它，然后吃掉便能获得成年的标志（成年礼）。

⑫骋望：放眼远望。《楚辞·九歌·湘夫人》："登白薠兮骋望，与佳期兮夕张。"

⑬怀哉：思念，怀念。《诗经·扬之水》："怀哉怀哉，曷月予还归哉？"

浅解：

　　此诗描写了登顶Assy高原的见闻和自身的感触。诗中先述纪行，继写景物，后归情理。介绍了Assy高原仙境般的环境，罗奥、马蒂斯、勃拉克、列热、巴赞等艺术家参加装饰的阿西教堂，由此而引发了饶公的一连串感叹，内心那种追求自由、独立之精神在这山颠之上得到了升华，一片祥和之气油然而生。

　　简译：来到此地风雪大作，归去之时日落西山。攀折枝条怜生离别之意，看着青松也弥漫愁苦之情。冰块久久未曾融化，沉浮于水面闪闪发亮。谁知道万重云山之外，更有飞流百丈。险峻的山岩四面环绕，攀上顶峰寻访仙人的踪迹。山上诡异奇巧碧绿一片，山峦连绵起伏魅影灵动。这个"高台"（指山）何其高啊！怎会担心被葱茏丛生的草木掩盖。明神将伴着夕阳降临此处，天地间和风袅袅。征引今日思念独深，眷恋往昔情意弥重。驱车光临崇冈峻岭，放眼远望别有一番滋味。感怀这美丽的山水之境，这与世隔绝超凡脱俗之地。

忆 Léman 湖一九五六年往日内瓦过此，忽忽十年矣。　用入彭蠡湖韵①

渌水②入我梦，所思不可论。
永夜③无回波④，断岸⑤有惊奔。
层岭隐苍榛，幽路袭芳荪⑥。
千峰冰雪际，犹作睥睨⑦屯。
撩人惟春夏，警我兼晨昏。
寂默沉万顷，旖旎⑧敞千门。
平芜天尽头，低树影空存。
烟外溪娘语，波面姹女魂。⑨
祁寒⑩至此尽，湛碧⑪欲流温⑫。
殊乡⑬等吾土，且共乐安敦。

Lamartine：Le Lac 句云 "Ainsl, toujours poussés vers de mouveaux rivages, Dans la nuit éternelle emportés sans retour." 又 shelley 有句云："Clear, Placid Leman…which warms me with Its stillness, to forsake Earth's troubled waters for a surer spring."

注释：

①入彭蠡湖韵：南朝·宋·谢灵运《入彭蠡湖》诗韵。
②渌水：清澈的水。汉·张衡《东京赋》："于东则洪池清籞，渌水澹澹。"
③永夜：长夜。《列子·杨朱》："肆情于倾宫，纵欲于永夜。"
④回波：水波回荡。《淮南子·本经训》："嬴镂雕琢，诡文回波。"高诱注："回波，若水波也。"
⑤断岸：江边绝壁。南朝·宋·鲍照《芜城赋》："崒若断岸，矗似长云。"
⑥芳荪：香草名。南朝·宋·谢灵运《入彭蠡湖口作》诗："乘月听哀狖，浥露馥芳荪。"
⑦睥睨：城墙上锯齿形的短墙；女墙。南朝·梁·王筠《和卫尉新渝侯巡城

口号》："罘罳分晓色，睥睨生秋雾。"

⑧旖旎：旌旗从风飘扬貌。引申为宛转柔顺貌。《文选·扬雄〈甘泉赋〉》："夫何旟旐郅偈之旖旎也。"李善注引服虔曰："旖旎，从风柔弱貌。"

⑨烟外溪娘语，波面姹女魂：溪娘、姹女，指仙女，少女。此喻山地之间的灵气。

⑩祁寒：严寒。《书·君牙》："冬祁寒，小民亦惟曰怨咨。"蔡沈集传："祁，大也。"

⑪湛碧：水清绿之色。唐·王勃《乾元殿颂》："雾坛凝紫，河宫湛碧。"

⑫流温：谓流水温和。《文选·谢灵运〈入彭蠡湖口〉诗》："金膏灭明光，水碧缀流温。"李善注引郭璞曰："碧，亦玉也。流温，言水玉温润也。"

⑬殊乡：异乡；他乡。晋·王嘉《拾遗记·轩辕黄帝》："帝乘云龙而游，殊乡绝域，至今望而祭焉。"

浅解：

Léman，日内瓦湖（法方称莱芒湖）是阿尔卑斯湖群中最大的一个。湖面面积约为224平方英里，在瑞士境内占140平方英里，法国境内占84平方英里。日内瓦湖是罗纳冰川形成的。湖身为弓形，湖的凹处朝南。罗纳冰川消融后，形成罗纳河，它是吐纳日内瓦湖水的主要河流。饶公十年两经此地，感触颇深，为之赋诗，聊以寄情。诗中描述了冰川即将消融的日内瓦湖的景象，从四季交替，冰川消融之中警醒人们要随遇而安，正如苏轼在《定风波》里所说的："此心安处是吾乡。"人生必须以一种豁达的心态来面对困境，安然处世，才能够获得美好的生活。

简译：清水入我梦乡，言有尽而思无穷。漫漫长夜水波不兴，江边绝壁惊涛拍岸。层岭中苍榛隐蔽，幽径花气袭人。千峰冰雪覆盖，宛若一道道短墙嵌在山中。这里朝夕提醒着我，撩人的景象只出现于春夏之际。寂默使万顷之地深沉，柔媚让千万之门开敞。平阔荒芜的天之尽头，低树徒有单影相伴。烟外隐传溪娘之语，波面宛若少女之魂。严寒至此消逝，绿水日渐温和。心安之处即是吾乡，姑且享受安乐的时刻。

Le Fayet 道中作　用庐山绝顶韵[1]

双眸[2]眄修途[3]，一开还一闭。
去水付黄昏，来车循往辙。
彼岸[4]竟光明，肺肝[5]余朗雪。

注释：

①庐山绝顶韵：南朝·宋·谢灵运《登庐山绝顶望诸峤》诗韵。
②双眸：两颗眼珠。南朝·宋·谢惠连《自箴》："气之清明，双眸善识。"
③修途：长途。晋·张华《情诗》之四："悬邈极修途，山川阻且深。"
④彼岸：指水那边的陆地。清·冒襄《影梅庵忆语》："明早一帆，未午便登彼岸。"
⑤肺肝：比喻内心。《礼记·大学》："人之视己如见其肺肝然。"

浅解：

　　饶诗描写了 Le Fayet 道中的心理感受，日常极其普通的黄昏景象在诗中却营造出一种空旷、明朗、幽远、深邃的意境。在这天造地设的奇景妙境中自然而然地可以感受到饶公那种随遇而安，心余朗雪的心境。

　　简译：眨一眨双眼，眄视漫漫长路。去水付黄昏而逝，来车循蹈过往的车辙。彼岸光辉交映，我的内心如雪一样洁净。

读 Rimbaud 诗　用庐陵王墓下韵[①]

舟如蝶迷阳[②]，飘飘到何方。
冷眼看乾坤[③]，热泪洒平冈[④]。
沉忧虹贯日[⑤]，隐爱[⑥]雪充肠。
至道[⑦]生无名，崭新出悲凉。
空中传恨语，百世不敢忘。
我邦称鬼才[⑧]，长爪羞雁行[⑨]。
万星灿暮夜，千凤翥奇芳。
后不见来者[⑩]，勇往意何伤。
睿哲[⑪]天所忌，逋播[⑫]岂相妨。
沧海穷曛黑[⑬]，岁月念方将[⑭]。
夭枉[⑮]无足悲，辉光讵寻常。
江河万古流，盛藻[⑯]随风扬。
尚论[⑰]他与我，余蕴待平章[⑱]。

其 Bateau lvre 句 "Un bateau frêle comme un papillon de mai." 余喜诵之。又其 Ophélie 诗警句 "Clei, amour, llberté, quell rêve, o pauvre follet tu te fondais en lui comme une neige au feu." 可与白居易"平生所心爱，爱火兼怜雪"相媲美。又佳句如 "Mais, vrai, j'ai trop pleuré, Les aubes sont navrantes, Toute lune esta troce et tout soleil amer." 故以虹贯日，譬其沉忧。其论文宗旨如 "Au fond de L'inconnu pour trouver du nouveaul" 老子云无名天地之始。于无有处求新趣，其理相通。Rimbaud 十六岁以诗鸣，后飘泊四方，三十余而卒，李长吉殁则二十七。其警句 "Million d'oiseaux d'or, O! future Vigueur?" 兹意译之。辉光指其 Les llluminations。其名言 Je est autre，后人多所抉发。

注释：

①庐陵王墓下韵：南朝·宋·谢灵运《庐陵王墓下作》诗韵。
②迷阳：无所用心；诈狂。《庄子·人间世》："迷阳迷阳，无伤吾行。"郭象

注:"迷阳,犹亡阳也。亡阳任独,不荡于外,则吾行全矣。"成玄英疏:"迷,亡也;阳,明也……宜放独任之无为,忘遣应物之明智。"陆德明释文引司马彪曰:"迷阳,伏阳也,言诈狂。"一说,谓有刺的小灌木。王先谦集解:"谓棘刺也,生于山野,践之伤足,至今吾楚舆夫遇之犹呼迷阳踢也。"

③乾坤:天地。《易·说卦》:"乾为天……坤为地。"

④平冈:指山脊平坦处。南朝·梁·沈约《宿东园》诗:"茅栋啸愁鸱,平冈走寒兔。"

⑤虹贯日:虹霓横贯太阳。

⑥隐爱:恻隐爱怜。

⑦至道:佛、道谓极精深微妙的道理或道术。《庄子·在宥》:"来!吾语女至道。至道之精,窈窈冥冥;至道之极,昏昏默默。"

⑧鬼才:唐·李贺才气怪谲,诗风奇诡,世称"鬼才"。宋·钱易《南部新书》丙:"李白为天才绝,白居易为人才绝,李贺为鬼才绝。"

⑨雁行:同列;同等。《梁书·侯景传》:"但尊王平昔见与,比肩共奖帝室,虽形势参差,寒暑小异,丞相司徒,雁行而已。"

⑩后不见来者:唐·陈子昂《登幽州台歌》:"前不见古人,后不见来者。念天地之悠悠,独怆然而涕下。"

⑪睿哲:圣明;明智。汉·张衡《东京赋》:"睿哲玄览,都兹洛宫。"

⑫逋播:指逋播臣,不顺从新朝而逃亡的遗臣。《逸周书·成开》:"今商孽竞时逋播以辅。"孔晁注:"言商余纣子禄父,竞求是逋播逃越之人以自辅。"

⑬曛黑:日暮天黑。南朝·宋·谢灵运《拟魏太子邺中集诗·陈琳》:"夜听极星阑,朝游穷曛黑。"

⑭方将:将来;未来。南朝·宋·谢灵运《拟魏太子邺中集诗》序:"汉武帝徐乐诸才,备应对之能,而雄猜多忌,岂获晤言之适,不诬方将,庶必贤于今日尔。"

⑮夭柱:短命早死。南朝·宋·谢灵运《庐陵王墓下作》诗:"脆促良可哀,夭柱特兼常。"

⑯盛藻:华美的辞藻。多用作对别人文章的美称。晋·陆机《文赋》序:"作《文赋》,以述先士之盛藻,因论作文之利害所由。"

⑰尚论:向上追论。《孟子·万章下》:"以友天下之善士为未足,又尚论古之人。"

⑱平章：品评。唐·刘禹锡《同乐天和微之深春》之十五："追逐同游伴，平章贵价车。"

浅解：

阿尔蒂尔·兰波（Arthur Rimbaud），19世纪法国著名诗人，早期象征主义诗歌的代表人物，超现实主义诗歌的鼻祖。他用谜一般的诗篇和富有传奇色彩的一生吸引了众多的读者，成为法国文学史上最引人注目的诗人之一。此诗详解可见诗后注。

简译：小舟如迷阳之蝶，随波飘至何方。冷眼观望天地，热泪抛洒平冈。虹霓贯日警其沉忧，恻隐垂爱如白雪充肠。达到极精深微妙的境界衍生无名天地之始，于无有处求新趣显现悲伤凄凉之情。那些空中传恨之语言，千百年来未曾被忘记。与我国被称为鬼才的诗人李贺，比肩而同列。浩瀚星空使暮夜明亮，千凤翯翔九天瑞绽奇芳。后人之所不及，勇往亦无伤大雅。上天忌妒睿哲英才，令其逋播亦终不能妨碍他。日暮降临覆盖沧海桑田，经历岁月走向未来。英年早逝有什么可悲伤的，Les lIluminations 的辉光早已深入人心。江河万古长流，华美的辞藻随风传颂。追论他与我的异同，此中的余蕴，正有待于后来人的品评。

晋嘉寄示游青迈素贴山寺，用康乐从斤竹涧韵①，追忆曩游，再和一首。

事往足思存②，微处可观显。秋风一披拂③，花露想凄泫。残碑④有时灭，坠泪如登岘⑤。万里屡骏奔⑥，百年只遐缅⑦。（陶潜赋："苍旻遐缅，人事无已。"）心已生死齐，人尚蜣蜋转⑧。拈花余一笑，所得无乃浅。何似山中云，朝夕任舒卷⑨。当年薜萝⑩枝，犹挂般若眼⑪。石笋插云尖，山蒲经雨展。唾灰久已干，泡水⑫竟谁辨。孤游意少惊⑬，因君还自遣⑭。

注释：

①从斤竹涧韵：南朝·宋·谢灵运《从斤竹涧越岭溪行诗》诗韵。
②思存：思念，念念不忘。存，铭记在心。《诗·郑风·出其东门》："出其东门，有女如云。虽则如云，匪我思存。"郑玄笺："此如云者，皆非我思所存也。"
③披拂：吹拂；飘动。唐·韩愈《秋怀》诗之一："秋风一披拂，策策鸣不已。"
④残碑：残缺的碑石。宋·王安石《破冢》诗："埋没残碑草自春，旋风时出地中尘。"
⑤坠泪如登岘：晋·羊祜任襄阳太守，有政绩。后人以其常游岘山，故于岘山立碑纪念，百姓至岘山凭吊羊祜而流的眼泪。后谓因感念地方官德政而流的泪。《晋书·羊祜传》："襄阳百姓于岘山祜平生游憩之所建碑立庙，岁时飨祭焉。望其碑者莫不流涕，杜预因名为堕泪碑。"
⑥骏奔：急速奔走。《后汉书·章帝纪》："骏奔郊畤，咸来助祭。"
⑦遐缅：邈远；悠远。晋·陶潜《感士不遇赋》："苍旻遐缅，人事无已。"
⑧蜣蜋转：蜣蜋转丸；蜣郎转丸。蜣螂把粪推滚成球形。常指一种天然的低下的本能。《关尹子·四符》："蜣蜋转丸，丸成精思之，而有蝡白者存丸中，俄去壳而蝉，彼蜣不思，彼蝡奚白。"清·曹寅《病起弄笔戏书》诗："人生倔强无终极，君不见，蜣郎转丸蜂窖蜜。"亦作"蜣螂转粪"。
⑨舒卷：舒展和卷缩。汉·刘胜《文木赋》："裁为用器，曲直舒卷。"

⑩薛萝：薛荔和女萝。两者皆野生植物，常攀缘于山野林木或屋壁之上。《楚辞·九歌·山鬼》："若有人兮山之阿，被薜荔兮带女萝。"王逸注："女萝，兔丝也。言山鬼仿佛若人，见于山之阿，被薜荔之衣，以兔丝为带也。"后借以指隐者或高士的衣服。

⑪般若眼：般若是智慧的意思，般若眼即是慧眼，对一切通达明了。

⑫泡水：佛教用"泡"或"影"比喻事物的生灭无常。

⑬少惊：少乐趣。

⑭自遣：发抒排遣自己的感情。唐·元稹《进诗状》："自律诗百韵，至于两韵七言，或因朋友戏投，或以悲欢自遣。"

浅解：

此诗追忆友人曩游，描述了饶公与谢公往昔同游之乐，而今天各一方，感叹离别之悲，诗中表达对友人的思念的同时引出了诗人对人生的感悟以及不可辨别的困惑。悠悠人生百年，犹如蜣螂转丸一样辛苦舂锄，早已将死生齐一，却依旧不能真正地让心灵如同山云一样舒卷自如，生灭无常令人无法悟透，诗人内心渴望获得平和的心态与现实的矛盾冲突使得悲情暗生。

简译：往事让人思念，在细微之处显得更加深刻。秋风轻拂而来，花上的露水如同凄泫涕泪。残缺的碑石经不起岁月的侵蚀，坠泪如登至岘山凭吊羊祜。大道万里任驰骋，悠远的历史穿越百年沧桑。心中已悟生死齐一之道，人生倔强尚似蜣螂转丸。拈花徒笑一笑，所获得的依旧浅薄。哪里像山中之云，从早至晚任凭舒展蜷缩。当年薜荔和女萝的枝叶，犹挂通达明了的般若法眼。石笋高耸直入云尖，山蒲经雨而舒展绽放。唾灰早已风干，泡水生灭无常竟与谁辨。孤独的远游缺少了许多趣味，因谢君您的缘故我在这里抒发排遣自己的感情。

侯思孟①约郊游，以失眠未赴，报之以诗。　用邻里相送韵②

嘉约违攀跻③，咫尺等楚越④。嵇生朝慵起⑤，艳赋爱绮发。向来识佛面，未曾计日月⑥。（碧岩录马大师事。）心知逗晓⑦晴，雨到中宵⑧歇，小疴⑨无足虑，顿悟笑所阙⑩。雪后变冬温，蛰虫⑪催春别。飞鸿看有时，佳兴在冥蔑⑫。

注释：

① 侯思孟：(Donald Holzman，1926—)，1926 年出生于美国的芝加哥，是德国后裔，1955 年，以一篇研究阮籍五言诗的论文获得了耶鲁大学中国文学博士学位。1957 年受教于法国汉学大师戴密微门下，以《嵇康的生平和思想》(La vie etpenseede Hi K'ang) 为题，获得第二个博士学位：巴黎大学中文博士学位。

② 邻里相送韵：南朝·宋·谢灵运《邻里相送至方山》诗韵。

③ 攀跻：犹攀登，此指登山郊游。三国·魏·刘劭《人物志·体别》："休动磊落，业在攀跻，失在疏越。"

④ 楚越：楚国和越国。喻相距遥远。《庄子·德充符》："仲尼曰：'自其异者视之，肝胆楚越也；自其同者视之，万物皆一也。'"成玄英疏："楚越迢递，相去数千。"

⑤ 嵇生朝慵起：嵇康早上懒得起床。魏晋·嵇康《与山巨源绝交书》："卧喜晚起，而当关呼之不置，一不堪也。"

⑥ 向来识佛面，未曾计日月：《碧岩录》："马大师不安，院主问：'和尚近日尊候如何？'大师云：'日面佛，月面佛。'"马大师身体不好，别人问他气色如何。他就答非所问，我一直看着佛，无论是白天还是黑夜。

⑦ 逗晓：破晓，天刚亮。宋·周邦彦《凤来朝·佳人》词："逗晓看娇面。小窗深、弄明未遍。"

⑧ 中宵：中夜，半夜。晋·陆机《赠尚书郎顾彦先》诗之二："迅雷中宵激，惊电光夜舒。"

⑨ 小疴：小病。《宋书·索虏传》："譬犹蚤虱疥癣，虽为小疴，令人终岁不安。"

⑩所阙：所缺憾的。南朝·宋·谢灵运《邻里相送至方山》诗："积疴谢生虑，寡欲罕所阙。"
⑪蛰虫：藏在泥土中过冬的虫豸。《礼记·月令》："〔孟春之月〕冬风解冻，蛰虫始振。"
⑫冥蒙：幽深的样子。傅咸《鹦鹉赋》："言无往而不复，似探幽而测冥。"

浅解：

饶公失眠未赴嘉约，以诗相赠，诗中表现了自己无奈与愧疚之情，巧用《碧岩录》马大师的典故告知友人自己的身体状况，并通过雪后冬温、蛰虫催春、飞鸿待时等一系列大自然景物的描写衬托自己对小病初愈的期待，情与景结合得较紧密、自然。结尾处与朋友约定共赏美景，感情诚挚真切。

简译：未赴登山郊游的嘉约，让原本咫尺的距离瞬间如同楚越一般遥远。小病让我如嵇康船懒得早起，以此浓词艳赋表达我的情思。向来心识佛面，无论是白天还是黑夜。心知雨至半夜便会歇息，破晓天气便会放晴。这种小病不足为虑，了解到这点就能够一笑置之。大雪融化万物返温，初醒虫豸静候着春天的来临。且待共看飞鸿之时，美好的雅兴就在冥蒙之中。

题宋乔仲常后赤壁赋图　用从游京口韵①

一苇②随所适，初冬月色高。地上见人影，画笔一何超。（唐宋人喜绘人影，如戴嵩画牛，瞳中有牧童影。刘宗道作照盆孤儿，今皆不可见。可见人影，惟此图耳。）结梦在中流③，沉思绕行镳④。独鹤⑤飏激水，徘徊临桂椒⑥。居然万里势，纸面动风潮。仿佛步雪堂⑦，夜分归临皋⑧。主人饮我酒，使我颜如桃。嘉会不可常，白日去昭昭⑨。何必感须臾，双鬓非愁苗⑩。长江浩无穷，云海深做巢。自是萦旧想⑪，披图⑫兴行谣⑬。

注释：

①从游京口韵：南朝·宋·谢灵运《从游京口北固应诏》诗韵。
②一苇：《诗·卫风·河广》："谁谓河广，一苇杭之。"孔颖达疏："言一苇者，谓一束也，可以浮之水上而渡，若桴栰然，非一根苇也。"后以"一苇"为小船的代称。
③中流：江河中央；水中。《史记·周本纪》："武王渡河，中流，白鱼跃入王舟中。"
④行镳：行进的乘骑。镳，马衔。唐·岑参《崔驸马山池重送宇文明府》诗："池凉醒别酒，山翠拂行镳。"
⑤独鹤：孤鹤；离群之鹤。南朝·齐·谢朓《游敬亭山》诗："独鹤方朝唳，饥鼯此夜啼。"
⑥桂椒：肉桂及山椒。《史记·司马相如列传》："其北则有阴林巨树，楩枏豫章，桂椒木兰，蘗离木杨，檘梠樗栗，橘柚芬芳。"
⑦雪堂：宋·苏轼在黄州，寓居临皋亭，就东坡筑雪堂。故址在今湖北省黄州市东。宋·苏轼《雪堂记》："苏子得废圃于东坡之胁，筑而垣之，作堂焉，号其正曰'雪堂'。堂以大雪中为之，因绘雪于四壁之间，无容隙也。起居偃仰，环顾睥睨，无非雪者。"
⑧临皋：宋·苏轼有《临江仙·夜归临皋》之词，写诗人深秋之夜在东坡雪堂开怀畅饮，醉后返归临皋住所的情景。
⑨白日去昭昭：昭昭白日离人远去。战国·宋玉《九辨》："去白日之昭昭

兮，袭长夜之悠悠。"
⑩愁苗：比喻白发。谓因愁而生，故称。前蜀·韦庄《宿泊孟津寄三堂友人》诗："只恐愁苗生两鬓，不堪离恨入双眉。"
⑪旧想：谓隐居之志。
⑫披图：展阅图籍、图画等。《后汉书·卢植传》："今同宗相后，披图案牒，以次建之，何勋之有？"
⑬行谣：犹行歌。汉·班固《幽通赋》："巨滔天而泯夏兮，考遘愍以行谣。"

浅解：

宋·乔仲常《后赤壁赋图》据苏轼的名篇《赤壁赋》绘制而成，可视为一件山水人物作品。该图的画法，不仅人物取白描法，图中的山石、冈草、树石也仅用墨笔勾皴，不事渲染，更不加色彩。用笔苍率简逸，时见带有飞白的乾笔，画风清空洒脱。饶诗借图兴咏，在赞叹画作技艺高超之同时，抒发观赏山水景色时的闲情逸致，展现诗人超尘绝俗的思想意识。

简译：任小船飘荡于水中，初冬的明月高悬空际。地上隐现人的影子，画家用笔是何等的高超。结梦于中流之中，泛舟前行静静地思考。孤鹤激水泛起美丽的涟漪，流连于袅袅不绝的芳香之旁。画中竟然涌现气吞万里之势，纸面风潮浮动渐起。仿佛追随苏轼的足迹，饮酒夜半返归临皋。主人与我相邀饮酒，使我颜如桃瓣染着酒红。嘉会并非天天有之，昭昭白日离人远去。何必哀时光之须臾，双鬓非为白发而生。浩瀚无穷的长江之水，苍茫云海深做巢。自然而然萌生隐居的想法，欣赏佳画兴起行谣。

161

巴黎圣母祠 Notre-Dame 夜步　用七里濑韵①

游目②久踌躇，古意生临眺③。夜树带余清④，高阙⑤耸双峭。浅水鱼吻足，华灯月分曜⑥。千载此祈褫⑦，神风助舒啸⑧。（陆云赋："琼娥起而清啸，神风穆其来应。"）虽乏上皇心⑨，终会灵台妙。惭为掣鲸⑩手，屡倚天涯钓。息意休辨宗，厝辞增物诮⑪。讴歌归去来，欲谱穿云调。

注释：

①七里濑韵：南朝·宋·谢灵运《七里濑》诗韵。
②游目：放眼纵观；流览。《楚辞·离骚》："忽反顾以游目兮，将往观乎四方。"
③古意生临眺：谓思古之情萌生。唐·杜甫《登兖州城楼》诗："从来多古意，临眺独踌躇。"
④余清：余留的清凉之气。《文选·谢灵运〈游南亭诗〉》："密林含余清，远峰隐半规。"吕良注："含余清，谓雨后气尚清凉也。"
⑤高阙：高大的宫阙，此指巴黎圣母院。《后汉书·冯衍传下》："疏远垄亩之臣，无望高阙之下，惶恐自陈，以救罪尤。"
⑥曜：照耀；明亮。汉·王粲《羽猎赋》："扬晖吐火，曜野蔽泽。"
⑦祈褫：向神明祷告以求福。汉·张衡《东京赋》："冯相观祲，祈褫禳灾。"
⑧舒啸：犹长啸。放声歌啸。晋·陶潜《归去来兮辞》："登东皋以舒啸，临清流而赋诗。"
⑨上皇心：上古时代人们淳朴的思想感情。上皇，即羲皇，伏羲氏，历史传说中的上古时帝王。南朝·宋·谢灵运《七里濑》诗："既秉上皇心，岂屑末代诮。"
⑩掣鲸：比喻才大气雄。语本唐·杜甫《戏为六绝句》之四："或看翡翠兰苕上，未掣鲸鱼碧海中。"
⑪息意休辨宗，厝辞增物诮：息意，不再有意，绝意。厝辞，措辞，指说话写文章时选择辞句。《南齐书·豫章王嶷传》："比心欲从俗，启解今职，但厝辞为鄙，或贻物诮，所以息意缄嘿，一委时运。"

浅解：

  巴黎圣母院大教堂（Cathédrale Notre Dame de Paris）是一座位于法国巴黎市中心、西堤岛上的教堂建筑，也是天主教巴黎总教区的主教座堂。圣母院约建造于1163年到1250年间，属哥特式建筑形式，是法兰西岛地区的哥特式教堂群里面，非常具有关键代表意义的一座。诗中借观赏圣母院的景物以寄托饶公的"羁心"，暗含着某种不合时宜的牢骚："惭为掣鲸手，屡倚天涯钓。"虽然如此，饶公并不为之所缚，"息意休辨宗，厝辞增物诮。"放宽自己的心态，"讴歌归去来"，好好地享受着人生的沿途美景。

  简译：徘徊不进放眼远眺，思古之情油然而生。夜深林木余留清凉之气，圣母祠高耸起双峭。水浅鱼儿亲吻着脚丫，华丽的灯光同天空明月交辉曜煜。世世代代的人在此向神明祷告，神风穆名助我放声歌啸。虽然缺乏淳朴的思想感情，终究能够体悟灵台妙性。自己志向远大，却只能天涯羁旅甚为惭愧。绝意不再死钻到底，措辞只会增加别人的诮责。高歌一曲穿云调，歌颂这一路的所见所感。

Fontainebleau 森林拿破仑行宫。 用发归濑韵①

长算屈短日②，终古月常圆。雕墙③倚灵琐④，隈曲⑤溯涓涟⑥。树昏疑接海，风起欲拔山。向来畋猎⑦地，三驱⑧有缓前。（梁简文南郊颂序"三驱有缓前之禽。"）飞毂⑨行留影，分翠高暨天。阴凝势方巩，阳回力犹邅⑩。当年叱咤⑪处，八荒⑫吞无难⑬。长林纷在眼，积愤究谁宣。盖世伤促路⑭，逝水感徂年⑮。

注释：

①发归濑韵：南朝·宋·谢灵运《发归濑三瀑布望两溪》诗韵。
②长算屈短日：长算，亦作"长筭"。长远之计。短日，谓来日不多，指年迈。晋·陆机《吊魏武帝文》："长筭屈于短日，远迹顿于促路。"
③雕墙：饰以浮雕、彩绘的墙壁；华美的墙壁。《书·五子之歌》："甘酒嗜音，峻宇雕墙。"
④灵琐：国君宫门。此指拿破仑行宫宫门。《楚辞·离骚》："欲少留此灵琐兮，日忽忽其将暮。"王逸注："灵以喻君。琐，门镂也，文如连琐，楚王之省合也。一云，灵，神之所在也。"
⑤隈曲：山水弯曲处。《左传·闵公二年》"虢公败犬戎于渭汭。"晋·杜预注："水之隈曲曰汭。"
⑥涓涟：水流微波貌。唐·徐彦伯《淮亭吟》："山碕礒兮隈曲，水涓涟兮洞泪。"
⑦畋猎：打猎。《老子》："五味令人口爽，驰骋畋猎，令人心发狂。"
⑧三驱：古王者田猎之制。谓田猎时须让开一面，三面驱赶，以示好生之德。《易·比》："九五，显比，王用三驱。"孔颖达疏："褚氏诸儒皆以为三面着人驱禽。必知三面者，禽唯有背己、向己、趣己，故左右及于后，皆有驱之。"一说，田猎一年以三次为度。陆德明释文引马融云："三驱者，一曰干豆，二曰宾客，三曰君庖。"
⑨飞毂：指驾快车。《新唐书·薛收传》："必飞毂转粮，更相资哺。"
⑩阴凝势方巩，阳回力犹邅：宋·王安石《和吴冲卿雪》诗："阳回力犹邅，阴合势方巩。"

⑪叱咤：即叱咤风云。语出《梁书·元帝纪》："叱咤则风云兴起，鼓动则嵩华倒拔。"
⑫八荒：八方荒远的地方。《关尹子·四符》："知夫此物如梦中物，随情所见者，可以凝精作物，而驾八荒。"
⑬无难：没有困难。
⑭促路：短途。喻短促的人生。《文选·陆机〈吊魏武帝文〉》："长筭屈于短日，远迹顿于促路。"吕向注："长筭远迹，谓平生谋长远之事也。短日促路，生命穷尽也。"
⑮徂年：流年，光阴。《后汉书·马援传赞》："徂年已流，壮情方勇。"

浅解：

Fontainebleau（枫丹白露宫）是法国最大的王宫之一，在法国北部法兰西岛地区赛纳——马恩省的枫丹白露，从12世纪起用作法国国王狩猎的行宫。诗歌直接切入主题，抒发对平生谋长远之事而短日促路的感叹。再由此转而描绘行游之景，写到拿破仑行宫的华丽与自然的完美结合，并生动地再现了周围景观的不同风神。结尾之处再次因景入情，呼应起句阐发生命短促，时间消逝的现实之感，悲愤中带着忧伤，痛苦中夹杂着无奈。

简译：长筭屈于短日，从古至今明月常圆。华美的墙壁紧挨着行宫大门，蜿蜒曲折的溯山之水轻泛涓涟。林木昏黑连接云海，风起苍穹拔地摇山。向来在畋猎之地，三驱有缓前之禽。驾车飞驰行进留影，山色分翠与天高齐。阴气凝结其势方牢，阳气始回仍难行不进。当年叱咤风云之处，横扫八方又有何难。长林使眼前纷杂，积愤向何人诉说。才能、功勋等压倒一代到头来也只能徒伤生命短促，时间、年华像流水一样消逝，永不回返。

寄答吉川教授及京都诸君子。 用初发都韵[①]

忆赋秋醒词,中天月流素[②]。西驰迫行役,枫叶未沾露。三度旅京洛[③],无由及冬暮。睽携[④]游子心,只是倦朋旧[⑤]。风物[⑥]何清婉[⑦],畴不思玄度[⑧]。敷藻[⑨]潄芳华,稽古[⑩]骋翔步[⑪]。錙铢[⑫]精讨论,妍蚩[⑬]辨好恶。倚声[⑭]我所耽,含毫[⑮]生远慕。野云看孤飞[⑯],却立[⑰]空四顾。为山积九仞[⑱],徒复宝康瓠[⑲]。笑啼随赤子,东西罔识路[⑳]。(周止庵语。)幽独[㉑]赖琴音,流连思清晤[㉒]。

注释:

①初发都韵:南朝·宋·谢灵运《永初三年七月十六日之郡初发都》诗韵。
②流素:谓月亮发散出如练的光辉。宋·石孝友《水调歌头·上清江李中生辰》词:"七萁余翠,半月流素影徘徊。"
③京洛:指京都。
④睽携:乖离;分离。《文选·谢灵运〈南楼中望所迟客〉》诗:"即事怨睽携,感物方凄戚。"李善注:"《周易》曰:'睽,乖也。'贾逵《国语》注曰:'携,离也。'"
⑤朋旧:朋友故旧。南朝·宋·鲍照《学陶彭泽体诗》:"但使尊酒满,朋旧数相过。"
⑥风物:风光景物。晋·陶潜《游斜川》诗序:"天气澄和,风物闲美。"
⑦清婉:清新美好。南朝·宋·刘义庆《世说新语·赏誉下》:"许掾尝诣简文,尔夜风恬月朗。乃共作曲室中语。襟怀之咏,偏是许之所长。辞寄清婉,有逾平日。"
⑧玄度:东晋清谈名士许询的字。南朝·宋·刘义庆《世说新语·言语》:"刘尹云:'清风朗月,辄思玄度。'"
⑨敷藻:犹敷文。铺陈文辞。三国·魏·阮籍《与晋王荐卢播书》:"潜心图籍,文学之宗;敷藻载述,良史之表。"
⑩稽古:考察古事。《书·尧典》:"曰若稽古。帝尧曰放勋。"
⑪翔步:安步,缓步。三国·蜀·秦宓《奏记州牧刘焉荐儒士任定祖》:"此乃承平之翔步,非乱世之急务也。"

⑫锱铢：锱和铢。比喻微小的数量。《庄子·达生》："累丸二而不坠，则失者锱铢。"
⑬妍蚩：美好和丑恶。《文选·陆机〈文赋〉》："妍蚩好恶，可得而言。"刘良注："妍，美；蚩，恶也。"
⑭倚声：指按谱填词。清·赵翼《赠张吟芗》诗："倚声绝艺似珠圆，镂月裁云过百篇。"
⑮含毫：含笔于口中。比喻构思为文或作画。晋·陆机《文赋》："或操觚以率尔，或含毫而邈然。"
⑯野云看孤飞："野云孤飞，去留无迹"是宋·张炎评论姜夔的词《扬州慢》时用的评语。赞扬姜夔的词清新高雅，具有超脱世俗羁绊的意境，是独树一帜的高雅作品。
⑰却立：后退站立。《史记·廉颇蔺相如列传》："王授璧，相如因持璧却立，倚柱，怒发上冲冠。"
⑱九仞：六十三尺。一说七十二尺。常用以形容极高或极深。《书·旅獒》："为山九仞，功亏一篑。"孔传："八尺曰仞。"陆德明释文："七尺曰仞，一云八尺曰仞。"
⑲康瓠：空壶，破瓦壶。多用以喻庸才。《尔雅·释器》："康瓠谓之甈。"郝懿行义疏引《说文》："康瓠，破瓠。"《史记·屈原贾生列传》："斡弃周鼎兮宝康瓠。"
⑳笑啼随赤子，东西罔识路：清·周济《宋四家词选目录序论》："读其篇者，临渊窥鱼，意为鲂鲤，中宵惊电，罔识东西，赤子随母笑啼，乡人缘剧喜怒，抑可谓能出矣。"
㉑幽独：静寂孤独。亦指静寂孤独的人。《楚辞·九章·涉江》："哀吾生之无乐兮，幽独处乎山中。"
㉒清晤：清雅聪悟。晤，通"悟"。五代·王定保《唐摭言·公荐》："窃见县人樊衡，年三十，神爽清晤，才能绝伦。"

浅解：

诗中饶公表现出对日本友人的无限思念之情，并由此而联想到与诗友探讨创作的情景，引出了诗人对诗词创作的独特见解：作词需具备清新高雅，超脱世俗羁绊的意境，正如清代常州派词论家周济所云："读其篇者，临渊窥鱼，意为鲂鲤，中宵惊电，罔识东西，赤子随母笑啼，乡人缘剧喜怒，抑可谓能出矣。"

简译：回忆赋作秋醒之词，中天月亮发散出如练的光辉。迫于无奈行役西驰，枫叶还未沾霜露。三次羁旅京都，皆没有机会待到冬季。游子离别之心，总是对朋友旧故眷恋不舍。风光景物如此的清新美好，让人不免想起许玄度来。汲取天地间的精华铺陈文辞，步伐平缓考察古代之事迹。讨论锱铢精细之事，辨别妍蚩好恶之物。热忱按谱填词，向往构思作品。后退站立环顾四周，远眺孤飞之野云。积累九仞高的山，岂是为了簇拥康瓠之徒。赤子随母笑啼，一时周识东西。静寂孤独的时候有赖琴音相伴，反复推敲思考清雅聪悟之境。

题敦煌写卷云谣集杂曲子　用道路忆山中韵①

数校此卷，三复无斁，略缀绮语，无惧泥犁，惜乎彭羡门②之未及睹也。

谁与唱云谣，欲歌歌啴缓③。偷写暗赠人，（曹唐诗云："偷写云谣暗赠人。"）百读恐肠断。纸仄艰贮愁④，何以摅深欸。盟镜怕重寻，镇是生愤懑。素胸⑤雪未消，横眉月更诞。春去草萋萋⑥，人来花纂纂⑦。回肠⑧绕夜长，剪灯⑨嫌烛短。枕泪湿浓翠，腰身倚密竿⑩。消受⑪到微熏，余寒奈难暖。延露⑫纵多情，低吟应罢管。

注释：

①道路忆山中韵：南朝·宋·谢灵运《道路忆山中》诗韵。
②彭羡门：彭孙遹（yù）（1631—1700）清初诗人，与王士祯齐名，时号"彭王"。字骏孙，号羡门，又号金粟山人，浙江海盐武原镇人。彭孙贻从弟，顺治十六年进士。康熙十八年举博学鸿词科第一，授编修。历吏部侍郎兼翰林掌院学士，为《明史》总裁。诗工整和谐，以五七言律为长，近于唐代的刘长卿。词工小令，多香艳之作，有"吹气如兰彭十郎"之称。著有《南往集》、《延露词》等。
③啴缓：柔和舒缓。《文选·王褒〈四子讲德论〉》："有二人焉，乘辂而歌……啴缓舒绎，曲折不失节。"吕延济注："啴缓舒绎，柔和之声也。"
④贮愁：谓怀藏悲苦之情。唐·柳宗元《同刘二十八院长寄澧州张使君八十韵》诗："贮愁听夜雨，隔泪数残苞。"
⑤素胸：《云谣集·风归云》："素胸未消残雪，透轻罗。"
⑥萋萋：草木茂盛貌。《诗·周南·葛覃》："葛之覃兮，施于中谷，维叶萋萋。"毛传："萋萋，茂盛貌。"
⑦纂纂：集聚貌。《文选·潘岳〈笙赋〉》："咏园桃之夭夭，歌枣下之纂纂。"李善注："古《咄喑歌》曰：'枣下何攒攒，荣华各有时……'攒，聚貌。纂与攒，古字通。"

⑧回肠：形容内心焦虑不安，仿佛肠子被牵转一样。南朝·陈·徐陵《在北齐与杨仆射书》："朝千悲而掩泣，夜万绪而回肠，不自知其为生，不自知其为死也。"

⑨剪灯：修剪灯芯，后常指夜谈。

⑩密竿：茂密的竹子。南朝·宋·谢灵运《道路忆山中》诗："濯流激浮湍，息阴倚密竿。"

⑪消受：禁受；忍受（多用于否定）。元·张氏《青衲袄·偷期》套曲："四眸相顾，两意相投，此情难消受。"

⑫延露：亦作"延路"。古俚曲名。《淮南子·人间训》："夫歌《采菱》，发《阳阿》，鄙人听之，不若此《延路》、《阳局》。"高诱注："《延路》、《阳局》，鄙歌曲也。"按"延路"，《文选·马融〈长笛赋〉》"下采制于《延露》《巴人》"李善注引《淮南子》作"延露"。

浅解：

《云谣集》为敦煌石室中所发现之晚唐抄本词曲卷子，原题为"云谣集杂曲子"，共三十首。1971年，法国汉学家戴密微与饶公合作，分以法文及中文编校《敦煌曲》，亦收有《云谣集》，并附以巴黎所藏卷子复印件。此诗用谢灵运诗歌之韵，以《云谣集》的格调创作而成。将《云谣集》"其为词拙朴可喜，洵倚声椎轮大辂。"（朱祖谋跋《云谣集杂曲子》）的风格融和到诗作之中，很好地再现了词集多言闺情风月的特色。

简译： 谁与我一同唱响云瑶歌集，一起分享这柔和舒缓的旋律。这偷偷写成赠之与人的词集，反复诵读恐使人断肠。皱纸中怀藏悲苦之情，何以将内心的深情抒发出来。当时镜约怕重寻，愤懑之气常生。素胸未消残雪，横眉月色更显虚妄。春去草木萋萋，人来繁花簇簇。回肠萦绕与夜共长，修灯夜语嫌烛易短。一枕泪水浸湿浓翠，依偎在这茂密的竹林之中。夜色微熏此情令人难以消受，凄寒的景象恐怕难以使我感到温暖。《延露》之曲纵然多情，停罢管乐低吟浅唱。

附录

谢灵运年谱

杨　勇[①]

晋孝武帝太元十年乙酉（西历纪元三八五）生。

三月，刘牢之与慕容垂战，后退屯黎阳。四月，刘牢之与垂战于王桥泽，王师又败。会稽王道子与谢安有隙，安欲出居新城以避之。五月，江南大水。七月，旱饥。太保谢安有疾求还，诏许之。八月，谢安薨。

从曾祖安梦薨。

灵运生。

宋书本传曰："灵运兴兵叛逆，追讨禽之，送廷尉治罪，降死一等，徙付广州。"又曰："有司又奏依法收治，诏于广州行弃市刑，时元嘉十年，年四十九。"依此逆推，灵运当生于是年。

余读康乐书，以其为人，颇自有宗趣，不能以常人目之；史谓叛逆，不足信也。灵运临终诗曰："龚胜无遗生，李业有穷尽，嵇康理既迫，霍子命亦殒。悽悽陵霜柏，納納冲风菌；邂逅竟无时，修短非所愍。恨我君子志，不得岩上泯。送心正觉前，斯痛久已忍。唯愿乘来生，怨亲同心朕。"观其气象高骞，当世莫匹。又诔庐陵王及其墓下诗、劝伐河北表诸作，于君国之诚，尤昭昭在目；灵运大节，由此可见矣。唯晋之末造，新旧势力，斗争转剧，肥水以后，谢氏功烈弥著，虽欲谦退，而盘根大树，最易招风，乃有不得已者。故刘宋之初，康乐独著声华，其遭剧变，是家之祸，非子之过也。今谱灵运，或引诗以证事，或据事以见志，意在诗文之用旨斯明，康乐之大节得白；如此，或有助于知人论世者。

[①] 字东波，浙江永嘉人。香港私立新亚书院中文系毕业，香港中文大学文学士、香港大学文学硕士。曾任香港中文大学中文系助教、副讲师、讲师、高级讲师及台湾高雄师范大学研究所教授等职。1990年退休，现居香港。著有《世说新语校笺》、《陶渊明集校笺》、《洛阳伽蓝记校笺》等。

八月中旬生。

诗品谢灵运条曰："初，钱唐杜明师夜梦东南有人来，入其馆。是夕，即灵运生于会稽。旬日而谢玄（玄当作安）亡。其家子孙难得，送灵运于杜明养之。"通鉴曰："太元十年，八月丁酉，建昌文靖公谢安薨，诏加殊礼，如大司马温故事。"按：陈垣二十史朔闰表，八月丁酉，即是月二十二日。则灵运生当在八月中旬。小名客儿，或曰阿客，或曰谢客，自称越客。

宋书谢弘微传曰："灵运，小名客儿。"南史谢弘微传、诗品谢灵运条同。宋书谢弘微传又曰："（混）常云：'阿远刚躁负气，阿客博而无检。'"诗品序云："谢客为元嘉之雄，颜延年为辅。"大藏经卷四十六："晋王答匡山书，慧远法师胜侣结构，谢客梁元穿池重阁。"灵运道路忆山中诗曰："楚人心昔绝，越客肠今断。"皆其名字所由来。

陈郡阳夏人。

陈郡阳夏为谢氏故望。宋书、南史本传暨世说新语言语篇所引同。宋本世说附汪藻谢氏谱，则作陈国阳夏。按：陈国周初置，后汉改陈郡，治陈县，今河南淮阳县治；南朝宋移治项县，地在今河南项城东北，北齐移项县故陈地。宋书地理志："陈郡，太守。永初郡国有扶构、阳夏，而无父阳、长平。"南渡移置会稽上虞。生于会稽始宁县。

世说赏誉篇注引晋阳秋曰："初，安家会稽上虞县，优游山林。"晋书谢安传："安寓居会稽，與王羲之、许询、支遁游处。"宋书谢灵运传："灵运父祖并葬始宁县，并有故宅及墅，遂移籍会稽。"则谢氏南渡，即寓居于此。宋书地理志："会稽，太守；秦立，治吴。汉顺帝永建四年分会稽为吴郡。会稽治山阴。"又曰："始宁，令。何承天志：'汉末分上虞立。'贺续会稽记云：'顺帝永建四年，分上虞南乡立。'"水经注曰："始宁县西，本上虞之南乡也。"

会稽山水之美，天下共许，世说顾长康从会稽还，人问山川之美。顾云："千岩竞秀，万壑争流，草木蒙茏其上，若云兴霞蔚。"又王子敬从山阴道上行，云："山川自相映发，使人应接不暇；若秋冬之际，尤难为怀。"灵运生于山明水秀之区，诗文艳逸，盖得于地美之故。

太高祖衡，晋太子少傅。

世说德行篇注引中兴书："衡，太子少傅。"晋书谢鲲传："父衡，仕至国子祭酒。"又贾谧传："国子博士谢衡。"按：衡之官衔，当由博士为祭酒，而为太子少傅。

高祖裒，太常卿。

世说德行篇注引中兴书："衰，吏部尚书。"又方正篇注引永嘉流人名曰："衰字幼儒，历侍中、吏部尚书、吴国内史。"晋书谢安传："父衰，太常卿。"按：衰之太常卿，疑为赠官。

从高祖鲲，咸亭侯、豫章太守，赠太常，谥曰康。

晋书本传曰："鲲，衡子，字幼舆。以功封咸亭侯，豫章太守。四十三卒，赠太常，谥曰康。"曾祖奕，安西将军、豫州刺史，赠镇西将军。

晋书本传曰："奕，衰子，字无奕。安西将军、豫州刺史，卒赠镇西将军。"

从曾祖尚、据、安、万、石、铁。

晋书：尚，鲲子，字仁祖，初为王导掾，袭爵咸亭侯、镇西将军，五十卒。赠散骑常侍、卫将军、开府仪同三司，谥曰简。据，衰子，字玄道，号中郎，三十三卒。安，衰子，字安石，尚书左仆射、太保；六十六卒，赠太傅，谥曰文靖。万，衰子，字万石，豫州刺史、淮南太守、散骑常侍，四十三卒。石，衰子，字石奴，中军将军、尚书令、南康公、开府仪同三司，六十三卒，赠司空，谥曰襄。铁，衰子，字铁石，永嘉太守。

祖玄，追赠车骑将军，开府仪同三司，谥曰献武。

晋书本传曰："玄，奕子，字幼度，都督徐、兖、青、司、冀、幽、并七州军事，封康乐公；太元十三年卒，年四十六，追赠车骑将军、开府仪同三司，谥曰献武。"

从祖康、渊、靖、朗、允、瑶、琰、韶、淡、汪、邈、冲及祖姑道蕴。

晋书：康本奕子，出后尚。渊，奕子，字叔度，义兴太守。朗，据子，字长度，东阳太守。允，据子，字令度，宣城内史。瑶，安子，袭爵，琅邪王友。琰，安子，字瑗度，辅国将军，以功封望蔡县公，会稽内史，为孙恩所害，赠侍中、司空，谥曰忠肃。韶，万子，字穆度，车骑司马，三十三卒。淡，护军。汪，石子，嗣爵。邈，铁子，字茂度，侍中、吴兴太守，为孙恩所害。冲，铁子，字秀度，中书郎，为孙恩所害，赠散骑常侍。道蕴，奕女，有才名，适王凝之。

父瑛，秘书郎。

世说言语篇注引丘渊之新集录："瑛，秘书郎。"

母刘，琅邪王子敬甥。

张彦远法书要录引梁虞和论书表："谢灵运母刘氏，子敬之甥。故灵运能书，而特多王法。"

从父肃、玩、虔、重、裕、纯、觊、述、该、模、澹、璞、肇、峻、混、思、喻复、明慧、方明。

晋书：肃，本靖子，出后康。玩，靖子，豫章伯。虔，靖子。重，朗子，字景重，会稽王道子骠骑长史。宋书：裕，允子，字景仁，武帝尚书左仆射，义熙十二年卒，赠金紫光禄大夫。纯，允子，字景懋，刘毅卫军长史，南平相。魁，允子，字景魁，司徒右长史。述，允子，字景先，吴兴太守，左卫将军。晋书：该，瑶子，嗣爵，东阳太守。模，瑶子，光禄勋。澹，瑶子，字景恒，桓玄太尉、柴桑侯，元熙中，为光禄大夫、兼太保，持册禅宋，宋侍中；特进金紫光禄大夫。璞，瑶子，字景山，光禄勋。肇，琰子，骠骑将军，为孙恩所害，赠散骑常侍。峻，琰子，建昌侯，为孙恩所害，赠散骑侍郎。混，琰子，字叔源，袭爵，历中书令、中领军、尚书左仆射，坐刘毅诛。思，韶子，字景伯，黄门郎，武昌太守，四十七卒。喻复，明慧从兄。明慧，本忠子，出后汪。宋书：方明，冲子，侍中、丹阳尹、会稽太守。

群从兄弟灵祐、绚、瞻、晦、曜、遯、恂、综、约、纬、承伯、曜、弘微、暠、惠连、惠宣。

晋书：灵祐，本虔子，出后肃。绚，重子，字宣映，宋文帝镇军长史。宋书：瞻，重子，字宣远，豫章太守，年三十五卒。晦，重子，字宣明，领军将军，散骑常侍，建平郡公，元嘉三年，伏诛，年三十七。曜，重子，字宣镜，黄门侍郎。遯，重子。恂，裕子，字泰温，鄱阳太守。综，述子，太子中舍人，坐范晔诛。约，述子，坐范晔诛。纬，述子，尚宋文帝长城公主，正员郎中。晋书：承伯，本模子，出后该。有罪国除。曜，恩子，御史中丞。宋书：弘微，思子，继从叔峻，中庶子、侍中、建昌县侯；元嘉十年卒，年四十二，赠太常。暠，喻复子，出后明慧，宋受禅，国除。惠连，方明子，彭城王义康法曹行参军，年三十七卒。惠宣，方明子，临川太守。

子凤，早卒，别见。

从子世基、绍、世休、世平、孺子、朓、庄。

南史：世基，绚子。绍，瞻子。世休，晦子。世平，曜子。孺子，恂子，宋西阳太守。朓，纬子，字玄晖，齐中书郎、东海太守、尚书吏部郎，下狱死，年三十六。庄，弘微子，字希逸，宋中书令、散骑常侍、金紫光禄大夫，谥宪子。

孙超宗，齐竟陵王征北咨议。

南史：超宗，凤子，齐竟陵王征北咨议。

从孙璟、谟、飏、朏、颢、偲、瀹。

南史：璟、孺子子，齐左户尚书侍中。谟，朓子，梁王府咨议。飏，庄子，宋晋平太守，赠金紫光禄大夫。朏，庄子，字敬冲，齐侍中、司徒、尚书令、中书监，谥曰靖。颢，庄子，字仁悠，宋豫章太守、齐竟陵王友、吏部中郎长史。㧾，庄子。瀹，庄子，字义洁，齐太子詹事；永泰元年卒，赠金紫光禄大夫，谥简子。

曾孙才卿、几卿，别见。

从曾孙微、谖、谭、览、举。

南史：微，璟子，梁南兰陵太守。谖，朏子，梁司徒右长史。谭，朏子，梁右光禄大夫。览，蕭子，字景涤，梁吴兴太守，赠中书令。举，谭子，字言扬，梁尚书令；太清二年卒，赠侍中卫将军，开府仪同三司。

玄孙藻，才卿子，别见。

从玄孙哲、侨、札、嘏、经。

南史：哲，谭子，字颖豫，梁广陵太守、陈吏部尚书，谥康子。侨，览子，梁侍中。札，览子，梁侍中。嘏，举子，梁侍中、中书令、郎官、尚书，谥光子。经，安七世孙，北中郎咨议参军。

从来孙祎、俨、仙、蔺。

南史：祎，侨子。俨，嘏子，梁侍中、御史中丞、太常卿。仙，嘏子，尚书仆射。蔺，经子，梁散骑常侍。

太元十一年丙戌（三八六）二岁

三月，大赦。初，谢玄欲使朱序屯梁国，玄自屯彭城，以北固河北，西援洛阳，朝议以征役既久，令还淮阴。雷次宗生，别见。

太元十二年丁亥（三八七）三岁。

正月，以朱序为青、兖二州刺史，代谢玄镇淮阴，以玄为会稽内史。

从弟瞻生，别见。

太元十三年戊子（三八八）四岁。

正月，康乐献武公谢玄卒。四月，以朱序为都督司、雍、梁、秦四州诸军事，雍州刺史，以谯王恬代为都督兖、冀、幽、并诸军事，青、兖二州刺史。十二月，尚书令南康襄公谢石卒。

从曾祖石，祖玄并卒。

父瑛，袭爵康乐公，秘书郎。

晋书谢玄传："瑛少不惠，而灵运文藻艳逸，玄尝称曰：'我尚生瑛，瑛那生灵运，'"南史谢灵运传："我乃生瑛，瑛儿何为不及我？"宋书谢灵运传曰："父瑛，生而不慧，为秘书郎，蚤亡。灵运幼便颖悟，玄甚异之，谓亲知曰：'我乃生瑍，瑍那得生灵运？'"

太元十四年己丑（三八九）五岁。

七月，以骠骑长史王忱为荆州刺史，都督荆、益、宁三州诸军事。司马道子势倾内外，帝渐不安。中书侍郎范宁、徐邈为帝所亲信，数进忠言，补正阙失，指斥奸党。

太元十五年庚寅（三九〇）六岁。

司马道子恃宠骄恣，帝意不平，欲选时望为藩镇，以潜制道子，二月，以中书令王恭为都督青、兖、幽、并、冀五州诸军事，兖、青二州刺史，镇京口；道子知帝于已有所图，亦以侍中王国宝为中书令，俄兼中领军。

殷景仁及从弟晦生，并别见。

太元十六年辛卯（三九一）七岁。

九月，以尚书右仆射王殉为左仆射，太子詹事谢琰为右仆射。

太元十七年壬辰（三九二）八岁。

十一月，以黄门郎殷仲堪为都督荆、益、宁三州诸军事，荆州刺史，镇江陵。

从弟弘微生，别见。

能属文。

灵运山居赋云："伊昔韶龀，实爱斯文，援纸握管，会性通神；诗以言志，赋以敷陈，箴铭诔颂，咸各有伦，"说文："男八月生齿，八岁而龀；女七月生齿，七岁而龀齿。"

太元十八年癸已（三九三）九岁。

六月，始兴、南康、庐陵大水，深五丈。七月，旱。

太元十九年甲午（三九四）十岁。

七月，荆、徐二州大水，伤秋稼，诏遣使振卹之。

太元二十年乙未（三九五）十一岁。

会稽王道子专权奢纵，帝益恶之，乃使王恭、郗恢、殷仲堪、王珣、王雅等居内外要任以防之。道子亦引王国宝及国宝从弟琅邪内史绪以为心腹，由是朋党竞起。六月，荆、徐二州大水。

太元二十一年丙申（三九六）十二岁。

五月，以望蔡公谢琰为尚书左仆射。九月，帝嗜酒，流连内殿，时张贵人年近三十，帝戏之曰："汝以年亦当废矣，吾意更属少者。"贵人潜怒，乘帝醉，使婢以被蒙帝面，弑之。

178

安帝隆安元年丁酉（三九七）十三岁。

正月，己亥朔，帝加元服，改元。会稽王道子悉以东官兵配国宝，使领之。四月，王恭上表罪状国宝，举兵讨之；道子惧，赐国宝死，并斩绪。遣使劳恭，深谢前愆，恭始罢兵。

从弟惠连生。

宋书谢方明传："惠连幼而聪敏，十岁能属文，族兄灵运深相知赏，尚书仆射殷景仁爱其才。"并见后。

隆安二年戊戌（三九八）十四岁。

七月，王恭、殷仲堪、桓玄连盟同趋京师。九月，道子讨王恭，诱王恭部曲将刘牢之叛，许事成以恭位号授之；军至竹里，牢之斩前锋帐下督颜延以降，王恭死。十一月，殷仲堪、桓玄退至寻阳；又盟，推桓玄为盟主。会稽妖人孙泰，收兵聚货，识者皆忧其为乱；道子诱而斩之，并其六子。兄子恩避入海，聚亡命百余人，谋复雠。

范晔生。

父泰与灵运欸密，别见。

隆安三年己亥（三九九）十五岁。

六月，以琅邪王德文为司徒。会稽世子元显性苛刻，生杀任意，发东土诸郡免为客者，号曰乐属，以充兵役；东土嚣然苦之。孙恩因民心骚动，自海岛帅其党杀上虞令，遂攻会稽，会稽内史王凝之恃道不设兵，乃被执。于时浙东八郡人一时起兵应恩。旬日之中，众数十万。恩并表道子及元显罪。谢琰与刘牢之进击之，恩避入海。以谢琰为会稽太守，都督五郡军事，帅徐州文武戍海浦。是岁，荆州大水，平地三丈。桓玄以殷仲堪、杨佺期为内忧，乘江陵大水而伐之，仲堪、佺期并死。

王凝之卒。

妻谢道蕴，灵运祖姑，别见。

还都。

诗品谢灵运条曰："灵运生，即送于钱唐杜治养之，十五方还都。"

居乌衣巷。

世说雅量篇注引丹阳记："乌衣之起，吴时乌衣营处所也；江左初立，琅邪诸王所居。"宋书谢弘微传曰："混与族子灵运、瞻、晦、曜以文义赏会，常共宴处，居在乌衣，故谓之乌衣之游。混诗所言'昔为乌衣游，戚戚皆亲姓'者也。其外虽有高流时誉，莫敢造门。"

少好学，博览群书，文章之美，江左莫逮，从叔混特知爱之。

见本传。灵运山居赋曰："六艺以宣圣教，九流以判贤徒，国史以载前纪，家传以申世模，篇章以陈美刺，论难以覈有无，兵技医日龟荚筮梦之法，风角冢宅算数律历之书，或平生之所流览，并于今而弃诸。"自述幼年致力之书，不独兼通六经，且旁涉万家众技之学。灵运此前居钱唐杜治家，奉天师道，其于道家涵养之精湛，尤不待言也。

从慧远游。

灵运慧远法师诔曰："予志学之年，希门人之末；惜哉诚愿弗遂，永违此世。"高僧慧远传曰："谢灵运负才傲俗，少所推崇；及一相见，肃然心服。"

隆安四年庚子（四〇〇）十六岁。

二月，以桓玄为都督荆、司、雍等八州军事，荆、江二州刺史。五月，孙恩复入寇，谢琰遣刘牢之击破之，恩退走。少日，复寇邢浦，官军失利，恩乘胜至会稽。人情震骇，咸以宜持重严备，琰不听。贼既至，琰尚未食，曰："要当先灭此寇而后食也。"骑马而出，前后断绝，帐下都张猛于后斫琰马，与二子肇、峻俱被害。朝廷大震，诏遣宁朔将军高雅之拒之。十一月，雅之败走，诏以刘牢之帅众击恩，恩走入海。

从祖琰卒。

隆安五年辛丑（四〇一）十七岁。

二月，孙恩复寇浃口，刘牢之击之，恩复走入海。三月，恩北趣海盐，刘裕击之。五月，孙恩陷沪渎，杀吴国内史袁崧。三月，恩浮海至丹徒，战士十余万，楼船千余艘，建康震骇，诏使刘裕自海盐入援；裕帅所领千余人奔击，恩大败，狼狈而还；恩犹恃其众，寻复整兵径向京师；既而知京师有备，遂浮海北走郁洲。七月，裕又重剿孙恩，恩由是衰弱南逃。十一月，裕追击恩，又破之，恩远窜入海。桓玄自以有晋国三分之一，数使人上符瑞。元显大惧，乃治水军以讨玄。

元兴元年壬寅（四〇二）十八岁。

正月，庚午朔，下诏罪状桓玄，以尚书令元显为骠骑大将军、征讨大都督，大赦，改元。玄祕闻之，大惊。遂传檄抗表，罪状元显，举兵东下。三月，元显前锋刘牢之降玄；元显败，帝遣侍中劳玄于安乐渚。玄入京都，总百揆，斩元显，徙道子安成郡。刘牢之自缢死。孙恩寇临海，太守辛景击破之，恩赴海死；众推其妹夫卢循统之。五月，卢循自临海入东阳，裕击之，循败，走永嘉。十二月，玄酖杀道子。

与慧远结白莲社。

灵运净土咏曰："法藏长王宫，怀道出国城；愿言四十八，弘誓拯群生。净土一何妙，来者皆菁英；颓言安可寄，乘化必晨征。"唐法照净土五会念佛诵经观行仪："晋时，有庐山远大师，与诸硕德及谢灵运、刘遗民一百二十三人，结誓于庐山，修念佛三昧，皆见西方极乐世界。"唐迦才净土论序："远法师、谢灵运等，虽以愈期西境，终是独善一身，后之学者、无所承习。"唐飞锡念佛三昧宝王论："远公从佛陀跋陀罗之藏授念佛三昧，与弟慧持，高僧慧永，朝贤贵士，隐逸清信宗炳、张野、刘遗民、雷次宗、周续之、谢灵运、阙公则等一百二十三人，凿山为铭，誓生净土。"文谂少康往生西方净土瑞应传："有朝士谢灵运、高人刘遗民等，并弃世荣，同修净土，信士都一百二十三人，于无量寿像前，建斋立誓，遗民著文赞诵。"佛祖统纪："谢灵运，为凿东西二池种白莲，因名白莲社。"时灵运又有送雷次宗诗曰："符守瑞边楚，感念凄城壕；志苦离思结，情伤日月滔。"

元兴二年癸卯（四〇三）十九岁。

八月，刘裕破卢循于永嘉，循浮海南遁。九月，册命桓玄为相国、总百揆、封十郡、为楚王、加九锡。十一月，诏楚王玄行天子礼乐，妃为王后，世子为太子。卞范之为禅诏，使临川王宝逼帝书之；帝临轩，遣兼太保王谧奉玺绶，禅位于楚。十二月，玄即皇帝位，大赦，改元永始，并迁帝于寻阳。

刘义庆生。

义庆本长沙景王第二子，出后道规。有世说及集林行世。罗致文士，远近必至，文士中有东海何长瑜者，灵运山泽四友之一也。

元兴三年甲辰（四〇四）二十岁。

正月，刘裕从徐、兖二州刺史桓修入朝；玄谓王谧曰："此人风骨不常，盖人杰也！"玄后刘氏有智鉴，谓玄曰："刘裕龙行虎步，视瞻不凡，恐终不为人下！"刘裕密与何无忌谋兴复晋室，无忌夜于屏风里草檄文，忌母登凳密窥之，问所以与同谋者；曰："刘裕！"忌母喜甚。二月，刘裕、刘毅、何无忌等举兵推裕为盟主。三月，玄众溃，玄浮江南逃，逼帝西上，刘毅帅何无忌等军追之。桓玄司徒王谧推刘裕行镇军将军。四月，裕迁刘敬宣为建威将军，江州刺史。五月，玄被杀。

父卒，袭爵康乐公；以国公例除员外郎，不就。

宋书本传曰："袭爵康乐公，食邑二千户；以国公例除员外郎，不就。"灵运谢封康乐侯表曰："亡祖奉国威灵，董符戎重，尽心所事，尅黜祸乱，功参盘鼎，阼土南服。逮至臣身，值遭泰路，日月改晖，荣落代运，输税唐化，生幸无已；不悟天道下济，鸿均曲成，迺眷遐绩，式是兴征，分虎纽龟，复显茅土，鸣玉他绂，班景元勋，泽洽往德，恩覃来胤，永惟先踪，远感崩结，岂臣尪弱，所当忝承。"又辞禄赋曰："荷赏延之渥恩，在弱龄而覃惠，蒙圣达之眷顾，得乘间以沈泄，虽镳羁之有名，恒游奖而匪滞。"又初发都诗曰："生幸休明世，亲蒙英达顾，空班赵氏璧，徒乖魏生瓠，从来渐二纪，始得傍归路。"又初去郡诗曰："牵丝及元兴，解龟在景平。负心二十载，于今废将迎。"又过始宁墅诗曰："束发怀耿介，逐物遂推迁；违志似昨日，二纪及兹年。"按：二纪虽属概词，而灵运袭爵之年当在此，所谓牵丝及元兴者也。下至景平二年，或二十年，与诗语合。并见后。

义熙元年乙巳（四〇五）二十一岁。

正月，乘舆反正。二月，刘毅、刘道规屯夏口，何无忌奉帝东还。三月，帝至建康。五月，刘毅讨灭桓玄余党，诏以毅都督淮南等五郡军事，豫州刺史。初，刘毅尝为刘敬宣宁朔将军，时人或以雄杰许之，敬宣以其外宽内忌，自伐而尚人，将当陵上取祸。毅闻而恨之。及敬宣为江州，毅辞以无功，不宜授任先于毅等。裕不许。

鲍照生。

三月，为琅邪王大司马行参军。

通鉴："义熙元年三月庚子，琅邪王司马德文为大司马。"宋书本传曰："为琅邪王大司马行参军。"

性奢豪，车服鲜丽，衣裳器物多改旧制；世共宗之，咸称谢康乐也。

谢氏尚奢豪，奇服之习，亦有由来。晋书谢安传："每携中外子侄，往来游集，肴馔亦屡废百金，世颇以此讥焉，而安殊不以屑意。"晋书谢尚传："尚好衣刺文袴。"乐府广题："谢尚为镇西将军，尝着紫罗襦，据胡床，在市中佛国门上弹琵琶，作大道曲，市人不知是三公也。"世说假谲篇："谢遏年少时，好着紫罗香囊，垂覆手。"晋书谢万传："万为简文抚军从事中郎，着白纶巾，鹤氅裘，履版而前。万又以白纶巾乘平肩舆径至王述听事前。"世说言语篇："灵运好戴曲柄笠。"宋书五行志："陈郡谢灵运有逸才，每出入自扶接者常数人，民间谣曰：'四人挈衣裙，三人捉坐席'是也。"宋传曰："为琅邪王大司马行参军，性奢豪，车服鲜丽，衣裳器物多改旧制，世共宗之，咸称谢康乐也。"

五月，为抚军将军记室参军。

宋传曰："抚军将军刘毅镇姑孰，以为记室参军。"通鉴："义熙元年五月，诏以刘毅为都督淮南等五郡军事，豫州刺史。"

义熙二年丙午（四〇六）二十二岁。

十月，尚书论建义功，奏封刘裕豫章郡公，刘毅南平郡公，何无忌安成郡公。十二月，以何无忌为都督荆、江、豫三州八郡军事、江州刺史。

义熙三年丁未（四〇七）二十三岁。

二月，殷仲文素有才望，自谓宜当朝政，悒悒不得志；出为东阳太守，尤不乐。何无忌素慕其名，东阳乃无忌所统，仲文许便道修谒；无忌喜，钦迟之。而仲文失志恍惚，遂不过府；无忌以为薄己，大怒。会南燕入寇，无忌言于刘裕曰："桓胤、殷仲文乃腹心之疾，北虏不足忧也。"闰月，裕将骆冰作乱，事觉，裕斩之；因言冰与仲文等潜相连结，谋立桓胤为主，皆族诛之。

殷仲文卒。

晋阳秋："殷仲文为骠骑行参军，桓玄姨夫也。玄篡位，用为长史，帝反正，出为东阳太守。"文心雕龙："殷仲文之孤兴，谢叔源之闲情，并解散辞体，缥缈浮音。"诗品："义熙中，以谢益寿、殷仲文为华绮之冠，殷不竞矣。"宋书谢灵运传论曰："仲文始革孙许之风，叔源大变太元之气，爰逮宋代，颜谢腾声，灵运之兴会标举，延之体裁明密，并方轨前秀，垂范后昆。"

义熙四年戊申（四〇八）二十四岁。

正月，刘毅等不欲刘裕入辅政，议以中领军谢混为扬州刺史；裕记室录事参军刘穆之密语裕，以为扬州根本所系，不可假人；朝廷乃征裕为侍中、车骑将军，开府仪同三司，扬州刺史，录尚书事。九月，刘敬宜惩谯纵失利，裕请逊位；刘毅欲以重法绳之，裕保护之。

义熙五年己酉（四〇九）二十五岁。

正月，以刘毅为卫将军，开府仪同三司，毅爱才好士，当世名流，莫不辐辏；独扬州主簿吴郡张邵不往。三月，刘裕伐南燕。五月，裕过大岘，燕兵不出，裕举手指天，喜形于色。六月，燕兵大败于临朐城，获其玉玺、辇及豹尾，乘胜至广固，长围守之。

义熙六年庚戌（四一〇）二十六岁。

二月，刘裕悉众攻南燕，克之。徐道覆闻刘裕北伐，劝卢循乘虚袭建康，徐自率始兴之众直指寻阳。三月，贼与何无忌战，何败死，江州覆没，中州震骇，朝廷急征裕。四月，裕至建康，卢循至寻阳，闻裕已到，退攻江陵。刘毅闻卢循入寇，将拒之，刘裕遗毅书，劝勿轻进。毅怒曰："我便真不及刘裕邪！"投书于地，帅舟师二万发姑孰。五月，毅舆循战，大败。寻卢循至淮口，中外戒严，朱龄石击退之。裕加黄钺。七月，卢循退寻阳。十月，裕南击卢循。十二月，循大败，走寻阳。

义熙七年辛亥（四一一）二十七岁。

二月，孟怀玉克始兴，斩徐道覆。三月，刘裕始受太尉，中书监，以刘穆之为太尉司马，陈郡殷景仁为行参军。裕问穆之曰："孟昶参佐，谁堪入我府者？"穆之举前建威中兵参军谢晦，裕即命为参军。四月，刘毅兼督江州，诏许之。

义熙八年壬子（四一二）二十八岁。

四月，以后将军豫州刺史刘毅为卫将军、都督荆、宁、秦、雍四州诸军事、荆州刺史，毅谓左卫将军刘敬宣曰："吾忝西任，欲屈卿为长史南蛮，岂有见辅意乎？"敬宣惧，以告太尉裕，裕笑曰："但令老兄平安，必无过虑！"毅性刚愎，自谓建义之功与裕相埒，深自矜伐，虽权事推裕而心不服；及居方岳，常怏怏不得志。裕每柔而顺之，毅骄纵滋甚，尝云："恨不遇刘、项，与之争中原！"及败于桑落，知物情已去，弥复愤激。裕素不学，而毅游涉文雅，故朝士有清望者多归之。与尚书仆射谢混、丹扬尹郗僧施，深相凭结。毅既据上流，阴有图裕之志，求兼督交、广二州；裕许之。毅又奏以郗僧施为南蛮校尉后军司马，毛脩之为南郡太守；裕亦许之。以刘穆之代僧施为丹扬尹。毅表求至京口辞墓，裕往会之于倪塘。宁远将军胡藩言于裕曰："公谓刘卫军终能为公下乎？"裕默然；久之，曰："卿谓何如？"藩曰："连百万之众，攻必取，战必克，毅以服公；至于涉猎传记，一谈一咏，自许以雄豪；以是搢绅白面之士辐凑归之。恐终不为公下，不如因会取之。"裕曰："吾与毅俱有克复之功，其过未彰，不可自相图也。"九月，刘毅至江陵，多变易守宰，辄割豫州文武，江州兵力万余人以自随。会毅疾笃，郗僧施等恐毅死，其党危，乃劝毅请从弟兖州刺史藩以自副，太尉裕伪许之。藩自广陵入朝，俄而裕以诏书罪状毅，云与藩及谢混共谋不轨，收藩及混赐死。十月，毅自杀，长史谢纯死。十一月，裕杀郗僧施。十二月，裕加太傅。

从叔混、纯并卒。

九月，为卫军从事中郎。

宋传曰："毅镇江陵，又以为卫军从事中郎。"通鉴："刘毅义熙五年为卫将军，八年九月至江陵，十月，自缢死。"宋书谢混传曰："刘穆之权重，朝野辐辏，不与穆之相识者，唯混、方明、郗僧施、蔡廓四人。"

十一月，为太尉参军，入为秘书丞；坐事免。

宋传曰："毅伏诛，高祖版为太尉参军；入为秘书丞，坐事免。"

义熙九年癸丑（四一三）二十九岁。

诸葛长民骄纵贪侈，所为多不法；刘裕自江陵至，轻舟径进，潜入内府杀之，及其弟黎民、幼民、从弟秀之。

作佛影铭

佛影铭序曰："法显道人，至自祇洹，具说佛影，偏为灵奇，幽岩嵌壁，若有存形，容仪端庄，相好具足，莫知始终，常自湛然。庐山法师，闻风而悦，于是随喜幽室，即考空岩，北枕峻岭，南映滮涧，摹拟遗量，寄托青彩，岂唯像形也笃，故亦传心者极矣。道秉道人远宣意旨，命余制铭，以充刊刻；石铭所始，实由功被，未有道宗宗大若此之此，岂浅思肤学所能宣达。"慧远元兴元年与刘遗民、谢灵运等建斋立誓，共期西方，元兴三年作形尽神不灭论、明报论。至庐山立台图佛影事，或八年令道秉至建康，谢灵运作铭，九年又令法显往；此铭当成于其时也。别见拙文陶渊明年谱汇订。

义熙十年甲寅（四一四）三十岁。

二月，司马休之在江陵，颇得江汉民心。三月，裕以江州刺史孟怀玉兼督豫州六郡以备之。

义熙十一年乙卯（四一五）三十一岁。

正月，以吏部尚书谢裕为尚书左仆射。太尉裕发兵击江陵司马休之，休之北走。五月，诏裕剑履上殿，入朝不趋，赞拜不名。以兖、青二州刺史刘道怜为都督荆、湘、益、秦、宁、梁、雍州诸军事、骠骑将军、荆州刺史。八月，谢裕卒。

纵叔裕卒。

通鉴曰："初，会稽王元显嬖人张法顺权倾一时，内外无不造门者，唯景仁不至。"宋书谢方明传："桓玄克京邑，丹阳尹卞范之势倾朝野，欲以女嫁方明，终未允。"又混当刘穆之权重之时，亦不与相接。谢氏孤高自恃，不与俗同，皆类此也。

义熙十二年丙辰（四一六）三十二岁。

三月，加太尉裕中外大都督，戒严伐秦。八月，裕发建康，将王镇恶、檀道济等伐姚泓。十月，晋兵至洛阳。十一月，裕遣左长史王弘还建康讽朝廷求九锡。

释慧远卒。

慧远卒年有二说。高僧传："远卒义熙十二年，年八十三。"世说文学篇注引张野铭同。灵运有慧远诔，云："义熙十三年八月六日卒，年八十四。"

为咨议参军，转中书侍郎。

宋传曰："高祖伐长安，骠骑将军道邻居守，版为咨议参军，转中书侍郎。"通鉴曰："义熙十一年正月辛巳，以中军将军刘道怜监留府事。道怜贪鄙无才能，裕以中军长史晋陵太守谢方明为骠骑长史，南郡相；道怜府中众事，皆咨决方明。十二年二月，加裕中外大都督，戒严伐秦。"

义熙十三年丁巳（四一七）三十三岁。

正月，太尉裕引水军发彭城。四月，裕至洛阳。八月，裕至潼关，秦兵大败。九月，裕至长安，收秦彝器、浑仪、土圭，并秦主泓送诣建康，斩于市。十一月，刘穆之卒，裕以根本无托，遂决东还，命次子义真镇守之。闰十二月，夏王勃闻裕东还，乃扣问长安。

刘穆之卒。

通鉴曰："穆之之卒也，朝廷恇惧，欲发诏以太尉左司马徐羡之代之，中军咨议参军张邵曰：'今诚急病，任终在徐；然世子无专命，宜须咨之。'裕欲以王弘代穆之。从事中郎谢晦曰：'休元轻易，不若羡之。'乃以羡之为吏部尚书，建威将军、丹阳尹，代管留任，于是朝廷大事，常决于穆之者，并悉北咨。"

为世子中军咨议，黄门侍郎。

宋传曰："转中书侍郎，又为世子中军咨议，黄门侍郎。奉使慰劳高祖于彭城。"

义熙十四年戊午（四一八）三十四岁。

六月，太尉裕始受相国、宋公、九锡之命。十月，义真镇长安，赐与无节，人情离骇，乃召外军入长安，关中郡县悉降于夏。十一月，裕使中书侍郎王韶之密酖帝，而立琅邪王德文，是年王弘为江州刺史。

慰劳高祖于彭城，作撰征赋。

宋传曰："奉使慰劳高祖于彭城，作撰征赋。"撰征赋序曰："相国宋公，得一居贞，囘乾运轴，内匡寰表，外清遐陬，每以匡宇未统，侧席盈虑，值天祚攸兴，昧弱授机，龟筮元谋，符瑞景征，于是仰祗俯协，顺天从兆，兴止戈之师，躬暂劳之讨，天子感东山之勤劳，庆格天之光大，明发兴于鉴寐，使至遵于原隰；余摄官承乏，谬充殊役，皇华愧于先雅，靡盐领于征人；以仲冬就行，分春反命。"按：仲冬疑为仲秋之误。别见后。

仍除宋国黄门侍郎。

见宋传。

从宋公戏马台集送孔令。

宋书孔靖传："靖字季恭，宋台初建，以为尚书令，让不受，辞事东归，高祖饯之戏马台，百寮咸赋诗以述其美。"灵运有九日从宋公戏马台集送孔令诗，曰："季秋边朔苦，旅雁违霜雪，良辰感圣心，云旗兴暮节，归客遂海隅，脱冠谢朝列。"谢瞻亦预其事，有诗曰："巢幕无留燕，遵渚有来鸿。"时人传诵，咸以瞻诗俊拔时流。

冬，在彭城宋公宫中。

有彭城宫中直感岁暮诗，曰："楚艳起行戚，吴趋绝归欢；修带缓旧裳，素鬓改朱颜。晚暮悲独坐，鸣鹍歇春兰。"

恭帝元熙元年己未（四一九）三十五岁。

正月，壬寅朔，改元。十二月，宋王裕加殊礼，进王太妃为太后，世子为太子。

春，返建康。

见撰征赋。

迁相国从事中郎，世子左卫率。

晋书谢玄传："灵运元熙中为刘裕世子左卫率。"

坐辄杀门生，免官。

宋书王弘传："奏弹谢灵运曰：'臣闻闲厥有家，垂训大易；作威专戮，致诫周书。斯典或违，刑兹无赦。世子左卫率，康乐县公谢灵运，力人桂兴淫其嬖妾，杀兴江涘，弃尸洪流。事发京畿，播闻遐迩，宜加重劾，肃正朝风。案世子左卫率，康乐县公谢灵运，过蒙恩奖，频叨荣授，闻礼知禁，为日已久，而不能防闲闺闱，致兹纷秽。罔顾宪轨，忿杀自由，请以事见免灵运所居官。上台削爵土，收付大理治罪。'"按：王弘与灵运有宿怨，亦大族间互相倾轧之事；力人桂兴事，不过一藉口耳。王弘传列奏灵运事于迁尚书仆射后，武帝纪以王弘为尚书仆射在义熙十四年六月，则灵运免官当在本年春夏之交。

宋武帝永初元元熙二年庚申（四二〇）三十六岁。

六月，傅亮讽晋恭帝禅位于宋，具诏草呈帝，使书之。帝欣然执笔，谓左右曰："桓玄时，晋氏已无天下，重为刘公所延，将二十载；今日之事，本所甘心！"遂书赤纸为诏。王遂坛于南郊，即皇帝位。礼毕，自石头备法驾入建康宫；大赦，改元。奉晋恭帝为零陵王。

降公爵为侯。

宋传曰："高祖受命，降公爵为侯，食邑五百户。"武帝纪曰："诏曰：'晋氏封爵，咸随运改。至于德参微管，勋济苍生，爱人怀树，犹或勿翦；虽在异代，义无泯绝，降杀之仪，一依前典。可降始兴公封始兴县公，庐陵公封桑柴县公，各千户；始安公封荔浦县侯，长沙公封醴陵县侯，康乐公可即封县侯，各五百户；以奉晋故丞相王导、太傅谢安、大将军温峤、大司马陶侃、车骑将军谢玄之祀。其宣力义熙，豫同艰难者，一依本秩，无所减降。'"起为散骑常侍，转太子左卫率。

见宋传。

灵运为性褊激，多愆礼度，朝廷唯以文义处之，不以应实相许。自谓才能宜参权要，既不见知，常怀愤愤。

见宋传。

庐陵王与灵运情欵。

宋传曰："庐陵王义真，少好文义，舆灵运情欵异常。"又刘义真传："高祖始践祚，义真意色不悦。侍读士蔡茂之问其故。义真曰：'安不忘危，休泰何可恃！'义真警悟爱文义，而性轻易，与太子左卫率灵运、员外常侍颜延之、慧琳道人情好欵密，尝云：'得志之日，以灵运、延之为宰相，慧琳为豫州都督。'"

永初二年辛酉（四二一）三十七岁。

六月，帝以毒酒一罂授前琅邪郎中令张伟酖庐陵王。伟叹曰："酖君以求生，不如死！"乃于道自饮而卒。九月，兵人踰垣而入，进药于王；王不肯饮，曰："佛教，自杀者不复得人身！"兵人以被掩杀之。

从子庄生。

三月三日侍宴西池。

古有祓除之俗，今三月三日水上戒浴是也。灵运侍宴诗曰："江之永矣，皇心惟眷，矧廼暮春，时物芳衍，滥觞逶迤，周流兰殿，礼备朝容，乐阕夕宴。"

永初三年壬戌（四二二）三十八岁。

三月，上不豫。五月，帝殂于西殿，太子即位。

从弟瞻卒。

诔武帝。

灵运宋武帝诔曰："业盛曩代，惠侔大造，泽及四海，功格八表，悠悠声教，绵绵川陆，宋克虞德，晋犹唐钦，曰总八纮，于兹三龄，四维开张，九流昭明，敦俭务素，钦贤爱萌，制规作训，阐校修经，礼乐已甄，云雨未弘，天地不仁，苍生寡福，已荷一遇，弃我何速，洒泪成雨，响叫如雷，天光下济，谬蒙眷齿，愧微刀笔，颇预游止，垂幕待讲，接筵整理，如何一旦，缅邈穹吴，风霜萧瑟，山海苍茫，地苦情矜，节速心伤，孰是幽哀，实恋我皇,情思如环,萱苏岂忘。"

出为永嘉太守。

宋传曰:"少帝即位,权在大臣,灵运构扇异同,非毁执政,司徒徐羡之等患之,出为永嘉太守。"通鉴曰:"徐羡之恶义真与灵运等游,义真故吏范晏从容戒之。义真曰:'灵运空疎,延之隘薄,魏文帝所谓古今文人类不护细行者也。但性情所得,未能忘言于悟赏耳。'于是羡之等以为灵运、延之构扇异同,非毁执政,出灵运为永嘉太守,延之为始安郡。"

七月十六日初发都。

永初三年七月十六日之郡初发都诗曰:"述职期阑暑,理棹变金素;秋岸澄夕阴,火旻团朝露。"

邻里相送至方山。

诗曰:"祗役出皇邑,相期憩瓯越,解缆及流潮,怀旧不能发,含情易为盈,遇物难可歇。"感物抒情,一往真切,灵运赋性皆此类也。丹阳郡图经曰:"方山,在江宁县东五十里,下有湖水,旧扬州有四津,方山为东,石头为西。"

过始宁墅。

诗曰:"剖竹守沧海,枉帆过旧山;山行穷登顿,水涉尽洄沿。岩峭岭稠叠,洲萦渚连绵;白云抱幽石,绿筱媚清涟。"刘坦之曰:"按会稽志:东山西一里始宁园,乃灵运别墅;一曰西庄,盖其祖父故宅在焉。宋史所谓傍山带江,尽幽居之美者也。此诗因之永嘉,得过此而作。言自少时即怀耿介,不谓因物有迁,违志颇久,盖非清旷贞坚之质,而执挚不固,可为慰谢也。所赖拙与疾相并,以此出守海隅。因得遂吾幽寻故山之便。于是登涉深峻,穷览景物,修营旧业,增筑新基,而后赴郡,且与乡里相别,告之归期,使树枌檟于兹,当不负此愿言也。"

经富春渚。

诗曰:"宵济渔浦潭,旦及富春郭,定山缅云雾,赤亭无淹薄。遡流触惊急,临圻阻参错,宿心渐申写,万事俱零落,怀抱既昭旷,外物徒龙蠖。"吴郡纪曰:"富春东三十里,有渔浦。"吴郡缘海四县记曰:"钱塘西南五十里,有定山,去富春又七十里,横出江中。涛迅迈,以游山难,辰发钱塘,已达富春。"刘坦之曰:"灵运自始宁墅,将赴永嘉,由浙江泝流而上,每周山水佳处,辄留咏纪之。此篇言及夜渡渔浦,旦及富春,其间名山,或为云雾隔远,或以舟行疾速,皆不及桓盘登览;今出守远游,而知所止托,使宿心渐得舒写,尘累既去,则怀抱自然昭旷,而屈伸显晦,无足道矣。"

经桐庐。

七里濑诗曰："羁心积秋晨，晨积展游眺；孤客伤逝湍，徒旅苦奔峭。遭物悼迁斥，存期得要妙；既秉上皇心，岂屑末代消。目覩严子濑，想属任公钓。"甘州纪曰："桐庐县有七里濑，濑下数里至严陵濑。"按：七里濑，或作七里滩，在桐庐县严陵山西，两岸高山壁立，连亘七里，水驶如箭。谚云："有风七里，无风七十里。"示舟行难以牵挽，视风势为迟速也。灵运与弟书曰："闻恶溪道中九十九里，有五十九滩，王右军游此恶道，叹其奇绝，遂书'突星濑'于石。"灵运此行，乃由方山而钱唐江，登岸过上虞始宁墅，再由上虞绿浦阳江而下，渡鱼浦潭，遡钱塘江至富春渚，经桐庐七里滩，至兰溪转婺江而达金华（古东阳）也。再捨舟陆行至丽水，扬帆南下抵永嘉。

八月十二日至郡。

灵运答弟书曰："前月十二日至永嘉郡，蛎不如鄞县，车螯亦不如北海。"永嘉蛎与车螯，秋冬盛产，答弟书殆在九月作。

郡有名山水，灵运素爱好之。出守既不得志，遂肆意游遨，遍历诸县，动踰旬朔；民间听讼，不复关怀，昕至辄为诗咏，以致其意焉。

见宋传。六朝人邀游山水，盖皆不得已而为，穷山极岭，欲泄其积郁之情。阮籍、嵇康、孙登无不如此。宋苏东坡贬守黄州尝作赤壁之游，赋曰："予乃摄衣而上，履巉岩，披蒙茸，踞虎豹，登虬龙，攀栖鹘之危巢，俯冯夷之幽宫，盖二客不能从焉。划然长啸，草木震动，山鸣谷应，风起水涌，予亦悄然而悲，肃然而恐，凛乎其不可留也。"是亦郁闷而发。宋传谓灵运"出守既不得志，遂肆意遨游。"可谓深知灵运者。且诸谢之爱好山水，尤寓高尚情致。晋书谢安传："安寓居会稽，与王羲之、许询、支遁游处，出则渔弋山水，入则言泳属文，栖迟东山，尝往临安山中，坐石室，临浚谷，悠然叹曰：'此伯夷何远？'"又谢鲲传："鲲在明帝坐，问曰：'论者以君方庾亮，自谓何如？'答曰：'端委庙堂，使百僚准则，鲲不如亮；一丘一壑，自谓过之！'"六代世运短促，独晋尚清谈能久安江左。王羲之尝问谢安清谈致患，安谓："秦任商鞅，二世而亡，亦清谈之患邪？"此言最有深意。盖以时代不同，风尚必异，其内忧重而外患轻也。若夫士大夫，不有所自恃，则奔竞暴躁，情欲益不可制；故朝野共相清言，非无缘也。

游西山堂。

晚出西射堂诗曰："晓霜枫叶丹，夕曛岚气阴。"此至郡初作也。刘坦之曰："灵运被谮出守，常不得意，因步出射堂，而作此诗，言眺望城西，见物候之变，而知节往，则忧思已不浅矣。"太平寰宇记："西射堂，在温州西南二里,基址犹存,今西山寺是。"西射堂,今名西山寺,亦名西山堂,在城西南二里许。

发绿嶂山。

登永嘉绿嶂山诗曰:"澹潋结寒姿,团栾润霜质。"按:绿嶂山在永嘉城北四十里,溯楠溪而上,舟帆三小时可至,层峰叠起,杉木森森;有绿嶂村,皆宏农后裔;文风鼎盛,性亦强悍。地有泉林之胜,灵运诗所谓"涧委水屡迷,林回岩逾密"者也。

游仙岩。

灵运有"三皇井"诗,今本佚。温州府志二十三,瑞安县志十、仙岩寺志七皆见录。诗曰:"弭棹向南郭,波波浸远天;拂鲦故出没,振鹭更澄鲜。遥岚疑鹫岭,近浪异鲸川;蹑屐梅溪上,冰雪冷心悬。低徊轩辕氏,跨龙何处巅;仙踪不可即,活活自鸣泉。"按:三皇井在瑞安北五十里,今仙岩寺铭曰"三皇井"者,则为后人所附会。

游岭门山。

游岭门山诗曰:"协以上冬月,晨游肆所喜。"方舆纪要:"岭门山在平阳县治前,山分左右翼,中阙为门,故名。"平阳在瑞安县南,距永嘉约二百里。

少帝景平元年癸亥(四二三)三十九岁。

正月,己亥朔,大赦,改元。闰四月,徐羡之兄子吴郡太守佩之颇与政事,与侍中王韶之、程道惠、中书舍人邢安泰、潘盛结为党友。时谢晦久病,不堪见客,佩之等疑其诈疾,有异图,乃称羡之意以告傅亮,欲令亮作诏诛之;亮绝之,乃止。

周续之卒。

春,登东山。

郡东山望溟海诗曰:"开春献初岁,白日出悠悠;荡志将愉乐,瞰海庶忘忧。"按:东山在今永嘉县治东南,与华盖山相对,读史方舆纪要谓东山一名华盖山,殆误。晋宋之际,山东皆海,故登临可远瞰溟海也。

登上戍石鼓山。

诗曰:"汩汩莫与娱,发春托登蹑。"温州志:"上戍浦在永嘉江中,石鼓山在永嘉西四十里,石峙其上,扣之则响。"

过瞿溪山。

过瞿溪山饭僧诗曰:"迎旭凌绝嶝,映泫归潫浦;钻燧断山木,掩岸堙石户。望岭眷灵鹫,延心念净土;若乘四等观,永拔三界苦。"按:瞿溪山在永嘉西南三十余里，其地多竹，而产纸，山后有寺，幽篁秀茂，翠木高林，静修之幽境也。而与上戍近，灵运殆游上戍过此也。

种桑。

诗曰："浮阳骛嘉月，艺桑迨闲隙；疎栏发近郛，长行达广场。俾此将长成，慰我海外役。"盖三月间作也。病中。

斋中读书诗曰："虚馆绝诤讼，空庭来鸟雀；卧疾丰暇豫，翰墨时间作。怀抱观古今，寝食展戏谑。"李善注曰："永嘉郡斋也。"黄节曰："汉书汲黯传，学黄老言，治官民，好清静，多病，卧阁不出，岁余东海大治。"温州府志二十三、永嘉县志并有读书斋一首，今本谢集不见，诗曰："春事日已歇，池塘旷幽寻；残红被径坠，初绿杂浅深，偃仰卷芳褥，顾步忧新阴，谋春不及竟，夏物遽见侵。"

命学士讲书。

诗曰："卧病同淮阳，宰邑旷武城；弦歌愧言子，清净谢汲生。曾是展予心，招学讲群经；铄金既云刃，凝土亦能型。"谢氏重儒业，始自祖衡，世说文学篇注引晋阳秋："衡晋硕儒。"隋志："梁有国子祭酒谢衡集二卷，亡。"晋书谢鲲传："父衡，以儒素显。"又王接传："挚虞谢衡皆博物多闻。"是以诸谢无不浸润儒业，其善治国理民亦可知也。鲲、安虽放达，然恬淡高尚，为世共仰，若方明、弘微执礼之恭，尤为儒士矜式。宋书谢方明传："方明合门遇害，资产无遗，而营举凶事，备礼无以加也。"弘微传："弘微性严正，举止必循礼度，谢混尚晋陵公主，混死，诏公主与谢氏绝婚，公主悉以混家事委从子弘微，混仍世宰辅，僮仆千人，唯有二女，年数岁，弘微为之纪理生业，一钱尺帛有文簿。九年而高祖即位，公主降号东乡君，听还谢氏；入门，室宇仓廪，不异平日，田畴垦辟，有加于旧；东乡君卒，公私咸谓赀财宜归二女，田宅僮仆应属弘微，弘微一无所取，自以私禄葬东乡君。混女夫殷睿好摴蒲，闻弘微不取财物，乃聋其妻妹及伯母两姑之分，以还戏责。内人皆化弘微之让，一无所争。"又灵运诣阙上表，亦自称为俎豆之学者，其素守儒业，非旦夕事也。

撰辨宗论。

辨宗论曰："余枕疾务寡，颇多暇日。"又答王卫军问辩宗论书："海峤岨回，披叙无期。"证辨宗论在永嘉郡守时作，故能与郡中大德法勖、法纲、僧维、慧骥等相揄扬，而辨其宗归。按：灵运辨宗论，要在折衷儒释二家之道，与阐述佛家顿悟之理。宋书本传："太守孟颢事佛精恳，而为灵运所轻，尝谓颢曰：'得道应须慧业，丈人生天当在灵运前，成佛必在灵运后。'"盖亦明其宗主之所自矣；推其蔓延，又当为竺道生之支流。陆澄法论目录："沙门竺道生执顿悟，谢康乐灵运辨宗顿悟。"慧远肇论疏："谢康乐灵运辨宗，述生师顿悟也。"唯江左清谈，至宋仍盛，诸谢雅好不同，而清言同为要目。晋书谢鲲传："鲲与王澄谈话，无倦容。"又谢安传曰："安弱冠诣王濛，清言良久，既去，濛子修曰：'向客何如大人？'濛曰：'此客亹亹，为来逼人。'王导亦深器之，由是少有重名。"又谢朗传曰："朗善玄理，总角与沙门支遁讲论，遂至相苦。"又谢万传："万工言论，与蔡系争言，系推万落床，冠帽倾脱。简文召为抚军从事中郎，与帝共谈移日。"又列女传："凝之弟献之尝与客谈议，词理将屈，道蕴遣婢白献之曰：'欲为少郎解围。'乃施青绫步障自蔽，申献之前议，客不能屈。兴会稽太守刘柳谈议，风韵高迈，叙致清雅，词旨无滞；柳退而叹曰：'实顷所未见，瞻察言气，使人心形俱服。'"太平御览卷六一七引宋书曰："谢灵运辩博，辞义锋起，有如茧顷陂。"辨宗论，俱载诸贤诘难，及灵运翻覆答辨之实，为清言家重要之纪录也。

登池上楼。

诗曰："潜虬媚幽姿，飞鸿响远音；薄霄愧云浮，栖川怍渊沈。徇禄反穷海，卧疴对空林；衾枕昧节候，褰开暂窥临。池塘生春草，园柳变鸣禽；持操岂独古，无闷征在今。"李善曰："永嘉郡池上楼。"太平寰宇记："谢公池，在温州西北三里，积谷山东。"殆误。按：积谷山在温州府治永嘉东南，与东山毗连；谢公池，在积谷山西，今永嘉县城有谢池巷者，其地也。温州府志二十三："谢客岩在积谷山飞霞洞口，谢灵运尝书'白云曲''青草吟'于崖上。"诗品谢惠连条引谢氏家录云："康乐每对惠连，辄得佳语；后在永嘉西堂，思诗竟日不就，寤寐间，忽见惠连，即成'池塘生春草'。故尝云：'此语有神助，非我语也。'"石林诗话："池塘生春草，园柳变鸣禽，世多不解此语为工。盖欲以奇求之耳。此语之工，在无所用意，猝然与景相遇，备以成章，不假绳削；诗家妙处，当须以此为根本；而思苦言艰者，往往不悟，钟嵘论之最详。"

过白岸亭。

诗云："近涧涓密石，远山映疏木；室翠难强名，渔钓易为曲。援萝聆青崖，春心自相属。"寰宇记："亭在枬溪西南，去永嘉八十七里，岸沙白为名。"灵运归涂赋："发青田之枉渚，逗白岸之空亭。"则白岸当在肯田与丽水之间，距郡城或百余里；而灵运之游，可谓纵肆矣。

游南亭。

诗云："泽兰渐被径，芙蓉始发池。"孟夏之作也。太平寰宇记："南亭，去温州三十一里。"按：今永嘉南郊有南唐者，即其地也。

游赤石进帆海。

诗云："首夏犹清和，芳草亦未歇。"灵运游名山志："永宁、安固二县间，东南便是赤石，枕海。"舆地广记："永宁即今永嘉也。安固作安国，即今瑞安也。"宋郑缉之永嘉郡记："帆游山地昔为海，多过舟，故山以帆名。"按：帆游在永嘉南三十里，黄节注引孙氏曰："帆游山，在今瑞安县北四十五里。"其说是。

登江中孤屿。

诗云："怀新道转迥，寻异景不延；乱流趋正绝，孤屿媚中川。云日相辉映，空水共澄鲜。"孤屿今名江心寺屿，长约里许，阔五六百步，在瓯江中，与朔门相对。东西二峰，景色峻秀，唐塔宋塔在焉。名僧云集，香火殊盛，有读书楼，王十朋尝习业于此也。传说此屿唐前每至深夜，能自浮之岸南，与郡城相接，立塔之后，不复动矣。

游乐清白石岩。

白石严下径行田诗："小邑居易贫，灾年民无生；知浅惧不周，爱深忧在情。旧业横海外，芜秽积稘龄；饥馑不可久，甘心务经营；千顷带远堤，万里泻长汀。"按：白石岩在温州之乐清县西三十里，一名白石山，温州府志："山下有白石径，为灵运行田之所。"

行田登海口盘屿山。

行田诗，今本止存一首，温州府志二十八乐清县志二有二首，较今本多一首，曰："齐景志逌台，周穆厌紫宫；牛山空洒涕，瑶池实懵惊。年迫愿岂申，游远心能通；大宝不惧口，况乃宋畿封。"按：盘屿山，一名盘石山，在乐清县西五十里滨海，其下为盘石卫，旁有五小山、正屿山，又有重石山，俗称七星山是也。

秋，称疾去职。

宋传曰："在郡一周，称疾去职，从弟晦、曜、弘微等并与书止之，不从。"灵运辞禄赋曰："解龟纽于城邑，反褐衣于丘窟，叛人事于一朝，与世物乎长绝，自牵绁于朱丝，奄二九于斯年，服缨佩于两官，执鞭笏于宰蕃。"初去郡诗曰："野旷沙岸净，天高秋月明。憩石挹飞泉，攀林塞落英；战胜臞者肥，监止流归停。"

与永嘉吏民别。

灵运有"北亭与吏民别"一首，今本不见。温州府志二十三，永嘉县志二十一存录。其诗曰:"刀笔愧张杜,弃繻惭终军。贵史寄子长,爱赋托子云;昔值休明初,以此预人群。常呼城旁道,更歌忧逸民。犹抱见素朴,兼勉拥来勤;定自惩伐檀,亦已验惟尘。晚来牵余荣,憩泊瓯海滨。时易速还周,德乏难济振;眷言徒矜伤,靡术谢经纶;矧乃卧沉疴,缄石苦微身。引久怀邱窟,景昃感秋旻;旻秋有归棹,昃景无淹津。前期眇已往,后会邈未因;贫者阙所赠,风寒护尔身。"太平寰宇记九十九止引"前期眇已往"四句,余未入书,盖节录也。

由永嘉遡江经青田、缙云、东阳而归上虞故居。

灵运初去郡诗曰:"恭承古人意,促装返柴荆;理棹遄还期,遵渚骛修垌。遡溪终水涉,登岭始山行。"此言由永嘉泝江至青田也。归涂赋曰:"发青田之柱渚,逗白岸之空亭;停余舟而淹留,搜缙云之遗迹。"此言由青田而丽水,舍舟登冯公岭出缙云、东阳(今金华)是也。东阳溪中赠答曰:"可怜谁家郎,缘流乘素舸;但问情若为,月就云中堕。"而后则由东阳入婺江东归。

在始宁修营别业,傍山带江,尽幽居之美。

宋传曰:"灵运父祖并葬始宁县,并有故宅及墅,遂移籍会稽。修营别业,傍山带江,尽幽居之美。"按始宁墅,原为谢玄营建,水经注:"浦阳江自嶀山东北径太康湖,车骑将军谢玄田居所在,右滨长江,左傍连山,平陵修通,澄湖远镜。于江曲起楼,楼侧悉是桐梓,森耸可爱,居民号为桐亭楼。楼两面临江,尽升眺之趣,芦人渔子泛滥焉。湖中筑路,东出趋山,路甚平直。山中有三精舍,高薨凌虚,垂簷带空,俯眺平林,烟杳在下,水陆宁晏,足为避地之乡矣。"而灵运所建,又迈前租。花枝袅娜,峦峰映湖,雄伟极矣。山居赋曰:"其居也,左湖右江,往渚还汀。面山背阜,东阻西倾。抱含吸吐,欹跨纡萦。绵联邪亘,侧直齐平。近东则上田下湖,西溪南谷。石橡石墚,闵砎黄竹。决飞泉于百仞,森高薄于千麓。写长源于远江,派深悐于近渎。近南则会以双流,萦以三洲。表里同游,离合山川。屿崩飞于东峭,盘傍薄于西阡。拂青林而激波,挥白沙而生涟。近西则杨宾接峰,唐皇连纵,室壁带溪,曾弧临江。竹缘浦以被绿,石照涧而映红。月隐山而成阴,木鸣柯以起风。近北则二巫结湖,两皆通沼,横石判尽,休周分表。引修堤之透迤,吐泉流之浩漾。山帆下而同泽,濑石上而开道。建招提于幽峰,冀振锡之息肩,庶镫王之赠席,想香积之惠餐。面南岭,建经台,倚北阜,筑讲堂;傍危峰,立禅室,临泼流,列僧房。对百年之高木,纳万代之芬芳。抱终古之泉源,美膏液之清长。若乃南北两居,水通陆阻,观风瞻云，方知厥所。北山二园，南山三苑，百果备列，乍近乍远。"

文帝元嘉元景平二年甲子（四二四）四十岁。

正月，庐陵王义真至历阳，多所求索，执政每裁量不尽与；义真深怨之，数有不平之言；又表求还都，咨议参军庐江何尚之屡谏，不听。时羡之等已密谋废帝，而次立者应在义真，乃因义真与帝有隙，先奏列其罪恶，废为庶人，徙新安郡。前吉阳令堂邑张约之上疏曰："庐陵王少蒙先皇优慈之遇，长受陛下睦爱之恩，故在心必言，所怀必亮，容犯臣子之道，致招骄恣之愆。至于天姿凤成，实有卓然之美，宜在容养，录善掩瑕，训尽义方，进退以渐。今猥加剥辱，幽徙远郡，上伤陛下常棣之笃，下令远近怅然失图，臣伏思大宋开基造次，根条未繁，宜广树藩戚，敦睦以道，人谁无过，贵能自新；以武皇之爱子，陛下之懿弟，岂可以其一眚，长致沦弃哉！"书奏，以约之为梁州府参军，寻杀之。四月，徐羡之等以南兖州刺史檀道济，先朝旧将，威服殿省，且有兵众，乃召道济及江州刺史王弘入朝。五月，皆至建康，以废立之谋告之。乙酉，道济引兵收帝玺绶，废为营阳王，以宜都王义隆纂承大统。六月，徐羡之弑营阳王及前庐陵王。八月，宜都王即皇帝位，大赦，改元。

与隐士王弘之、孔淳之等纵放为娱，有终焉之志。

见宋传。宋书隐逸传王弘之传："始宁沃川有佳山水，弘之又依岩筑室。谢灵运、颜延之并相钦重。"又孔淳之传："居会稽剡县，性好山水，每有所游，必穷其幽峻，或旬日忘归。元嘉初，复征为散骑侍郎，乃逃入上虞县界，家人莫知所之。"

与庐陵王笺。

灵运与庐陵王笺曰："会稽既丰山水，是以江左嘉遁，并多居之。但季世慕荣，幽栖者寡，或复才为时求，弗获从志。至若王弘之拂衣归耕，逾历三纪；孔淳之隐约穷岫，自始迄今；阮万龄辞事就闲，纂成先业，浙河之外，栖迟山泽，如斯而已。既远同羲唐，亦激贪厉竞。殿下爱素好古，常若布衣，每忆昔闻，虚若岩穴。若遣一介，有以相存，真可谓千载盛美也。"

虽在山居，而诗名动京邑。

宋传曰："每有一诗至都邑，贵贱莫不竞写，宿昔之间，士庶皆遍，远近钦慕，名动京师。"按灵运在始宁墅新居所作诗，今见存有：田南树园激流植援、石门新营所住四面高山回溪石濑茂林修竹、石壁立招提精舍、石壁精舍还湖中作、南楼中望所迟客诸篇。皆奇绝娟丽，巧思精制；所谓贵贱竞写，远近钦敬，名动京师者，盖此时诸作是也。

作山居赋。

宋传曰："作山居赋，并自注，以言其事。"山居赋序曰："杨子雲云：诗人之赋丽以则，文体宜兼以成其美。今所赋既非京都宫观、游猎声色之盛，而叙山野草木、水石谷稼之事，才乏昔人，心放俗外，咏于文则可勉而就之，求丽邈以远矣。览者废张左之艳辞，寻台皓之深意，去饰取素，傥值其心耳。意实言表，而书不尽，遗迹索意，托之有赏。"后人唯知灵运开山水之先河，而不知其所以能开山水诗之故，读此赋者，可知其概矣。

卧疾山顶，览古人遗书。

灵运田南树园激流植援诗曰："樵隐俱在山，由来事不同；不同非一事，养疴亦园中。中园屏氛杂，清旷招远风；卜室倚北阜，启扉面南江。"山居赋序曰："抱疾就闲，顺从性情，敢率所乐而以作赋。"赋曰："谢子卧病山顶，览古人遗书，与其意合，悠然而笑。"

至会稽造方明，过视惠连，大相知赏。

宋传曰："惠连幼有才悟，而轻薄不为父方明所知。灵运去永嘉，还始宁，时方明为会稽郡，灵运尝自始宁至会稽，造方明，过视惠连，大相知赏。"诗品谢惠连条曰："小谢才思富捷，恨其兰玉夙凋，故长辔未骋。秋怀、捣衣之作，虽复灵运锐思，亦何以加焉。又工为绮丽歌谣，风人第一。"宋书谢惠连传："幼自聪敏，十岁能属文。"南史谢惠连传："灵运见其新文，每曰：'张华重生，不能易也。'"后人喻为谢氏双璧，名大小谢焉。考谢氏特多艳发之士，才思飘逸，自有风尚。晋书谢安传："安出则渔弋山水，入则言咏属文，为简文帝谥议，桓温喻为碎金。"又谢混传："混少有美名，善属文。"宋书谢灵运传论曰："叔源大变太元之气。"晋书谢玄传："玄与张玄之皆以才学显，时人称为南北二玄，论者美之。"又谢万传："万善属文，为八贤论。"又谢韶传："韶文义艳发，名亚于玄。"宋书谢瞻传："瞻六岁能属文，为紫石英赞、果然诗，为当时才士叹异，文章之美，与从叔混、族弟灵运相抗。"又谢方明传："方明十岁能属文，为祭文，留信待成，其文甚美。又为雪赋，亦以高丽见奇。"又谢弘微传："混风格高峻，少所交纳，唯与族子灵运，瞻、曜、弘微并以文义赏会。"又谢晦传："晦涉猎文义，博赡多通，时人以方杨德祖。"又谢景仁传："景仁博闻强识，善述前言往行。"

彼等不唯文思富瞻，且多经国实才。晋书谢尚传："尚在任有政绩。"又谢安传："安石不肯出，将如苍生何！"其为众望所归者如此。又谢琰传："琰有军国之才，与从兄玄俱陷陈破苻坚。"又谢奕传："奕立行有素，有德政。"又谢玄传："玄有经国才略，使才虽履屐间亦得其任；安举以御北方，郗超谓为得才。"又谢万传："万才流经通,处廊庙讽议,故是后来一器。"宋书谢方明传："方明善治郡,有能名,简汰精审,各慎所宜。虽服役十载,亦一朝从理,东土至今称咏之,承代前人,不易其政,有必宜改者,则以渐移变,使无迹可寻。"又谢晦传："晦善断,审机宜,时人当之刘穆之。"

携何长瑜归。

宋传曰："时长瑜教惠连读书,亦在郡内,灵运又以为绝伦。谓方明曰:'阿连才悟如此,而尊作常儿遇之;长瑜当今仲宣,而饴以下客之食。尊既不能礼贤,宜以长瑜还灵运!'灵运载之而去。"

诔庐陵王。

灵运诔庐陵王曰："哀哀君王,终仁且德,身微咎累,痛踊酖毒,命如可延,人百其赎;候射隼于高墉,赫玉典以正刑。"徐羡之辈阴谋险虑,可以见矣,此诔之作,有深意也。

从昙隆法师游。

山居赋注："苦节之僧,谓昙隆、法流二法师也。二公辞恩爱,弃妻子,轻举入山,外缘都绝,鱼肉不入口,冀扫必在体,物见之绝叹,而法师处之夷然。"灵运昙隆法师诔序曰："余时谢病东山,承风遥羡,岂望人期,颇以山招,法师至止,遂获接栋重崖,俱浥迴涧,茹芝术而共饵,披法言而同卷者,再历寒暑。"诔曰："始见法师,独绝神理,形寿易尽,然诺难判,乘心即化,弃身靡叹,怀道弥厉,景命已晏。"

元嘉二年乙丑(四二五)四十一岁。

正月,徐羡之、傅亮上表归政,帝亲万机。初,步兵校尉孔宁之,与侍中王华并有富贵之愿,疾徐羡之、傅亮专权,日夜构之于帝。

元嘉三年丙寅(四二六)四十二岁。

正月,下诏暴徐羡之等罪,杀之。遣征北将军檀道济讨荆州刺史谢晦。以王弘为侍中、司徒、录尚书事。二月,上发建康,擒谢晦于安陆延头,斩之。三月,帝还建康,征谢灵运为秘书监,颜延之为中书侍郎,赏遇甚厚。又以惠琳道人与议朝廷大事,参决权要。五月,以檀道济为江州刺史。六月,以王华、刘湛、王昙首、殷景仁为侍中,黄门侍邱谢弘微,皆上所重,当时号曰五臣。华以王弘辅政,王昙首为上所亲,每叹："宰相顿有数人,天下何由得治。"秋,大旱,蝗。

徐羡之、傅亮、并从兄晦、嚼、遯,皆伏诛。

征为祕书监,再召不起。

宋传曰："太祖登祚,诛徐羡之等,征为秘书监,再召不起。"

上使光禄大夫范泰与灵运书，厚奖之，乃出就职。

灵运答范光禄书曰："辱告慰企，晓寒体中胜常。灵运脚诸疾，比春更甚忧虑，故人有情，信如来告，企咏之结，实成饥渴。山涧幽阻，音尘阔绝，忽见诸赞，叹慰良多。"又答书曰："承祇洹法业日茂，随喜何极！六梁徽缘，窃望不绝。即时经始招提，在所住山南，南檐临涧，北户背岩，以此息心，当无所忝邪。平生缅然，临纸累叹，敬惜为先，继以音告，傥值行李，辄复承问。"有还旧园作见颜范二中书诗曰："曩基即先筑，故池不更穿，果木有旧行，壤石无远延，虽非休憩地，聊取永日间。卫生自有经，息阴谢所牵，夫子照情素，探怀授往篇。"皆同时作也。

哀庐陵王。

灵运有"庐陵王墓下作"一首。诗曰："晓月发云阳，落日次朱方，含悽泛广州，洒泪眺连冈；眷言怀君子，沉痛切中肠，道消结愤懑，运开申悲凉。解剑竟何及，抚愤徒自伤。理感心情恸，定非识所将。举声泣已沥，长叹不成章！"灵运之于义真亦情深而谊美者矣。李善曰："徐羡之等奏废庐陵为庶人，徙新安郡，羡之使使杀庐陵也。后有谮灵运欲立庐陵王，遂迁出之。后知其无罪，追还，至曲阿，过丹阳，文帝问曰：'自南行来，何所制作？'对曰：'过庐陵王墓下作一篇。'"按：云阳即丹阳，朱方即丹徒，宋之诸陵多在丹徒，庐陵墓，亦必衬之，而灵运由上虞至建康，丹徒乃所必经，因舟次墓下，洒泪自伤也。

整理秘阁书。

宋传曰："使整理秘阁书，补足阙文。"

修晋书。

宋傅曰："以晋氏一代自始至终，竟无一家之史，令灵运撰晋书，粗立条流，书竟不就。"案隋书经籍志有谢灵运晋书三十六卷，新旧唐书均作三十五卷，梁书、文选、御览、初学记引之者有十余条，其书当亡于南宋以后。

迁侍中。

宋传曰："寻迁侍中，日夕引见，赏遇甚厚。既自以名辈，才能应参时政。初被召，便以此许；既至，文帝唯以文义见接。每侍上宴，谈赏而已。王昙首、王华、殷景仁等名位素不踰之，并见任遇，灵运意不平。"按：灵运尝为刘毅卫军从事中郎，又与谢晦同族，党同伐异，亦事之必然，才能名辈，自许而已。

灵运诗书皆绝妙当时，每文竟，手自写定，文帝称为二宝。

199

见宋传。张彦远法书要略，谓灵运能书，特多王法。此外谢氏博综众艺者，有谢安、谢这蕴、谢万、谢鲲、谢方明、谢尚、谢稺、谢弘微、谢综等。张彦远历代名画记："灵运菩萨六壁，在天王堂外壁。"唐李嗣真书品，评谢道蕴为下品。张彦远法书要略谓："安石隶行草入妙，兄尚、弟万并工书，方明宽和，隐媚且润，如幽闲女德，礼教士胤。"晋书谢鲲传："鲲能歌鼓琴。"又谢尚传："尚博综众艺，能鸲鹆舞，善音乐，并制石磬，以备太乐，江表有钟石之乐，自尚始也。"又谢安传："安好音乐，衣冠效之，遂以成俗，与玄棊，不能以敌手戏。"宋书谢稺傅："稺善吹笙。"又孺子传："孺子多艺能，尤善声律，吹笙。"又谢综传："综有才艺，善隶书。"又谢弘微传："弘微能营膳羞，太祖尝就求食。"

元嘉四年丁卯（四二七）四十三岁。

正月，辛巳，帝祀南郊；乙卯，如丹徒；己巳，谒京陵。初，南祖既贵，命藏微时耕具以示子孙。帝至故宫，见之，有惭色。近侍或进曰："大舜躬耕历山，伯禹亲事水土。陛下不觌遗物，安知先帝之至德，稼穑之艰难乎！"二月，丁亥，帝还建康。

陶渊阴、王弘之、王华卒。

从游京口北固应诏。

诗曰："皇心美阳泽，万象咸光昭；顾已枉维絷，抚志惄场苗。工拙各所宜，终以反林巢；曾是萦旧想，览物奏长谣。"灵运归隐林泉之志，无日不萦于怀也。

元嘉五年戊辰（四二八）四十四岁。

正月，荆州刺史、彭城王义康，性聪察，在州职事修冶，左光禄大夫范泰谓司徒王弘曰："天下事重，权要难居，卿兄弟盛满，当深存降挹。彭城王，帝之次弟，宜征还入朝，共参朝政。"弘纳其言。时大旱、疾病，弘上表引咎逊位，帝不许。累表陈情，帝不得已，六月，以弘为卫将军，开府仪同三司。十二月，秘书监谢灵运，为法司所纠，坐免官。

多称疾不朝直，肆意游行，又不表闻，上赐假东归。

宋傅曰："灵运意不平，多称疾不朝直，穿池植援，种竹树苇，驱课工役，无复期度，出郭游行，或一日百六七十里，经旬不归，既无表闻，又不请急，上不欲伤大臣，讽旨令自解。灵运乃上表陈疾，上赐假东归。"

上书劝伐河北。

宋传曰："将行，上书劝伐河北。"灵运劝文帝伐河北表曰："先帝聪明神武，哀济群生，将欲荡定赵魏，大同文轨，而景平执事，并非其才。且遭纷京师，岂虑付托，遂使孤城穷陷，莫肯极忠，北境染虏，穷苦备罹，征调赋敛，靡有止已。所求不获，辄致诛殄，身祸家破，阖门此屋，使据关中，长围咸阳，时来之会，莫复过此。观兵耀武，实在兹日，苟乖其时，难为经略，虽兵食倍多，则万全无必矣。但兵安违律，潼关失守，周缓天诛，假延岁月，日来至今，十有二载，是谓一纪。伏维深机志务，久定神谟，臣卑贱侧陋，窜景岩穴，蒙赐恩假，暂违禁省。"通鉴曰："义熙十四年十月，义真镇长安，赐与无节，人情离骇，乃召外军入长安，关中郡县，悉降于夏。"自义熙十四年至此，适一纪也。与表意合。

免官。

宋传曰："以疾东归，而游娱宴集，以夜续画；复为御史中丞傅隆所奏，坐以免官。是岁元嘉五年也。"通鉴曰："元嘉五年十二月，灵运乃上表陈疾，上赐假，令还会稽；而灵运游饮自若，为法司所纠，坐免官。"按：傅氏亦当时大族，为宋室之藩篱者，已十余年，其于谢家亦有戒心也。

元嘉六年己巳（四二九）四十五岁。

正月，以义康为侍中，都督扬、南徐、兖三州诸军事，司徒、录尚书事，领南徐州刺史，总司内外之务，以江夏王义恭为都督荆、湘等八州诸军事、荆州刺史，以侍中刘湛为南蛮校尉行府州事。三月，以左卫将军殷景仁为中领军。

三月，东归。

入东道路诗曰："整驾辞金门，命旅惟诘朝；怀居顾归云，指涂泝行飙。属值清明节，荣华感和韶。"

在山居与族弟惠连等游。

宋传曰："灵运既东还，与族弟惠连、东海何长瑜、颖川荀雍、太山羊璿之以文章赏会，共为山泽之游，时人谓之四友。"

游剡溪山。

登石门最高顶诗曰："晨策寻绝壁，夕息在山楼；疏峰抗高馆，对岭临回溪。"灵运涟名山志曰："石门涧六处，石门溯水上入两山口，左边山壁，右边石岩，下临涧水。"按：石门山，今嵊县罅山是也。回溪，即王子猷雪夜访戴之剡溪也。灵运又有石门岩上宿一首，曰："朝搴苑中兰，畏彼霜下歇；暝还云际宿，弄此石上月。鸟鸣识夜栖，木落知风发。"木落风发，颇感命运之崎岖也。又有于南山往北山经湖中瞻眺诗："初篁苞绿箨，新蒲含紫茸；海鸥戏春岸，天鸡弄和风。"皆在暮春作，盖自京邑东归后也。

游斤竹岭。

从斤竹涧越岭溪行诗曰："逶迤傍隈隩，迢递陟陉岘；过涧既厉急，登栈亦陵缅。想见山阿人，薜萝若在眼；握兰勤徒结，折麻心莫展。"灵运忠君爱国之情，可见于此也。按：灵运游名山志："神子溪南山，与七里山分流，去斤竹涧数里。"今绍兴东南有斤竹岭，去浦阳江约十里，斤竹涧即其地也。

登石室山。

石室山诗："清旦索幽异，放舟越坰郊；石室冠林陬，飞泉发山椒。微戎无远览，总笄羡升乔；灵域久韬隐，如与心赏交。合欢不容言，搞芳弄寒条。"灵运山居赋曰："石室，在小江口南岸。"又曰："考封域之灵异，实兹境之最然。"

往新安桐庐口。

初往新安桐庐口诗曰："不有千里棹，孰申百代意；远协尚子心，遥得许生计。"六朝人游放，原有其苦心，或非专为雅情而发也；盖以心理郁结，唯托山之水，如此既可忘去世情，亦足养真乐天。按新安故城，在今浙江淳安县西；桐庐口，在今桐庐县西，二处毗近。唐书地理志："睦州新定郡有桐庐县。"新定今名严州，晋曰新安。

游桐庐石关亭。

夜发石关亭诗曰："随山逾千里，浮溪将十夕。鸟归息舟楫，星阑命行役。亭亭晓月暎，泠泠朝露滴。"按石关亭，在今浙江桐庐东北。一统志："桐庐东北二十里有石关，入关步许，曲折而东，忽旷然空明，疑亭即在此。"

游濑溪三瀑布。

发归濑三瀑布望两溪诗曰："我行乘日垂，放舟候月圆；沫江免风涛，涉清弄漪涟。积石竦两溪，飞泉倒三山；退寻平常时，安知巢穴难。风雨非攸恡，拥志谁与宣；倘有同枝条，此日即千年。"按：濑溪三瀑布两溪，未详其处，今考诗意，实系始宁山居近地。山居赋曰："虽一日以千载，犹恨相遇之不早。"自注云："谓昙隆、法流二法师也。相遇之欣，实以一日为千载，犹慨恨不早。"

寻山陟岭，必造幽峻，登蹑常着木履，及戴曲柄笠。

宋传曰："灵运因父祖之资，生业甚厚，奴僮既众，义故门生数百人，凿山浚湖，功役无已，寻山陟岭，必造幽峻，岩嶂千重，莫不备尽，登蹑常着木履，上山则去前齿，下山则去其后齿。"世说言语篇："灵运好戴曲柄笠。孔隐士谓曰：'卿欲希心高远，何不能遗曲盖之貌？'谢答曰：'将不畏影者，未能忘怀！'"

尝自始宁伐木开径，直至临海。

宋传曰："尝自始宁南山伐木开径，直至临海，从者数百人，临海太守王琇惊骇谓为山贼，徐知是灵运，乃安。又要琇更进，琇不肯。灵运赠琇诗曰：'邦君难地险，旅客易山行。'"灵运与昙隆法师诔曰："缅念平生，同幽其深；相率经始，偕是登临。开石通涧，剔柯疏林；远眺重叠，近属岖岭。"登临海峤初发疆中作与从弟惠连，见羊何共和之诗曰："杪秋寻远山，山远行不近；与子别山阿，含酸赴修畛。中流袂就判，欲去情不忍；顾望脰未悁，汀曲舟已隐。"此前，惠连赴京，过钱唐江，有西陵遇风献康乐诗五章，曰："我行指孟春，春仲尚未发；趣途远有期，念离情无歇。成装候良辰，漾舟陶嘉月；瞻涂意少惊，还顾情夕阙。"又曰："哲兄感仳别，相送越垧林，饮饯野亭馆，分袂澄湖阴。"灵运有酬从弟惠连诗，亦五章，有曰："暮春虽未交，仲春善游遨；山桃发红萼，野蕨渐紫苞。"皆春间作也。惠连富又有献诗，而灵运答惠连曰："怀人行千里，我劳盈十旬；别时花灼灼，别后叶蓁蓁。"献酬之盛，意弥真而情弥厚也。

元嘉七年庚午（四三〇）四十六岁。

帝自践位以来，有恢复河南之志。三月，诏简甲卒五万给右将军到彦之，统安北将军王仲德，兖州刺史竺灵秀舟师入河，又使骁骑将军殷宏将精骑八千直指虎牢，豫州刺史刘德武将兵一万继进，后将军长沙王义欣将兵三万监征讨诸军事。八月，魏主遣冠军将军安颉督护诸军击到彦之，彦之败，与王仲德沿河置守，还保东平。十二月，彭城王义康与王弘并录尚书，义康以弘弟昙首居中，为上所亲委，愈不悦，昙首劝弘减府中文武之半以援义康，义康乃悦。

在会稽与太守孟𫖮构雠。

宋传曰："在会稽亦多徒众，惊动县邑，太守孟𫖮事佛精恳，而为灵运所轻，尝谓𫖮：'得道应须慧业，丈人生天当在灵运前，成佛必在灵运后。'𫖮深恨此言。会稽东郭有回踵湖，灵运求决以为田，太祖令州郡履行。此湖去郭近，水物所出，百姓惜之。𫖮坚执不与。灵运既不得回踵，又求始宁岯崲湖为田，𫖮又固执，灵运谓'𫖮非存利民，正虑决湖，多害生命。'言论毁伤之，与𫖮遂构隙。"南史谢灵运传曰："孟𫖮字彦重，平昌安丘人，卫将军昶弟也。昶死后，𫖮历侍中、仆射、太子詹事、散骑常侍、左光禄大夫。尝就徐羡之，因叙关洛中事，𫖮叹刘穆之终后，便无继者。"按孟𫖮党同徐羡之、刘穆之，与灵运有道亲之异，为孟𫖮纠弹，非成佛数语致仇隙也。

元嘉八年辛未（四三一）四十七岁。

正月，檀道济军与魏战。夏，荆州刺史江夏王义恭寝长，欲专政事，长史刘湛每裁抑之，途与湛有隙。帝心重湛，征为太子詹事，加给事中，共参政事。

孟𫖮藉灵运恣肆，而表其有异志。

宋传曰："因灵运横恣，百姓惊扰，乃表其异志，发兵自防，露板上言。"按：灵运恃才傲物，颇招忌害，若谓异志，欲加之罪耳。𫖮兄昶，与刘穆之皆刘裕腹心，寄遇之隆，士人侧目。六朝重门第，谢氏以贵临贱，新贵自起戒心，故于大族必有所镇服者。于是仇隙日深，一至不可解结，灵运终随残酷之斗争而遭牺牲矣。

灵运驰出京师，诣阙上表。

宋传曰："灵运驰出京师，诣阙上表。"表曰："臣自抱疾归山，于今三载。居非郊郭，事乖人间，幽栖穷岩，外缘两绝，守分养命，庶毕余年。忽以去月二十八日得会稽太守臣𫖮二十七日疏云：'比日异论噂𠴲，此虽相了，百姓不许寂默，今微为其防！'披疏骇惋，不解所由；便星言（疑作夜）奔驰，归骨陛下。及经山阴，防卫彰赫，彭排马槊，断截衢巷，侦逻纵横，戈甲竟道，不知微臣罪为何事？及见𫖮，虽曰见亮，而装防如此，唯有罔惧！至昔忝近侍，豫蒙天恩，若其罪迹炳明，文字有证，非告显戮司败，以正国典，普天之下，自无容身之地。今虚声为罪，何酷如之。夫自古逸谤，圣贤不免，然致谤之来，要有由趣，或轻死重气，结党聚群，或勇冠乡邦，剑客驰逐。未闻俎豆之学，欲为逆节之臣，山栖之士，而构陵上之衅。今影迹无端，假谤空设，终古之酷，未之或有，匪丞其生，实悲其痛。诚复内省不疚，而抱理莫申。是以牵曳疾病，束骸归欤。仰凭陛下天鉴曲临，则死之日，犹生之年也。"按：灵运果有异志，何又阙下奔诚，且晋室江左，谢氏最具忠贞；王导权盛，庾亮云其专擅；桓温父子以做贼名，刘裕终亦篡弑成王业；刘牢之、王国宝，尤以奸诈闻，其有道守者，唯谢氏也。玄于边疆不宁，则请命北伐，既讨坚败国，即求退林泉。宋书谢瞻谓晦曰："吾家素以退为业，不愿干豫时事，交游不过亲朋。"此可见谢氏操守自有其家训。

文帝知其见诬，不罪，而不欲使东归。

见宋传。灵运未东归，留京师，颇于佛书之整理润色，大盛功德；时涅槃初至，文词粗劣，品数紊乱，士人未赏旨趣，名僧慧观倡涅槃说，亦不知何以成佛，灵运为著十四音训，于是佛论文义，了然可晓。高僧传卷七，慧严曰："大涅槃经初至宋土，文言至善，而品数疏简，初学难以措怀，严迺共慧观、谢灵运等，依泥洹本加之品目，文有过质，颇亦治改，始有数本流行。"又慧叡传："陈郡谢灵运笃好佛理，殊俗之音，多所达解，迺咨叡以经中诸字并众音异旨，于是著十四音训叙；条列梵汉，照然可了，使文字有据焉。"唐元康肇论疏："谢灵运文章秀发，超迈古今。如涅槃元来质朴，本言'手把脚蹋，得到彼岸；'谢公改云：'运手动脚，截流而渡。'"硕法师三论游意义："竺道生师，涅槃未至汉地时，看六卷泥洹'一阐提成佛。'尔时国中诸大德云：泥洹无言阐提成佛故，而生师独言阐提成佛，是故诸大德摈生师虎山五百里也。晋末，初宋元嘉七年，涅槃至扬州。尔时，里山慧观师令唤生法师讲此经也。"此外金刚般若经注，亦士林所推重者。

元嘉九年壬申（四三二）四十八岁。

三月，卫将军王弘进位太保，加中书监。征南大将军檀道济，进位司空，还镇寻阳。六月，彭城王义康改领扬州刺史，江夏王义恭为南兖州刺史，临川王义庆为荆州刺史，竟陵王义宣为中书监，衡阳王义季为南徐州刺史。

为临川内史。

宋传曰："以为临川内史，赐秩中二千石。"

初发石首城。

初发石首城诗曰："白珪尚可磨，斯言易为缁；虽抱中孚爻，犹劳贝锦诗！寸心若不亮，微命察如丝。日月垂光景，成贷遂兼兹。出宿薄宗畿，晨装搏曾飔；重经平生别，再与朋知辞！故山日已远，风波岂出时；迢迢万里帆，茫茫终何之？游当罗浮行，息必庐霍期。越海陵三山，游湘历九嶷；钦圣若旦暮，怀贤亦凄其！皎皎明发心，不为岁寒欺。"按石首城，又名石头城，在今南京西南；伏韬北征记曰："石头城，建康西界临江城也，是曰京师。"道路忆山中诗曰："怀故叵新欢，含悲忘春暖。"知为临川内史在春季也。

由石头循长江西上至彭泽，转入彭蠡湖口南下而至临川。

入彭蠡湖口诗曰："客游倦水宿，风潮难具论；洲岛骤回合，圻岸屡崩奔。乘月听哀狖，浥露馥芳荪。春晚绿野秀，严高白云屯。千念集日夜，万感盈朝昏；攀崖照石镜，牵叶入松门。三江事多往，九派理空存。灵物吝珍怪，异人秘精魂。金膏灭明光，水碧缀流温。徒作千里曲，弦绝念弥敦。"按：彭蠡湖，今曰鄱阳湖，湖口在今江西九江东。

经庐山。

登庐山绝顶望诸峤诗曰："积峡忽复启，平涂俄已闭；峦陇有合沓，往来无踪辙。昼夜蔽日月，冬夏共霜雪。"慧远庐山纪略曰："山在寻阳县南，有匡俗先生者，出殷周之际，隐遁潜居其下，受道于仙人而共岭，时谓所止为仙人之庐而命焉。其山大岭凡七重，圆基周回垂三五百里，其南岭临宫亭湖，下有神庙，七岭会同，莫升之者。东南有香炉山，其上氤氲若香烟。西南中石门，前有双阙，壁立千余仞，而瀑布流焉。"按：灵运少时尝从慧远游，今游绝顶，盖第二次也。

又登大林峰。

大林峰诗曰："积峡忽有起，平涂俄已绝，峦陇有合沓，往来无踪辙。"按：此诗比登庐山绝顶诗少二句，字亦微异。黄节曰："或本诗已亡，误以庐山诗当之耳。"一统志："大林峰在德化县西南六十里。"盖即刘宋江州寻阳郡湓口城之西南也。

初夏入南城。

初发入南城诗曰："弄波不辍手，玩景岂停目；虽未登云峰，且以欢水宿。"盖初夏景色也。按：南城，临川故治，地在今江西南城东北。

游华子冈。

入华子冈是麻源第三谷诗曰："南州实炎德，桂树陵寒山；铜陵映碧涧，石磴泻红泉。既枉隐沦客，亦栖肥遁贤。险径无测度，天路非术阡。遂登群峰首，邈若升云烟；羽人绝髣髴，丹邱徒空筌！图牒复磨灭，碑版谁闻传。且申独往意，乘月弄潺湲。"按：华子冈，在今江西南城县西十五里。灵运游名山志曰："华子冈，麻源第三谷，故老相传：华子期者，禄里先生弟子，翔集于此顶，故华子为称也。"灵运发思古之幽情，期自身为羽迹；江山秀丽，盍然心往。

在郡游放，不异永嘉，有司加罪，灵运情不自驭，乃执随州从事。

宋传曰："在郡游放，不异永嘉。为有司所纠，司徒遣使随州从事郑望生收灵运；灵运执录望生，兴兵叛逸，遂有逆志，追付禽之，送廷尉治罪。"通鉴曰："灵运游放自若，废弃郡事，为有司所纠；是岁，司徒遣使随州从事郑望生收灵运；灵运执望生，兴兵逃逸。"按：上年会稽太守孟𫖮，既奏灵运有异志，今司徒又以叛逸送治廷尉，皆以非此大罪，不足以致其死；党同伐异，昭昭而明矣，非灵运之过也。实欲构祸衅怨，罗之以罪耳。故此时期诗，大多怀念故国，弥恋往事。临川被收诗曰："韩亡子房奋，秦帝鲁连耻；本自江海人，忠义感君子。"追思之情，不胜依恋。

文帝惜其才，降死一等，徙付广州。

宋传曰："廷尉奏灵运率部众反叛，论正斩刑；上惜其才，欲免官而已。

彭城王义康坚执，谓不宜恕，乃诏曰：'灵运罪衅累仍，诚合尽法，但谢玄勋参微管，宜宥及后嗣，可降死一等，徙付广州。'"

冬，经庐江出彭蠡，踰大庾岭而广州。

孝感赋曰："举高樯于杨潭，耿投迹于炎州；贯庐江之长路，出彭蠡而南浮。于时月孟节季，岁亦告暮，离乡眷壤，改时怀气。恋丘坟而紫心，忆桑梓而零泪；孟积雪而抽筍，王断冰以鲙鲜，蕡柔叶于枯木，起春波于寒川，顾微心之庸褊，谢精灵于昭晰。拥永慕而莫从，曾逞感而靡彻！"语皆为文帝而发。大节如此，岂至叛国而反者乎？于文帝之诚，亦可证行谊之一斑矣。

越岭升降，四顾茫然。

岭表赋曰："若乃长山欵跨，外内乖隔，下无伏流，上无夷迹，麕晓望冈而旋归，鸿雁觌峰而返翩。既陟麓而践坂，遂升降于山畔。顾梭路之倾巘，眺前磴之绝岸。看朝云之抱岫，听夕流之注涧。罗石綦布，怪谲横越，非山非阜，如栖如阙，班采类绣，明白若月，萝蔓绝攀，苔衣流滑。"见物伤情，意象显然。然于执政者面目之暴露，亦曲尽其辞矣。

作咏冬诗、岁暮诗。

咏冬诗曰："七宿乘运曜，三星与时灭；履霜冰弥坚，积寒风愈切。繁云起重阴，回飙流轻雪。园林粲斐皓，庭除秀皎洁；堲坄有凝汗，达衢无通辙。"殆感于命运之蹉跎而作也。今豺狼当道，君子沉沦，主虽有思贤之诚，然而积寒深切，阴霾四布，耿耿之言，欲告而无由也。又岁暮诗曰："殷忧不能寐，苦此夜难颓；明月照积雪。朔风劲且哀。运往无淹物，年逝觉易催！"终至求解脱，结束其可歌可泣之一生。

元嘉十年癸酉（四三三）四十九岁。

从弟弘微卒。

作伤己赋。

伤己赋曰："嗟夫卞赏珍于连城，孙别骏于千里，彼珍骏以贻爱，此陋容其敢拟，丁旷代之渥惠，遭谬眷于君子，眺徂岁之骤经，觇芳春之每始，始芳春而羡物，经岁徂而感己，貌憔悴以衰形，意幽翳而苦心，出衾褥而载坐，辟襜幌以回临，望步檐而周流，眺幽闺之清阴，想轻蓁之往迹，餐和声之余音，播芬烟而不熏，张明镜而不照，歌白华之绝曲，奏蒲生之促调。"

作感时赋。

感时赋序曰："夫逝物之感，有生所同，颓年致悲，时惧其速，岂能忘怀，迺作斯赋。"赋曰："相物类以迨已，闵交臂之匪赊，揆大耋之或遄，指

207

崦嵫于西河。鉴三命于予躬,怛行年之蹉跎,于鹠鸠之先号,挹芬芳而凤过;微灵芝之频秀,迫朝露其如何!虽发叹之早晏,谅大暮之向科。"

按:伤己、感时二赋,疑皆在广州作。文帝渥惠备至,然鹠鸠先号,芬芳早衰,纵有朝露,亦不足以润其残枯,感时伤己,绵绵无已。

死于广州。

宋传曰:"其梭秦郡府将宋齐受至除口,行达桃墟村,见有七人,下路乱语,疑非常人;还告郡县,遣兵随齐受掩讨,遂共格战,悉禽付狱。其一人姓赵名钦,山阳县人,云:'同村薛道双,先与谢康乐共事,以去九月初,道双因同村成国报钦云:先作临川郡,犯事,徙送广州,谢给钱令买弓箭、刀盾等物,使道双要合乡里健儿,于三江口篡取谢;若得志,如意之后,功劳是向!遂合部党,要谢不及。既还饿馑,缘路为劫盗。'有司又奏,依法收治,太祖诏于广州行弃市刑。临死作诗,时元嘉十年,年四十九。"按:史氏此言,理难圆净,且其摘辞结构,了然知有网织也。后之君子,勿囿于成说,以为灵运死于非命,遂以叛逆当之也。

子凤,早卒。

宋书谢灵运传曰:"子凤,早卒。"南史谢灵运傅:"灵运子凤,坐灵运徙岭南,早卒。"

孙超宗,有美名。

南史谢凤传:"子超宗,随父凤岭南;元嘉末得还,与慧休道人来往。好学有文辞,盛得名誉,齐竟陵王征北咨议。为人恃才使酒,多所陵忽,靡情爱朋,赐尽。"

曾孙才卿、几卿。

南史谢几卿传:"几卿清辩,时号神童,博学有文采,梁左光禄大夫。兄才卿,早卒。"

玄孙藻。

南史谢几卿传:"才卿子藻,幼孤,几卿抚养甚至;及成立,历清官,皆几卿奖训之力。"

乙巳仲秋初稿,戊申冬月订正,杨勇记。